Elfriede Brüning

Damit Du weiterlebst

Die Deutsche Bibliothek - CIP-Einheitsaufnahme

Brüning, Elfriede:
Damit Du weiterlebst / Elfriede Brüning. -
Kiel : Agimos, 1996

ISBN 3-931903-05-2

© by agimos verlag, Kiel 1996
Umschlagsgestaltung: Koala
Printed in the Federal Republic of Germany
ISBN: 3-931903-05-2

Elfriede Brüning

Damit Du weiterlebst

I

Das Kind saß am Tisch, den Kopf in beide Hände gestützt. Die große Telleruhr über dem Küchenbrett tickte laut. Nach jeder vollen Minute rückte der Zeiger – zak – einen Schritt vor, langsam, schwerfällig, als risse er sich immer nur mit Überwindung los. Das Kind zählte die Zaks, ohne hinzusehen: zehn, fünfzehn... Jetzt war es halb. Um diese Zeit machte sich die Mutter sonst für den Nachtdienst fertig. Seit Jahren ging sie Abend für Abend Punkt sieben Uhr fort und kam erst am anderen Morgen zurück. Dazwischen lag die lange einsame Nacht. Die erste Zeit war alles noch gut gegangen. Eva schlief ein, wenn die Mutter fortging und wachte erst auf, wenn die Mutter schon wieder neben ihr lag, bleich und erschöpft von der eintönigen Fabrikarbeit. Dann aber kamen die schweren Träume. Eva fuhr mitten in der Nacht aus dem Schlaf empor, angstvoll, schweißbedeckt. Der verschwimmende Schatten des schmalen Fensters lag wie ein großes böses Auge auf ihr. Es war ein qualliges Auge, das nackt zwischen spärlichen Wimpern stand. Es gehörte dem Mann, den sie kürzlich bei Rita Meyer getroffen hatte. Sie war gerade noch zurechtgekommen, um zu sehen, wie er Rita mit Fußtritten vor sich her ins Auto drängte. Dann kam er zu ihr zurück: „Und du?" Sein Auge sah aus, als ob es überliefe. Eva dachte nur an die Mutter. Sie preßte den Zettel für Rita fest in die Handfläche. „Ich spiele hier mit Ruth", sagte sie harmlos. – „Spielen? Hier hat es sich ausgespielt!" – Er drehte Evas Kopf herum. Jetzt erst sah sie, daß auch Ruth in dem Auto saß. Das Auto fuhr ab, aber der Mann ließ ihren Kopf erst los, als er die Hand brauchte, um ihre Finger auseinanderzubiegen: „Nun zeig mal her, was du da hast." – Auf dem Zettel stand die Adresse für Rita. – „Das ist unser Kindergarten", sagte Eva rasch, wie es ihr die Mutter eingeschärft hatte. Das Auge deckte sich eine Minute lang zu. Es schien zu frieren, genau wie Eva. Sie zitterte vor Kälte trotz der Sommerwärme. Unverwandt starrte sie auf das warm gebettete Auge. Doch als das wieder bloßlag, sah es aus wie Eis. Eva fühlte sich derb an der Schulter gepackt: „Diesen Kindergarten zeigst du mir mal!" – Die Mutter hatte auch diese Möglichkeit eingerechnet. „Wenn sie mitkommen wollen, geh ruhig hin, da ist sowieso immer ein Haufen Kinder. Und du kennst niemanden, verstanden? Auch mich nicht. Wir haben uns nie im Leben gesehen ..." Eva nickte. Sie wußte längst, daß man oftmals lügen mußte. Die Mutter war wirklich in der Wohnung. Eva ging an ihr vorbei, ohne zu zucken, hinein zu den Kindern, die sie niemals gesehen hatte. Sie fing gleich an, mit ihnen zu kreiseln. – „Das Kind ist großartig", sagten nachher die Bekannten, als der Mann unverrichteter Sache hatte abziehen müssen. Aber Eva vergaß nicht seinen bösen Blick. „Dich kriege ich noch – du Kröte!" hatte er im Hinausgehen gezischt. Sein Auge schien jetzt völlig entblößt, kalt und nackt und erbarmungslos; die hellen Wimpern wie abgesengt.

Dieses böse Auge verfolgte Eva, ob sie schlief oder wachte. Es stand über ihr, es warnte immer drohender: Ich kriege dich doch! Eva konnte nicht länger allein bleiben. Tagsüber war die Mutter bei ihr. Wenn sie auch die meiste Zeit schlief – aber ihr Atem umhüllte Eva wie dichter Nebel, den das böse Auge nicht durchdringen konnte. Nachts brachte die Mutter sie jetzt zu Bekannten. Ein paarmal nahm die Nachbarin sie mit zum Dienst, sie war Nachtschwester im Jüdischen Krankenhaus. Dort wurde immer Platz, selbst wenn alles besetzt war. Die Schwerkranken starben so rasch. Eva durfte dann mitten in der Nacht von ihrem behelfsmäßigen Lager auf der Bahre ins frei gewordene Bett hinüberwechseln. Einmal schlief sie in einem Raum mit einer jungen Frau, die kein Wort sprach, sondern die ganze Zeit nur trübsinnig gegen die Decke starrte. Am nächsten Morgen hing sie am Fensterkreuz. Eva wurde um diese Zeit immer blasser, ihre Bewegungen waren fahrig, immer häufiger fiel ihr ohne Grund irgendwas aus der Hand. Die Nachbarin sprach selbst mit der Mutter: „Die seelische Belastung ist bei uns zu groß." Die Mutter war ratlos. Schließlich nahm der Portier des Krankenhauses sie mit zu sich nach Hause. Er hatte selber vier Kinder, und Eva schlief mit zweien zusammen in einem Bett. Dann war auch das zu Ende. Der Portier mußte noch zwei Juden in seiner Stube aufnehmen. Eva kam für zwei Wochen ins Waisenhaus. Als es polizeilich aufgelöst wurde, wollte ein altes Ehepaar Eva bei sich unterbringen.

Die Mutter wusch, plättete und stopfte zwei Tage lang, dann packte sie alles in einen kleinen Koffer und brachte Eva zur Bahn. Die alten Leute wohnten im Vorort, in einem kleinen Haus mit Garten, der von einer dichten Hecke eingefaßt war. Hier konnte kein böses Auge herüberdrohen. Eva spielte sorglos mit Puppen, nannte das alte Ehepaar Opa und Oma, schlief in einem schneeweißen Himmelbett und vergaß für eine Weile, daß es Menschen gab, die andere quälten und zum Selbstmord trieben.

Einmal kam einer von ihnen durch die Hecke herein. Als er weg war, hatte er die alten Leute verwandelt. Zitternd vor Angst suchten sie Evas Sachen zusammen, legten alles wieder in den Koffer zurück und brachten sie zur Bahn. Die alte Frau wischte beim Abschied über Evas Stirn, vermied es aber, dem Kind in die Augen zu sehen. Dann stand Eva allein.

Die Mutter kam erst nach Stunden nach Hause. In ihrem Blick, mit dem sie das Bild des Kindes umfaßte, das zusammengekauert auf seiner Habe vor der Wohnungstür saß, spiegelten sich Schreck, Erstaunen, schließlich Verzweiflung.

Diese Rückkehr aus dem Paradies – das war gestern gewesen. Gegen Abend war die Mutter wie immer zur Arbeit gegangen, nachdem Eva versichert hatte, diese eine Nacht wollte sie ruhig allein sein. Wirklich hatte der Schatten des Fensters sie beim Aufwachen kaum noch gestört. Beängstigender war es, daß sie auch tagsüber sich selbst überlassen blieb. Die Mutter war immer noch nicht von der Fabrik nach Hause gekommen.

Eva Sarah Burkhardt stand endlich auf. Die große Telleruhr an der Wand zeigte ein Viertel vor fünf. Es war die Zeit, in der sie einkaufen durfte. Sie griff nach der Kartentasche, legte sie aber wieder an ihren Platz zurück. Sie glaubte nicht mehr daran, daß die Mutter zurückkam. Und ohne die Mutter konnte sie nicht leben. Keine Seele auf der Welt würde sich um sie kümmern. Nicht einmal der Vater, den es irgendwo gab. Er kam nur zur Mutter, wenn er Geld haben wollte. Die Bekannten der Mutter sagten, er sei ein Schuft, denn als Nichtjude hätte er wohl das Los der Mutter etwas erleichtern können. Er hatte es jedoch vorgezogen, sich beizeiten von ihr zu trennen. Eva verachtete den Vater, und zwar nicht nur, weil er die Mutter unglücklich machte, sondern einfach deshalb, weil er auf der Seite derjenigen stand, vor denen man auf der Hut sein mußte. Der Mann mit dem bösen Auge gehörte dazu, der Rita Meyer weggeschleppt hatte, der SA-Sturm im Hause gegenüber, die Kinder auf dem Hof. Wenn Eva auf die Straße ging, was selten geschah – früher, als die Schulen noch erlaubt waren, auf dem Wege dorthin, und jetzt nur, wenn sie einkaufen mußte –, fühlte sie den Hohn, die Beleidigungen und Beschimpfungen, die ihr aus vielen Gesichtern offen entgegenschlugen, wie eine unüberwindliche Mauer um sich. Die Mauer konnte man nur durchbrechen, wenn man grenzenlos haßte. Evas Haß auf die „anderen" war so stark, daß sie manchmal davon körperliche Schmerzen bekam. Ihre Augen brannten, als seien sie in Feuer getaucht; der Kopf dröhnte, die Glieder schmerzten. An solchen Tagen konnte nur die Mutter helfen, die Mutter, die sie schweigend in die Arme nahm. Langsam beruhigten sich dann die zuckenden Glieder, die drohende Außenwelt trat zurück. Nur bei der Mutter konnte sie sich warm und geborgen fühlen.

Das Kind seufzte. Es war stickig heiß in der kleinen Küche, und draußen hatte ein rascher Regen alles frisch gesprengt. Eva trat ans Fenster und öffnete es einen Spalt. Dabei hatte sie nicht an die Kinder gedacht, die im Hof johlten. Den ganzen Nachmittag hindurch spielten sie schon „Fliegeralarm". Aber als sie jetzt Eva am Fenster erblickten, ließen sie davon ab, liefen unter ihrem Küchenfenster zusammen und gossen die Flut ihrer Schmähungen wie schmutziges Spülwasser über sie aus. Eva warf zitternd das Fenster wieder zu. Sie fühlte sich wirklich wie besudelt. Plötzlich wußte sie, daß sie dem allen nicht standhalten würde. Sterben müssen war nicht mehr schlimm, schlimm war es dagegen zu leben, in einer Welt von Feinden allein zu sein, jeden Tag, jede Nacht neu bewältigen zu müssen. Schon diese Nacht, die jetzt kam, war voller Gefahren. Das „böse Auge", das sich in dem Häuschen nicht hervorgewagt hatte, nistete hier plötzlich wieder in jedem Winkel, starrte von der Decke herab und kauerte in der Ecke am Boden. Schadenfroh blickte es sie an: Heute habe ich die Mutter geholt, morgen hole ich dich – du Kröte! Eva schrie gellend auf. Außer sich vor Angst, verbarrikadierte sie die Küchentür, ließ die Verdunkelung herunter und verstopfte die Ritzen. Dann drehte sie beide Gashähne auf. Wie nach einer Anstrengung fiel sie erschöpft in den Stuhl. Die Uhr über ihr tickte gleichmäßig weiter. Dann war das Geräusch plötzlich weg, man hörte nur noch das Rauschen. Eva wußte, das ihr das „böse Auge" nichts mehr anhaben konnte.

Sie lächelte, zum ersten Male an diesem Tag. Ganz ruhig breitete sie die Arme lang über den Tisch, bettete den Kopf darauf und wartete auf den Tod. Die große Telleruhr an der Wand zeigte kurz nach acht. Es war der 23. August 1942. Das Kind war gerade zehn Jahre alt.

II

Um dieselbe Zeit, als Eva sich zu Hause zum Sterben bereit machte, stand Lotte Sarah Burkhardt, ihre Mutter, im Friedrichshain am Märchenbrunnen und wartete auf ihren geschiedenen Mann. Er war unpünktlich wie immer. Lotte ging unruhig auf und ab, fünf Schritte hin und wieder zurück, weil sie sich auf keinen Fall weit von dem Treffpunkt entfernen wollte. Rudolf bekam es fertig, gleich wieder umzukehren. Er hatte sich nur schwer zu der Zusammenkunft bewegen lassen. Wahrscheinlich hatte er gerade mal die Taschen voll Geld, dann war er immer sehr ablehnend ihr gegenüber. Lotte lachte bitter. Als ob sie nicht selbst die größten Bedenken gehabt hätte, ihn anzurufen. Aber es mußte sein. Die Unterredung mit Rudolf gehörte genauso zu ihrer neuen Aufgabe wie die Fahrkarte, die sie am Alex gelöst hatte, wie der ein für allemal abgetrennte Judenstern und wie der Paß auf den Namen irgendeiner Erna Färber, den sie seit zwei Stunden bei sich trug. Sie sah sich vorsichtig um. Gut, daß die Tage schon wieder so kurz waren. Trotz der frühen Stunde war es stockfinster, der Himmel bedeckt, also wohl keine Fliegergefahr. Von den umliegenden Bänken her kicherte es. Urlauber mit ihren Gelegenheitsbräuten. Spaziergänger, auf der Brust die Leuchtplakette, schlenderten vorüber. Unter ihren Füßen raschelte der Kies wie welkes Laub. Dann war es wieder ganz still – der scheinbare Friede eines Sommerabends. Lotte Burkhardt strich sich das Haar aus der Stirn – eine Bewegung, die sie immer machte, wenn sie müde war. Sie spürte erst jetzt ihre Erschöpfung. Seit vierundzwanzig Stunden fühlte sie sich zum erstenmal unbeobachtet. Dabei wußte sie, daß die Sicherheit, die ihr jetzt die Dunkelheit bot und die sie kostete wie etwas Verbotenes, nur scheinbar und trügerisch war. Denn die Finsternis barg genausogut auch den Feind. Schon der nächste Spaziergänger, der vorbeikam, konnte unversehens stehenbleiben und eine Taschenlampe zücken, die entlarvende Blendlaterne der Gestapo. Lotte ging immer noch auf und ab, hin und her. Der breite Sims des Brunnens lockte zum Ausruhen. Aber nur jetzt nicht der Müdigkeit nachgeben! Sie fühlte, daß es dann mit ihrer Fassung vorbei sein würde. Der ganze Tag hatte eine Anspannung aller Nerven erfordert, die kaum erträglich war. Und sie war noch längst nicht außer Gefahr. Wenn nur Rudolf bald käme! Sie würde ruhiger sein, wenn sie erst mit ihm gesprochen hatte.

Herbert Busch war verhaftet! Zum soundsovielten Male zergrübelte sie sich den Kopf, wie das hatte geschehen können. Herbert, der so klug und vorsichtig war, so ordentlich, daß es fast pedantisch wirkte. Undenkbar, daß er sich zu einer Unbesonnenheit hatte hinreißen lassen. Lotte hatte ihn zuletzt vor drei Tagen gesehen, als sie das Material für Hans von ihm übernommen hatte. Seit mehr als einem Jahr stellte sie zwischen beiden die Verbindung her. Alles war glatt gegangen wie immer. Hans hatte die Nachrichten sofort in seiner nächsten Sendung verwandt, unter einem neuen Codeschlüssel, den niemand kannte. Hatten sie sich schon zu sicher gefühlt, der Gestapo durch irgendeinen Fehler, den sie übersehen hatten, einen Hinweis geboten?

Bis jetzt wußte sie nicht, ob Hans Steffen verhaftet war. Er verbrachte die Sonntage auf seinem Boot, gemeinsam mit Hilde, die eng mit ihm zusammenarbeitete. Beide kamen vermutlich erst heute abend nach Hause. Aber alle anderen Mitglieder der Gruppe liefen frei herum, waren zumindest gestern noch vollzählig zur Nachtschicht erschienen. Nur Herbert Busch hatte gefehlt.

Das war der Punkt, wo Lotte mit ihren Überlegungen nicht weiterkam. Weshalb hatten sie nur Herbert verhaftet? Sie prüfte im Geist jeden Genossen. War ein Spitzel darunter, so hätte er auch alle anderen preisgegeben. Aber die Gestapo kannte offenbar die übrigen Namen gar nicht. Heute früh hatten sie Herbert am Fabriktor aufgestellt, am Ausgang zum Bahnhof Siemensstadt-Fürstenbrunn, den sie alle passieren mußten. Salo und Martin liefen als erste blind auf ihn zu. Lotte hatte sofort gesehen, daß etwas nicht stimmte. Sie bemerkte Herberts starren Gesichtsausdruck, sein verzweifeltes Bemühen, die beiden durch seine hochmütige Miene von sich fernzuhalten. Aber es war schon zu spät. Erst als Herbert nur hilflos die Schultern hob, sahen sie, daß seine Arme unter dem übergehängten Mantel gefesselt waren. „Hunde!" heulte Martin. Er war noch nicht zwanzig und in der illegalen Arbeit nicht sehr erfahren. Er taumelte mit Salo weiter. Vielleicht hofften sie, daß es irgendwo noch für sie einen Ausweg gab, daß die Falle noch nicht endgültig zugeschnappt war. Kurz vor dem Bahnhof wurden sie diskret in eine Limousine gesetzt. Noch vier andere ereilte das gleiche Schicksal. Dann war es für Lotte selbst höchste Zeit. Bevor sie ging, gelang es ihr, Herberts Blick zu erhaschen, einen Blick, den sie sich nicht deuten mochte. Als ob jemand endgültig Abschied nahm.

Der Kies raschelte. Lotte blieb stehen, spannte den Körper wie zum Sprung. Dann erkannte sie erleichtert, daß es Rudolf war. Er schlenderte gemächlich auf sie zu, den Hut in der Hand, die Jacke über dem knalligen Hemd weit geöffnet.

„Tag, Mädchen. – Na, wo brennt's denn mal wieder?" Kein Wort der Entschuldigung, daß er sie eine halbe Stunde hatte warten lassen. Sein Atem roch nach Schnaps. Lotte fühlte plötzlich eine tiefe Niedergeschlagenheit. War es richtig, Rudolf ins Vertrauen zu ziehen? Sie vergaß manchmal, daß es nicht mehr der Rudolf von früher war. Wenn er getrunken hatte, war er kaum zurechnungsfähig. Aber schließlich – ihr blieb keine andere Wahl.

Sie zog ihn tiefer in den Park. „Es handelt sich um Eva", sagte sie. „Ich muß dich bitten, sie eine Zeitlang zu dir zu nehmen." Sie stockte, sah gespannt zu ihm auf. Aber ihre Mitteilung schien auf ihn keinen großen Eindruck zu machen. „Mach keine Witze", sagte er nur. Lotte ließ die Schritte, die ihnen seit geraumer Zeit folgten, näherkommen und endlich vorbeiziehen: den Gleichschritt eines BDM-Mädchens mit seinem Soldaten. Trotz aller nervösen Spannung mußte sie lächeln. Die beiden spazierten bestimmt nicht im Dienst der Gestapo. Sie blieb stehen, faßte, ohne es zu wissen, nach Rudolfs Hand.

„Ich muß weg aus Berlin, Rudolf. Heute noch. Ich kann nicht mehr zu Siemens zurück. Auch nicht in die Wohnung – zu Eva. Du mußt dich um sie kümmern. Sie ist so allein." Rudolf schien jetzt erst zu begreifen. „Du wirst illegal?" fragte er überrascht.

Lotte nickte. „Es kann nur ein Versehen sein, daß ich überhaupt noch frei bin." Sie wartete eine Minute, aber Rudolf blieb stumm. Er zog einen Grashalm durch die Zähne, versuchte mit großer Hingabe, wie ein Kind darauf zu blasen. Lotte sagte endlich: „Du wirst keinerlei Schwierigkeiten haben. Schließlich ist Eva genausogut deine Tochter. Das Arisierungsverfahren läuft." Da Rudolf noch immer beharrlich schwieg, wiederholte sie: „Wie gesagt, es ist ganz ungefährlich für dich."

„Ungefährlich!" sagte Rudolf verächtlich. Er setzte mürrisch hinzu: „Schließlich will sie leben."

Lotte sah ihn entgeistert an. War es möglich, daß es ihm darum ging? Daß er Geld von ihr verlangte für eine Sache, die einfach Menschenpflicht war? Von seinen Vaterpflichten gar nicht zu reden ... Sie war immer wieder entsetzt über die Verwandlung, die er durchgemacht hatte. Vor mehr als zehn Jahren hatten sie sich kennengelernt, als Genossen im selben Unterbezirk. Damals hatte er saubere politische Arbeit geleistet, was um so erstaunlicher war, als er sich erst nach schweren inneren Kämpfen von seinem bürgerlichen Vaterhaus losgesagt und der Sache des Proletariats zugewandt hatte. Bis Ende 1933 hatte er durchgehalten, dann war er verhaftet worden, drei Monate nach Evas Geburt. Man steckte ihn für zwei Jahre nach Brandenburg. Aber die „Hochschule für Politik", wie die Politischen die Zuchthäuser nannten, machte ihn nicht härter. Jetzt erst zeigte es sich, auf wie schwachen Füßen seine politische Überzeugung stand. „Ich habe genug gelitten – jetzt will ich leben", war seine Parole, als er wieder draußen war. Er ließ sich sofort von Lotte scheiden, übernahm einen kleinen Bücherwagen und handelte mit Naziliteratur. Aber der Bestand seiner Bücher wurde immer kleiner statt größer, weil er alles vertrank. Seine Mutter, die ihn nach dem Tode des Vaters wieder aufgenommen hatte, bestärkte ihn noch in seiner Schwäche; sie bezahlte alle seine Schulden. Auch Lotte hatte ihm schon verschiedene Male mit Geld ausgeholfen. Sie konnte ihm nie wirklich böse sein. Für sie war er immer noch ein bißchen der frühere Rudolf. Und dann: was er geworden war, hatten die Nazis aus ihm gemacht.

Sie gab ihm vierhundert Mark, ihre letzte Barschaft. Sie würde sich schon irgendwie durchschlagen. Dann gab sie ihm die Wohnungsschlüssel. „Aber geh gleich hin", beschwor sie ihn. „Das Kind wird sich ängstigen. Es hat ja gar keine Nachricht von mir ..."

Rudolf brummte etwas. Nachts noch umziehen mit Sack und Pack ... Lotte sah ihn verwundert an: „Willst du denn zu Eva ziehen?" fragte sie.

„Natürlich! Solche Wohnung ist doch Kapital heutzutage. Oder ist es dir sympathischer, wenn sich dein Blockwart reinsetzt?"

Sie hatte noch gar nicht darüber nachgedacht. Vielleicht hatte er recht. Der Mietvertrag lief sowieso noch auf seinen Namen.

Dieser Tatsache verdankte sie es wohl auch, daß sie die Wohnung überhaupt noch behalten hatte. Volljuden waren längst in Judenhäusern zusammengepfercht. Aber wenn die Gestapo sie suchte und Rudolf fand, konnte das für ihn unangenehm werden. Rudolf zerstreute ihre Bedenken. Er würde sich schon aus der Affäre ziehen. Überhaupt, wenn er rechtlicher Eigentümer der Wohnung war, konnte ihm niemand an den Wagen fahren ... Lotte war nur halb überzeugt. Sie kannte die Gestapo – andererseits war der Gedanke bestechend, daß Eva in der gewohnten Umgebung bleiben sollte. Bei der Großmutter würde sie neuen feindlichen Eindrücken ausgesetzt sein. Die alte Frau Burkhardt war Antisemitin. Sie hatte Lotte immer gehaßt und würde wahrscheinlich ihren Haß auch auf das Kind übertragen. Bei Rudolf dagegen würde es Eva gut haben – vorausgesetzt, daß er vernünftig blieb und nicht allzusehr über die Stränge schlug. Vielleicht konnte er sogar Evas Arisierung durchdrücken – womit sie selbst allerdings jedes Anrecht auf das Kind verlieren würde. Aber daran wollte sie jetzt noch nicht denken. Im Augenblick war nur wichtig, daß sie untertauchte und daß jemand für Eva sorgte. Sie wollte also Rudolfs Absichten nicht im Wege stehen ...

„Nun – was ist?" fragte Rudolf jetzt. „Hast du noch mehr auf dem Herzen?"

Lotte konnte nur nicken. Sie hatte nicht gewußt, daß ihr die Trennung von Eva so schwer werden würde. Sie rang mit einem Entschluß. Wieder fühlte sie im Innersten, daß es leichtsinnig war, Rudolf einen Hinweis zu geben, sie mußte im Gegenteil wie vom Erdboden verschluckt sein. Aber dann war sie auch für Eva ausgelöscht. Das glaubte sie nicht ertragen zu können. Sie sagte plötzlich: „Du kannst mir nach Storkow schreiben. Postlagernd Erna Färber. Ich werde von Zeit zu Zeit nachfragen. – Und grüß Eva vielmals!"

Rudolf ging völlig unbeschwert. Er dachte an Lottes Möbel, die ihm jetzt zusammen mit ihrer Wohnung in den Schoß fallen würden. Er wollte sie schnellstens verkaufen. Möglichst noch vor dem nächsten Großangriff, denn man konnte nie wissen. Die Aussicht auf das leicht zu verdienende Geld stimmte ihn beinahe übermütig. Am liebsten wäre er in die nächste Kneipe gegangen und hätte sich auf Vorschuß einen angetrunken. Aber er besann sich noch rechtzeitig. Wenigstens heute mußte er wohl gleich nach Hause gehen, zu Eva ...

Lotte sah ihm nach, als er jetzt im Dunkeln verschwand. Er hatte den wiegenden Schritt eines Menschen, der um so ängstlicher auf den äußeren Eindruck bedacht ist, je mehr er sich innerlich fallen läßt. Sie kannte ihn so durch und durch, mit allen Schwächen. Trotzdem mußte sie ihm jetzt ihr Kind überlassen.

Sie seufzte. Menschen wie sie sollten immer allein sein. Jeder Angehörige, an den sie sich hängte, war eine Gefahr. Und sie war gefährdet genug – auch ohne ihre Liebe zu Eva.

Endlich machte sie kehrt und ging durch den menschenleeren Hain zurück. Die nächste Telefonzelle stand am Königstor. Sie trat ein und wählte die Nummer von Hans Steffen.

III

Die Eisdiele lag mit der Front zur Straße, unmittelbar neben dem Eingang zur Kleingärtner-Vereinigung „Waldes-ruh". Gegenüber der Kolonie war die Straßenbahnhaltestelle. Es stimmte alles: niedrige gelbe Baracke, angebauter Schuppen, die Schaufensterscheibe durch Splitterschaden etwas eingedrückt. Der Landser, der auf die Ladentür zusteuerte, hätte alles, ohne hinzusehen, aufzeichnen können, so genau hatte er sich die Beschreibung eingeprägt. Er trat ein.

Drinnen war trotz der vorgerückten Stunde – es war kurz vor Ladenschluß – noch Hochbetrieb. Alle Tische besetzt, vor der Theke eine Schlange Halbwüchsiger. Eine ältere Frau hantierte resolut am Büfett. Der Landser blieb bescheiden im Hintergrund, schob sich nur langsam als letzter in der Schlange heran. „Ich komme wegen der Annonce", sagte er, als er an der Reihe war. „Ich wollte mir den Schreibschrank ansehen."

Die Frau blickte auf, sah ihn scharf an. „Da kommen Sie zu spät", sagte sie. „Der ist schon verkauft." Ihre Augen – in den Winkeln mit vielen Fältchen wie ausgefranst, abgenutzt vom Sehen, die Farbe vom Alter wie ausgeblichen – tauchten in seine hellen, jungen. „Ist die Standuhr noch da?" fragte der Soldat.

Die Frau nickte. Sie kratzte die Eisreste, die noch an der Kelle saßen, an die Kübelkante, legte die Kelle weg und trocknete ihre Hände an der Schürze ab. Dann öffnete sie die Tür zum Nebenraum. „Hans!" rief sie. „Hier interessiert sich jemand für deine Standuhr!" Sie schob den Landser mit beiden Händen, wie einen kostbaren Gegenstand, hinein.

Drinnen erhob sich ein langer schlaksiger Mensch, fast zwei Meter groß. Er mußte gebückt stehen, um nicht mit dem Kopf gegen die Decke zu stoßen. Er kam auf den Soldaten zu, schüttelte seine Hand: „Ihr laßt mich ja ziemlich lange warten ... Was gibt's?" Der Soldat zog sich einen Stuhl heran, setzte sich. „Nichts Gutes", sagte er kurz. „Keine Nachricht aus Amsterdam."

„Keine Nachricht?" wiederholte Hans. „Das ist doch nicht möglich ..." Aus dem Laden kam plötzlich laute Musik. Lilli-Marleen – das Leib-und-Magen-Lied des Belgrader Senders. Gerade das Richtige zum Ablenken für die Kundschaft draußen, dachte der Landser. Die Frau schien in Ordnung. – Er wandte sich an Hans: „Wann ist der Kurier abgefahren?"

„Donnerstag nacht. Spätestens Sonnabend konnte alles erledigt sein."

Der Landser nickte. „Wir warten seit Sonntag. – Heute ist Dienstag."

Er verstummte. Beide blickten sich eine Minute lang schweigend an, einer prüfend den anderen. Hans sah den Landser zum erstenmal: ein vertrauenerweckendes, gutes Gesicht. Aber es war nicht richtig, daß sie ihm jedesmal einen anderen schickten. Sie durften ihn nicht unnötigerweise gefährden, das mußte er nächstens den Genossen sagen. – Der andere stand auf. „Wir glauben nicht, daß es was Ernstes bedeutet", sagte er. „Immerhin – man mußte dich unterrichten. Du wirst dich auf die Möglichkeit einstellen müssen."

Er ging. Der Laden hatte sich inzwischen geleert. Hans stand im Türrahmen und sah seiner Mutter zu, die mit raschen Bewegungen die gewohnten Handgriffe tat: Tische abräumen, verdunkeln, Schnipsel und Papptellerreste zusammenkehren. Erst als sie an Hans vorbei zur Theke ging, sah sie auf und legte Besen und Staubwedel hin. „Junge – ist was passiert?"

Hans überlegte, wieweit er sie einweihen sollte. Er hatte nicht viele Geheimnisse vor seiner Mutter. Sie allein hatte ihn zu dem erzogen, was er war. Aber er wollte sie nicht unnötig mit Wissen belasten. Der Kurier trug den Schlüssel für seine chiffrierten Sendungen bei sich, um ihn durch bestimmte Kanäle ins Ausland zu schmuggeln. Als Angehöriger einer Besatzungstruppe in Holland war das nicht schwer für ihn. Aber er hatte die vorbestimmte Stelle noch nicht informiert. – Das war die Nachricht, die Hans soeben erhalten hatte, eine nur negative, die Raum für vielerlei Vermutungen ließ. Sie konnte alles bedeuten und nichts. Hans neigte dazu, eher das letztere zu glauben. Ein Soldat war in seinen Entschlüssen nicht frei, irgendeine Laune seines Vorgesetzten konnte alle seine Pläne durchkreuzen. In zwei, drei Tagen würde man schon klarer sehen. Trotzdem war es notwendig, sich auf das Schlimmste gefaßt zu machen – deshalb sagte er jetzt: „Wir müssen wieder mal ausmisten, Mutter." Frau Steffen nickte. „Das laß meine Sorge sein, Hans. Die Wohnung ist sauber – auch drüben bei euch. Bloß den Boden nehme ich mir noch mal vor. Und den Koffer ins Bootshaus – wie immer?" Hans zögerte. „Ich möchte nicht, daß Hilde beunruhigt wird, Mutter. Gerade in ihrem Zustand ..."

„Wer spricht denn von Hilde?" unterbrach sie ihn empört. „Ob der Koffer wieder nach Lehnitz soll, will ich wissen. Ich bringe ihn schon selber 'raus ..." Sie sah ihn schmunzelnd an. „Besser, so was tun alte Weiber wie ich. Denen steigt wenigstens keiner mehr nach.

Hans bückte sich und gab ihr einen Kuß auf die Stirn. Sie war die allerbeste Genossin; immer zuverlässig und zu jeder Arbeit bereit. Oder war sie eine noch bessere Mutter? Er konnte es manchmal nicht klar unterscheiden. Er sah sie liebevoll an. „Kein unmittelbarer Grund zur Besorgnis, Mutter. Aber es ist besser, wir verschwinden für kurze Zeit. Ich will ein paar Tage aufs Wasser. Du hilfst mir doch, Hilde dazu zu bringen – ja? Sie wird natürlich tausend Einwände haben."

Seine Mutter schüttelte den Kopf. „Sag ihr klipp und klar, was los ist, Junge – das ist das beste. Hilde ist doch eine vernünftige Frau. Du nimmst viel zuviel unnötige Rücksicht auf sie."

„Das verstehst du nicht, Mutter", sagte er und tätschelte ihr welkes Gesicht. „Du weißt nicht mehr, wie man mit werdenden Müttern umgehen muß ..."

Sie sah ihm stolz hinterher, als er endlich ging – dem langen Kerl, der bald Vater wurde. Sie machte sich keine Sorgen um ihn. Hans war ein Junge, der wie eine Katze immer auf die Beine fiel. Welcher junge Mann, Jahrgang 1916, konnte es sich heute noch leisten, statt an der Front zu sterben, mit seiner Frau segeln zu gehen? Hans brachte das Kunststück fertig. Er war noch nicht einen einzigen Tag richtig Soldat gewesen, obgleich er gesund war. Zuerst hatte er sich dreimal vom Arbeitsdienst zurückstellen lassen. Als er doch nach Deutsch-Eylau kam, hatte er sich ein hartnäckiges Nierenleiden zugelegt. Für den Dienst untauglich, machte er Schreibstubenarbeit. Der Krieg in Polen zerschnitt die tödliche Monotonie. Die Männer vom Arbeitsdienst wurden einem Baukommando zugeteilt. Sie durften gerade noch die Beute der Herren Offiziere verpacken, dann wurden sie selbst in Richtung Heimat in Bewegung gesetzt. Alle, die noch nicht gedient hatten, sollten von dort aus zur Ausbildung weg. Hans fertigte in der Schreibstube die Entlassungen aus, mit seiner ausdrucksvollsten Schönschrift – das erforderte Zeit. Dann gab es auch noch andere Dinge zu tun. Nie war sein Pflichtgefühl im Beiseiteschaffen unerledigter Postsachen so stark entwickelt gewesen wie jetzt. Als er endlich nach Berlin kam, ging der Transport nach Celle mit seinen Kameraden gerade ab. Er blieb als einziger zurück. Zu seinem Leidwesen konnte er sich auch jetzt noch nicht bei seinem Bezirkskommando stellen, weil er sich unterwegs den Fuß verstaucht hatte. So reichte er seinen Wehrpaß nur schriftlich ein – und erhielt ihn wenige Tage später zurück, ordnungsgemäß ausgefüllt und mit dem Meldestempel versehen. Das war jetzt über zwei Jahre her. – Seitdem hatte er nie mehr etwas von der Wehrmacht gehört.

„Hans ist vergessen worden", sagten die Bekannten. „Er hat eben mächtigen Dusel." – Frieda Steffen wußte, daß es nicht bloß Dusel war; sie war stolz auf Hans, weil er sich so erfolgreich drückte. Er war fürs Massensterben zu schade. Er hob sich für wichtigere Dinge auf. Hans ging die wenigen Schritte bis zu seiner Laube. Seine eigene Parzelle grenzte an die der Mutter, ein ausgetretener Pfad verband beide. Hans gab seinen Begrüßungspfiff, als er über die Schwelle trat: tatü – tata ... Mittendrin hielt er inne. Auf der Diele standen, fix und fertig verpackt, ihre Wochenendtaschen. Bevor er sich noch darüber klar wurde, was das bedeuten sollte, woher Hilde seine geheimsten Gedanken hatte erraten können, erschien sie selbst. Sie war im Mantel, hatte die Baskenmütze lose aufs Haar gestülpt. Ihr Gesicht über dem dunkelblauen Trenchcoat war sehr weiß.

„Gut, daß du da bist, Hans", sagte sie leise. „Lotte hat angerufen. Herbert Busch ist verhaftet!"

Hans duckte sich unwillkürlich, als hätte sie ihn geschlagen. Seine Augen blickten Hilde erschrocken an. Wenn ihr nur die Aufregung nicht schadet, war sein erster Gedanke. Dann erst faßte er langsam die ganze Bedeutung der Nachricht.

„Lotte?" fragte er beklommen.

„Bringt sich in Sicherheit", sagte Hilde ruhig. „Wenn es ihr gelingt ..." Sie stockte, sprach den Gedanken nicht aus. Aber Hans wußte auch so, was sie meinte. Solange sie Lotte noch nicht hatten, bestand für sie kaum Gefahr. Lotte war ihre einzige Verbindung zur Siemens-Gruppe. Aber Herberts Verhaftung war eine Warnung. – Die zweite schon heute, dachte Hans im stillen.

Hilde drehte sich um und schaltete in der Stube die Lampe aus. Die Schatten fielen jetzt flacher und verdeckten halb ihr Gesicht. Hans sah nur noch ihr Kinn und den Mund, der ein wenig zuckte. Aber ihre Stimme klang gelassen wie immer. „Wir haben Proviant für mindestens eine Woche", sagte sie. „Bis dahin werden wir wissen, ob die Verhaftung noch weitere Kreise zieht. Sechs aus Herberts Gruppe sind schon hochgegangen."

Sie sahen sich schweigend an, aufgewühlt von demselben Gedanken. Herberts Verhaftung war ein ungeheurer Schlag für die illegale Arbeit. Herbert hatte als leitender Ingenieur der Patentabteilung Einblick in die interne Planung gehabt. Seit über einem Jahr benutzte er seine Kenntnisse zum aktiven Kampf gegen die Nazis. Seine Informationen wurden von Hans verschlüsselt ins Ausland gesendet. Gelang es der Gestapo je, die Sendungen zu entziffern, so war Herberts Schicksal besiegelt; und das wußte er auch. Die Quelle der Nachrichten war zu eindeutig.

Wieder dachte Hans an die erste Warnung, die er heute erhalten hatte. Bestand zwischen beiden Nachrichten ein Zusammenhang? Er verständigte Hilde kurz, sie kannte Karl, den Verbindungsmann zum Kurier, fast genauso gut wie er. Er war ein guter Freund von ihnen; durch und durch zuverlässig, ein Mann mit Überlegung und Menschenkenntnis. Es war undenkbar, daß er einen so wichtigen Auftrag wie diesen leichtsinnig vergeben hatte. Aber auch ältere und erfahrenere Genossen als Karl waren gelegentlich einem Spitzel ins Garn gegangen. Wie, wenn er nun ebenfalls dem Falschen vertraut hatte?

Er sah, daß Hilde angestrengt nachdachte. Wie immer, scheuerte sie dabei mit den Zähnen die Oberlippe. Als sie jetzt den Blick zu ihm hob, sah Hans einen Ausdruck von Angst, den er bisher noch nicht an ihr kannte. Er zog sie auf einmal an sich und küßte sie. Sie war immer noch mädchenhaft schmal, trotz ihres Zustandes, und fast einen Kopf kleiner als er. Ihre Handgelenke waren zart wie bei einem Kind. Man muß sie beschützen, dachte er. Statt dessen tat er genau das Gegenteil. Sie war aus einer inselhaft isolierten Welt, in die sie sich mit einem rassisch verfolgten Freund geflüchtet hatte, zu ihm gekommen. Ungeachtet der Gefahr hatte sie mit diesem Freund Not und Elend geteilt und ihn bei seinen wissenschaftlichen Arbeiten unterstützt. Sie hatte leidenschaftlichen Anteil daran genommen, weil sie überzeugt davon war, daß alles einmal wieder Geltung finden würde.

Jetzt stand sie bei ihm mitten in der Gefahr und schwamm mit ihm gemeinsam gegen den Strom und wurde selbst von Tag zu Tag kühner. Aber fühlte sie sich bei dieser Art zu leben wirklich glücklich? Er bezweifelte es.

Hilde war eine durchaus mütterliche Natur, die ihr Glück in der Fürsorge für andere Menschen fand. Die Krönung ihres Daseins war jetzt das Kind. Während sie jedoch das neue Leben in sich wachsen fühlte, war sie gezwungen, stündlich das eigene aufs Spiel zu setzen.

Er streichelte ihr Haar. Er versuchte, die Gedanken, die ihn bewegten, auszudrücken. „Ich habe ein schlechtes Gewissen", sagte er endlich. „Ohne mich würde dir das alles erspart bleiben."

Sie richtete sich auf. „Was würde mir erspart bleiben?" fragte sie zurück. „Die gemeinsame Arbeit ..." Sie sah ihn ruhig mit ihren großen, jetzt immer etwas verschatteten Augen an. „Wir wissen doch beide, worum es geht."

Hans nickte. „Um unseren Kopf", sagte er ernst.

Ein Windstoß kam durchs offene Fenster und bauschte die Verdunklung auf. Hilde zog, wie vor Kälte, ihren Mantel enger. Plötzlich durchzuckte es sie, das Blut schoß ihr heiß bis in die Fingerspitzen. Unwillkürlich griff sie mit beiden Händen an ihren runden, gewölbten Leib.

„Eben hat es sich bewegt", flüsterte sie. Sie trat zu Hans und schmiegte sich an seine Schulter. „Es lebt", wiederholte sie leise, fast andächtig. „Hans – da dürfen wir auch nicht ans Sterben denken ..."

Er nickte. Er dachte an seine Mutter, die vielleicht in diesem Augenblick mit dem Sendegerät im Koffer auf dem Weg ins Bootshaus war. Doch diesmal würde sie den Weg umsonst getan haben. Er wollte nicht mehr senden. Hildes wegen konnte er es nicht länger verantworten. Sie mußte sich schonen.

Doch in diesem Augenblick sagte Hilde: „Ich denke, wir segeln diesmal in Richtung Mecklenburg, dort ist es am ungefährlichsten. Aufgeben können wir die Arbeit auf keinen Fall." Sie hob ihre Tasche auf und ging ihm voran durch die Tür. Hans folgte ihr beklommen, aber ohne Widerspruch. So geht es immer, dachte er, die Arbeit läßt uns nicht los, und sie erfordert den ganzen Menschen. Aber Hilde hat neben dieser noch eine andere Aufgabe ... Der Gedanke machte ihm angst, daß sie sich mehr zutraute, als ihre schwachen Kräfte bewältigen konnten, daß sie sich übernahm und daß sie eines Tages vielleicht daran zerbrechen würde.

IV

An diesem 21. August 1942, als Herbert Busch, im legalen Leben Ingenieur der Patentabteilung von Siemens, illegal der geistige Urheber eines Geheimsenders, überraschend an seinem Arbeitsplatz verhaftet wurde, nahm das Verhängnis, das über der Widerstandsgruppe lag, bereits seinen Lauf.

So hatte der PK-Mann Felix Haber achtundvierzig Stunden früher noch nicht geahnt, daß gerade er vom Schicksal dazu auserwählt war, ein so wichtiges Glied in der Kette des Widerstandskampfes zu bilden, daß von seinem Verhalten Leben oder Tod von ein paar Dutzend mutiger Menschen abhängen sollte.

Dieser 21. August war der letzte Urlaubstag des Gefreiten Haber. Das heißt, genaugenommen war es gar kein Urlaubstag. Haber, im Zivilberuf Kameramann, gehörte als Soldat einer Propaganda-Kompanie der Marine an, die seit kurzem in Holland stationiert war. Unglücklicherweise hatte sein Apparat jedoch gerade in dem Augenblick, als Haber ihn kurz vor dem Einsatz auf dem Schnellboot nochmals überprüfen wollte, versagt, und zwar so gründlich, daß er selbst nach stundenlangen Versuchen die Fehlerquelle nicht entdecken konnte. Er erhielt deshalb einen Marschbefehl nach Berlin, um die „Arriflex" gründlich überholen zu lassen. Haber führte den Auftrag aus, indem er, zu Hause angekommen, die Kamera auseinandernahm und sorgfältig von allen Sandteilchen, die sich im Objektiv festgesetzt hatten, befreite. Das war eine Arbeit von einer Stunde. Die übrigen 191 Stunden, die von den acht für die Ausführung der Reparatur vorgesehenen Tage verblieben, hatte er zur freien Verfügung.

An diesem letzten Tag seines Berliner Aufenthalts war der Gefreite Haber vormittags nach Potsdam zu seiner Einheit gefahren und hatte sich seinen Marschbefehl nach Zandvoort bei Amsterdam abgeholt. Als er zurückkam, blieben ihm noch gut zwei Stunden bis zur Abfahrt des Zuges. Er schlenderte die Straßen entlang, unschlüssig, was er mit sich und der freien Zeit anfangen sollte. Plötzlich hörte er sich beim Namen gerufen. Beim Umdrehen sah er in die strahlenden Augen seines ehemaligen Schulkameraden Karl Röttgers, der ihm beide Hände schüttelte: „Mensch, Felix – sieht man dich auch mal wieder?"

Er schob den anderen einen Schritt von sich weg und musterte ihn von oben bis unten. „Sehr weit hast du es ja noch nicht gebracht", schmunzelte er, mit einem Blick auf den Gefreitenwinkel.

Felix grinste. „Ich habe auch nicht die Absicht, es weiter zu bringen."

Er spürte, daß Karl ihn prüfend ansah: „Also noch der alte geblieben?"

„Na klar ..."

Sie überquerten die Straße und steuerten auf die Eckkneipe zu. Karl suchte den entlegensten Platz, einen Tisch in einer Nische, wo sie ganz ungestört waren. Trotzdem setzte er sich so, daß er das Lokal übersehen konnte. Es waren nur wenige Leute da, drei Männer und eine Frau, die trübsinnig ihr dünnes Bier hinuntergossen. Karl zog den Schulfreund an seine Seite. „Also schieß los!" sagte er ungeduldig. „Wie ist die Stimmung draußen?"

Felix zuckte die Achseln: „Man sieht zu, wo man bleibt ...", ginste er.

Er erzählte seinen „Unfall" mit der Kamera. „Bewährtes Rezept", lachte er. „Das erstemal streikte das Ding in Riga, wo es die Butter buchstäblich aus Fässern zu fressen gab. Wir haben uns natürlich zehn Filmrollen voll mitgenommen ... Dann in Bukarest, da wollten wir wegen der Mädel noch ein paar Tage rausschinden. Na, und jetzt – die acht Tage Berlin waren einfach Puppe!" Er legte drei Finger an die Lippen und warf sie schmatzend in die Luft. „Und du?" fragte er den anderen. „Wie gefällt es dir bei Preußens?"

Karl wartete, bis der Kellner durch das Lokal auf sie zukam und das wäßrige Bier vor sie hingestellt hatte. Erst als er wieder außer Hörweite war, lehnte er sich in seinen Stuhl zurück. „Ich bin nicht Soldat", sagte er, dabei Felix fest ansehend. „Wehrunwürdig. Bin erst vor sechs Wochen aus Oranienburg zurückgekommen." Felix spürte, wie er rot wurde. Die Röte begann hinten im Genick, züngelte wie eine Flamme um den ganzen Hals und überzog langsam sein Gesicht bis dicht unters Haar. Er mußte auf einmal an die Schulzeit denken. Sie hatten beide der Freien Schulgemeinde Scharfenberg angehört. Schon früher waren Karl, er und noch ein paar andere aus dem sozialistischen Jugendverband eine verschworene Gemeinde gewesen. Einer von ihnen, Hans Steffen, war gleich 1933 von den Nazis verfolgt worden, und sie hatten ihn, obgleich er schon nicht mehr zur Schule gehörte, umschichtig auf ihrer Bude versteckt. Später hatten sie alle unter Protest die Schule verlassen, als man sie zwingen wollte, in die HJ einzutreten. Sie waren damals gerade siebzehn. Mag sein, daß bei den meisten von ihnen solche Handlung einfach dem Bedürfnis entsprang, den befohlenen Zwangsorganisationen gegenüber den eigenen Willen durchzusetzen. Aber einige, darunter Felix, hatten das Gebot der Stunde schon klar erfaßt. Sie wußten, daß Hitler Krieg bringen würde; und diese Erkenntnis in alle Schichten zu tragen, die Vorbereitungen des Krieges mit jedem Mittel zu bekämpfen, das sollte ihre Aufgabe sein. Die ersten Jahre nach der Schulentlassung hatten sie noch eng zusammengehalten, Flugblätter verfaßt und in die Betriebe geschmuggelt. Aber im gleichen Maße, wie der Krieg, dem ihr Kampf gegolten hatte, näherrückte, waren sie wie kraftlos auseinandergefallen. Zumindest Felix, der schon seit 1935 bei der Wehrmacht diente, war angesichts des ins Ungeheure anwachsenden militärischen Apparats jeder weitere Widerstand sinnlos erschienen. Er war mit seinen ehemaligen Kameraden nicht mehr zusammengekommen, der Krieg hatte ihn an zu ferne Ufer gespült.

Nun saß Karl Röttgers vor ihm mit demselben ruhigen, klaren, vollkommen beherrschten Gesicht, mit dem er ihnen einst seine politischen Thesen auseinandergesetzt hatte. Er sah nicht danach aus, als ob sich an seiner Auffassung inzwischen etwas geändert hätte.

„Du bist also bei der Stange geblieben?" fragte Felix. Karl sah ihn an, in seinen Augen stand ein Ausdruck tiefen Erstaunens. „Natürlich ...", sagte er nur, aber es klang, als wollte er sagen: Kann es für uns etwas anderes geben?

Felix erinnerte sich der vielen Schläge, die sie in der Zwischenzeit von den Nazis hatten einstecken müssen. Wie die „Führer" mit Hilfe ihrer neunzig Milliarden, die sie zur Vorbereitung ihres Krieges verpulvert hatten, das Volk in allen seinen Schichten hatten ködern können. Das Volk war ihnen nachgerannt und hatte gejubelt, sowohl bei der Wiedereinführung der Wehrpflicht als auch bei der „Heimführung" der Sudetendeutschen ins Reich. Ungeachtet einiger Flugblätter, die eine Handvoll Andersgesinnter unter Einsatz ihres Lebens unter die Menschen gestreut hatte, um die Wahrheit zu verbreiten, hatte das Volk nicht den kommenden Krieg, sondern nur das Dahinschmelzen der Arbeitslosen auf den Straßen gesehen, das Wachsen der Autobahnen, den Bau der Schiffe, die beileibe nicht für den Krieg, sondern scheinbar für den einfachen Volksgenossen geschaffen waren, einzig und allein zu dem Zweck, diesen mit den Schönheiten der norwegischen Fjorde und mit den Reizen von Madeira bekannt zu machen. Felix seufzte. Er selbst war mit der Einberufung zum Wehrdienst mehr und mehr in den Sog der Nazis gerissen worden; er hatte sich – aus Selbsterhaltungstrieb, wie er sich selber beschwichtigte – nicht einmal dagegen gewehrt. Was blieb ihm als Soldat auch anderes übrig? Mitmachen, solange ein Vorgesetzter da ist, und sich drücken, sowie der den Rücken kehrt, das war zeit seines Soldatendaseins die Devise. Aber dann folgten die Blitzsiege, Schlag auf Schlag: Polen, Norwegen, Belgien, Frankreich ... Für einen Kriegsberichter, der die Aufgabe hat, die Geschehnisse des Kampfes auf die Leinwand zu bringen, dehnte sich der Wirkungskreis plötzlich ungeheuer aus, und es war schwer, sich im Rausch des Vordringens, des leichten und scheinbar unaufhaltsamen Sieges einen Rest von Skepsis zu bewahren. Dazu kam, daß die Sterne am Kriegshimmel des Dritten Reiches, die Helden der Luftwaffe und der Kriegsmarine, wie Mölders, Galland und Günther Prien, mit denen ihn seine Arbeit zusammenführte, als Saufkumpane im Kasino durchaus liebenswürdige Gefährten waren. Sie alle waren junge, gesunde Burschen, unbürgerlich, unsentimental und äußerst freigebig, die leider nur einen Fehler hatten: daß ihre Intelligenz nicht ausreichte, um zu erkennen, für eine wie schlechte Sache sie kämpften. Darüber hinaus verfügten sie – teils aus Liebesgabenpaketen weiblicher Verehrerinnen, vor denen sie sich kaum retten konnten, teils aus erbeuteten Feindbeständen – in beliebiger Menge über echten Kognak, Zigaretten und Sekt, die sie großzügig an ihre Umgebung verteilten. Felix, der immer unter den Beschenkten war, übersah dabei, daß er im Begriff war, sich von Tag zu Tag mehr die Ideen dieser Burschen zu eigen zu machen, die den Sieg schon fest in der Tasche wähnten und die den Gedanken, daß man etwa diesem festgefügten tausendjährigen großdeutschen Reich ernsthaft Widerstand entgegensetzen könne, mit Empörung von sich wiesen.

Das alles machte sich Felix erst in diesem Augenblick klar. Erst jetzt, da er Karl Röttgers gegenübersaß, der ihn genau wie früher anschaute: etwas skeptisch-abwartend, dabei lebhaft und immer wach interessiert, fühlte er, wie weit er sich selbst von dem Felix von damals entfernt hatte. Früher hatte sein Leben einen Inhalt gehabt. Heute ... Er schämte sich, wenn er daran dachte, wie leer und sinnlos er seine Zeit vertat. Tagsüber dösen und abends saufen, möglichst bis zur Bewußtlosigkeit, dazwischen hin und wieder ein Mädel – auf diese Weise hatte er den Krieg bis heute hinter sich gebracht. Widerspruchslos hatte er es geschehen lassen, daß die tödliche Einförmigkeit des Kommißlebens Gewalt über ihn bekam, wie über alle anderen. Karl hätte dieser Einförmigkeit seine eigene Aktivität entgegengesetzt. Dasselbe hätte man von ihm erwarten können.

„Was macht denn Hans?" fragte Felix endlich, um seinen Gedanken eine andere Richtung zu geben.

Karls Augen leuchteten auf „Der ist in Ordnung", sagte er warm. „Ist bei uns natürlich." – Er saß immer noch wie abwartend da, die Ellbogen auf den Tisch gestützt und das Kinn auf die Hände. In seinem etwas schwerfälligen, kantigen Gesicht blinkten die Augen wie zwei Feuer. „Bei euch ist wohl nicht viel zu machen?"

Felix zuckte die Achseln. „Was soll man heute den Leuten erzählen? Im Westen radiert unsere Luftwaffe eine englische Stadt nach der anderen aus, im Osten stehen wir dicht an der Wolga ..."

Karl machte eine ungeduldige Handbewegung. „Laß", sagte er, „das erzählt uns der Wehrmachtbericht besser. Was ich von dir wissen will: du hast natürlich Verbindung zur Gruppe 'Wuhlheide'?"

Er sah sofort an Felix' Gesichtsausdruck, daß das nicht der Fall war. Felix war rot geworden. „Ich bin noch nicht lange in Holland", entschuldigte er sich. „Wir werden ja an alle Fronten geworfen ..."

„Die Leute aus der Gruppe 'Wuhlheide' auch", lächelte Karl. „Du mußt nämlich wissen, 'Wuhlheide' ist eine Untergrundbewegung innerhalb der gesamten PK." Er zündete sich eine Zigarette an, warf sie aber gleich darauf zu Boden und trat sie mit dem Absatz aus, weil sie ihm plötzlich bitter schmeckte. „Noch nie davon gehört?" fragte er. „Von großer Aktivität zeugt das allerdings nicht ..."

Felix legte ihm die Hand auf den Arm. „Ich war bis jetzt isoliert", sagte er. „Du weißt ja, es ist schwer, Kontakt zu bekommen. Aber wenn du mir helfen kannst, Verbindung zu kriegen ..." Seine Stimme war heiser vor Aufregung, seine Augen hinter den dicken Brillengläsern sahen Karl erwartungsvoll an.

Karl lächelte fast wider Willen. Er setzte sich, rückte seinen Stuhl noch näher an den von Felix.

„Hör mal zu", sagte er eindringlich, aber immer mit gedämpfter Stimme, die er sich wohl in der Illegalität angewöhnt hatte. „Du scheinst zu glauben, daß ich dich für einen Abtrünnigen halte. Das ist nicht der Fall, sonst säße ich längst nicht mehr hier. Es gibt aber etwas, was ich fast genauso verachte wie Überlaufen. Das ist die Bereitschaft zum Widerstand aus einer Laune heraus. Wer heute zu uns stößt, tut gut daran, vorher sein Testament zu machen. Im vierten Kriegsjahr weht ein anderer Wind als 1935/36. Was damals zwei Jahre Zett einbrachte, kostet heute den Kopf. Darüber mußt du dir klar sein."

Felix nickte. „Weiß ich alles ..." In seiner Stimme zitterte die Spannung fast hörbar mit.

„Also gut", sagte Karl. „Wir freuen uns natürlich über jeden Neuen, der mitmacht." Er lächelte, weil Felix bei dem Wort „Neuen" zusammenzuckte. Dann sagte er: „Ich will dir etwas mitgeben. Der Brief ist wichtig; er wird in diesen Tagen von einem Amsterdamer Genossen erwartet. Wann seid ihr eigentlich in Amsterdam?"

„Zweiundzwanzig Uhr zehn.",,
„Schön. – Habt ihr Aufenthalt?"
Felix sah ihn fragend an. „Aufenthalt? Zandvoort ist ein Vorort von Amsterdam. Da fahren dauernd Züge – wie hier auf der S-Bahn."
Karl nickte. „Schön, schön. Ich wollte nur wissen, ob du eine Stunde oder anderthalb für Amsterdam rausschinden kannst."
„Soviel wie notwendig. Mein Urlaub läuft sowieso erst morgen ab. Morgen früh um fünf."
Karl lehnte sich im Stuhl zurück. Er trommelte nachdenklich mit den Fingern auf die Tischplatte. „Trotzdem, Felix", sagte er endlich, „ich bin ein Gegner von übereilten Entschlüssen. Ich schlage deshalb folgendes vor: Wir trennen uns jetzt. Bis dein Zug fährt, haben wir noch genau eine Stunde Zeit. In dieser wirst du noch mal gründlich mit dir zu Rate gehen. Bleibst du dabei, daß du mitmachen willst, dann kommst du elf Uhr fünfundvierzig zum Bahnhof Zoo an den S-Bahn-Schalter, nimmst deine Brieftasche vor und blätterst darin, als ob du einen Geldschein suchst. Ein Schein fällt dir dabei zu Boden. Ich werde den Schein aufheben und ihn dir zusammen mit einem kleinen Kuvert übergeben, in dem du alles Weitere findest. Verstanden?"
„Ja", nickte Felix. „Aber ich halte das Ganze für überflüssig ..."
„Nein, nein", sagte Karl. „Glaube mir, Felix, es ist richtig so. Entscheidungen wie diese fällt man nicht zwischen zwei Glas Bier. Du sollst auf keinen Fall das Gefühl haben, daß ich dich erpressen wollte. Überlege dir alles reiflich, mach dir vor allem immer wieder klar, daß dein Kopf auf dem Spiele steht. Kommst du zu dem Entschluß, daß dir der Einsatz zu hoch ist, daß dir die Sache, für die du einmal eingetreten bist, diesen Einsatz heute nicht mehr lohnt – dann laß lieber die Finger davon. Dann kommst du nicht zum S-Bahn-Schalter, und wir vergessen, daß wir uns heute ge-

troffen haben." Er stand auf, streckte Felix die Hand entgegen: „Also, Felix ..."

Es war kurz vor elf, als Karl auf die Straße trat. Von hier bis zum Bahnhof Zoo waren es nicht mehr als zwanzig Minuten, er konnte sich also Zeit lassen. Trotzdem durchquerte er rasch die Brandenburgische Straße, bog in die Duisburger ein und ging weiter in Richtung auf den Olivaer Platz – immer wie einer, der keine Zeit zu verlieren hat. Im Dritten Reich war nichts so verdächtig wie Müßiggang. Auch die Bänke in den Anlagen standen wie verlassen. Niemand wagte es, sich am hellen Vormittag darauf niederzulassen, aus Angst, sich durch solche verbrecherische Untätigkeit eine Anzeige beim Arbeitsamt zuzuziehen. Kein Volksgenosse der vielgepriesenen Volksgemeinschaft duldete es, daß ein anderer es in irgendeiner Beziehung besser hatte als er selbst. Das Denunziantentum wucherte üppig wie Unkraut. Karl fragte sich seit seiner Entlassung aus dem KZ immer wieder, ob sich für solche Menschen ein Kampf, wie er ihn führte, überhaupt lohnte. Er bejahte es trotz allem. Er glaubte daran, daß man die Menschen ändern konnte. Die Nazis hatten alles Schlechte in ihnen nach oben gespült. Wie in einem See, in dem der aufgewühlte Grund scheinbar die ganze Fläche trübt, so war gegenwärtig, schien es Karl, auch in den Menschen das Gute vom Bösen bedeckt. Es in einer freieren, glücklicheren Zukunft besonders in den jungen Menschen wieder zu wecken war ein Wunschtraum Karls, der Erzieher aus Leidenschaft war. Doch zunächst war sein Berufsziel in unbestimmte Ferne gerückt. Kurz vor Beendigung seiner Ausbildung war er vom Seminar weg verhaftet worden. Jetzt arbeitete er, um seine legale Existenz aufrechtzuerhalten, als „Ungelernter" in der Fabrik. Er war gerade von der Nachtschicht gekommen, als er Felix traf.

Karl überquerte den Platz, machte oben kehrt und ging durch die Xantener Straße wieder zur Kneipe zurück. Die Tür stand offen – Felix war nicht mehr da. Er wird auch nicht zum Treffpunkt kommen, dachte Karl. Man hatte mit früheren Genossen zum Teil recht trübe Erfahrungen gemacht. Vom Wiedersehen beeindruckt, waren sie im Augenblick zu jeder Arbeit bereit – doch sich selbst überlassen, fielen sie sofort wieder in ihre Passivität zurück. Diese politische Gleichgültigkeit fand man besonders bei den Soldaten. Auf ihren kleinen Kampfabschnitt konzentriert, trübte sich ihr Gesichtsfeld rasch, und sie verloren jede Fähigkeit der Orientierung. Felix, von Natur labil und leicht beeinflußbar, war zwar intelligent genug, um sich ein eigenes Urteil zu bilden, aber Karl bezweifelte, daß er die Kraft aufbringen würde, seiner Umgebung einen immer gleichbleibenden zähen Widerstand entgegenzusetzen. Karl hätte auch sicher nicht daran gedacht, ihn sofort aus seiner Lethargie aufzurütteln, wenn er nicht in Bedrängnis gewesen wäre. Er hatte keinen Kurier zur Verfügung. Der Mann, der bisher die Verbindung aufrechterhalten hatte, war inzwischen wegen einer anderen Sache hochgegangen. Karl hatte es erst gestern erfahren. Seitdem brannte ihm das Material in den Fingern. So hatte er von der Möglichkeit, es durch Felix nach Holland bringen zu lassen, gleich Gebrauch gemacht.

Karl atmete tief auf. Er hatte die Bahnhofshalle von der Hardenbergstraße her betreten und den Raum mit einem einzigen Blick überschaut. Felix war schon da. Jetzt hatte er Karl gleichfalls gesehen. Er trat ans Ende der langen Schlange vor dem S-Bahn-Schalter – fünf Minuten später hatte ihm Karl das Kuvert in die Hände gespielt. Das Ganze war fast stumm und von den anderen unbemerkt vor sich gegangen. Aber im Besitz dieses unscheinbaren blauen Umschlags, fühlte sich Felix plötzlich aus der Masse der Soldaten herausgehoben. Während der Fahrt blödelte er mit ihnen und machte rüde Späße wie sonst, aber das alles berührte ihn gar nicht. Er dachte nur noch an seine Aufgabe. Bei der ersten

Gelegenheit, sich unauffällig zu entfernen, ging er auf den Abort und riß den Umschlag auf. Der Brief enthielt in einem besonderen kleinen Kuvert die zu übermittelnde Nachricht. Daneben die Anschrift eines bekannten Fischhändlers in Amsterdam, bei dem sich Felix unter Anwendung eines genau festgelegten Frage-und-Antwort-Spiels melden sollte. Felix kannte die Fischhandlung, ein großes Geschäft unweit des Bahnhofs. Die gehören also auch zur Untergrundbewegung, dachte er verblüfft. Er prägte sich seine Fragen ein und vernichtete den Zettel. Die Nachricht selbst ließ er in seinen Schäftern verschwinden.

Der Zug lief mit geringer Verspätung ein. Felix strebte zum Ausgang und lief eilig durch das Spalier von Mädchen, die wie immer auf die ankommenden Landser warteten, um ihnen Lokale zu zeigen, in denen man zu essen bekam, und Hotels, die man zu zweit aufsuchen konnte. Das war im moralischen Amsterdam genauso wie in Brüssel oder Paris. Felix rechnete damit, daß er spätestens um Mitternacht den Zug nach Zandvoort erreichen würde. Aber es kam anders. Der Fischhändler war wider Erwarten nicht zu Hause. Er sei „auf Tour", sagte seine Nachbarin, die Felix aus dem Bett geklopft hatte. Er würde erst morgen zurückerwartet. Felix überlegte fieberhaft. Unmöglich konnte er den Brief nach Zandvoort mitnehmen. Einmal wegen der Gefahr einer Entdeckung – und dann war es äußerst unbestimmt, wann er das nächste Mal Urlaub nach Amsterdam erhalten würde. Er mußte also bis morgen hierbleiben. Ein plausibler Grund für diese Verspätung würde ihm schon einfallen. Um Ausreden war er bisher noch niemals verlegen gewesen.

Er ging zum Bahnhof zurück. Unterwegs erwog er einen Augenblick, ob er die Kommandantur aufsuchen sollte. Manchmal war der vorschriftsmäßige Weg auch der sicherste. Aber wenn er Pech hatte, nahmen sie ihn zu genau unter die Lupe. Schließlich war es auffällig, daß er ausgerechnet in Amsterdam, eine halbe Stunde von seinem Standort entfernt, übernachten wollte. Außerdem war auch die Aussicht auf das Massenquartier, das sie ihm als Gefreiten zuweisen würden, wenig verlockend. Blieb also nur das „schwarze" Hotel. Er kannte eins, das Hotel Europa, er hatte es einmal mit einem netten Mädchen besucht. Heute ließ er sich das Abendessen aufs Zimmer bringen, gab dem Zimmerfräulein, das mit dem Aufräumen nicht fertig wurde, zwei Scheiben Brot ab und legte sich hin. Er schlief traumlos von zwölf bis gegen halb fünf. Um diese selbst für das Hotel ungewohnt frühe Stunde wurde er durch lautes Klopfen an seine Tür, dem gleich darauf energisches Aufklinken folgte, unsanft geweckt, Razzia! durchfuhr es Felix. Verdammt noch mal! Gerade heute muß das passieren! Er riß gewaltsam die Augen auf. Am Fußende standen zwei Feldpolizisten der Wehrmachtsstreife. Jetzt nur ruhig Blut! Felix reichte sein Soldbuch möglichst unbefangen hin, gab genauso gleichmütig seine Erklärungen: Ja, er wüßte, daß das Hotel für Angehörige der Wehrmacht verboten sei. Er sei gestern so spät hier angekommen, ihm sei schlecht geworden ... Idiotische Ausrede, empfand er selbst. Das Hotel lag viel weiter draußen als die Kommandantur. Doch manchmal fraßen sie so was. Die Polizisten sahen starr, als seien sie aus Holz, durch ihn hindurch. Der eine warf einen Blick auf die Uhr. Er forderte den Gefreiten auf, mit auf die Kommandantur zu kommen, wo er sich wegen Urlaubsübertretung zu verantworten haben werde. Felix, die Sinne zum Zerreißen gespannt, zog sich schweigend an, immer unter den Augen des einen. Der andere war inzwischen ein Zimmer weitergegangen. Als Felix sich bückte und mit dem Fuß in den Schafter stieg, wäre er fast mit dem Mann der Wehrmachtstreife zusammengestoßen. Der bückte sich gleichfalls und hob den blauen Briefumschlag auf. Er betrachtete ihn prüfend von allen Seiten und steckte ihn ein.

„Aus Berlin?" sagte er nur. Aber es war weniger eine Frage als eine Feststellung.

Felix rutschten die Beine weg, als hätte sie ihm jemand abgeschlagen. Er mußte sich setzen. Die Verordnung schoß ihm durch den Kopf, nach der es jedem Soldaten streng verboten war, persönlich einen geschlossenen Brief zu befördern. Die Übertretung dieser Verfügung wurde ihm nun zum Verhängnis. Sie verpflichtete den Feldpolizisten, den Brief dem diensthabenden Major auf der Kommandantur auszuhändigen. Der war seinerseits gehalten, sich vom Inhalt des Briefes zu überzeugen ...

Felix faßte sich an den Kragen. Der war ihm plötzlich zu eng. Die Ereignisse dieses Tages spulten sich vor ihm ab. Die Begegnung mit Karl – das schien Jahre her. Karl, der ihn immer wieder gewarnt hatte. In der Tür blickte sich Felix noch einmal um. Die bunte Tapete, helle Gardinen – er wußte, daß er das alles zum letzten Male sah. Nie mehr würde er in einem weichen Bett schlafen können, nie mehr einen Raum betreten oder verlassen, wann es ihm gefiel. Er hätte damit rechnen müssen – gewiß. Aber er hatte nicht damit gerechnet, daß es so bald geschah.

Er fuhr sich über die Lippen; sie waren trocken geworden, trocken und spröde, wie bei einem Fieberkranken. Und wie im Fieber sah er auch Karls Gesicht: es war kantig und breit und erdrückte ihn fast. Die zwei Feuerstellen seiner Augen brannten sich in ihn ein. Felix wischte sich über die Stirn, aber Karls Augen blieben. Von ihnen gefolgt, trat er über die Schwelle, ging neben der Wehrmachtstreife über die Straße zur Kommandantur.

V

Untersturmführer Dietrich Scharnke saß in seinem behaglich eingerichteten Büro in der Prinz-Albrecht-Straße und malte mit Hingebung Fischchen. Das war eine liebe Gewohnheit von ihm. Kein Bogen Papier, kein leerer Briefumschlag, kein unbeschriebener Aktenrand, ja, nicht einmal die blank polierte Platte des Schreibtisches selbst waren sicher davor, mit den schlanken Fischleibern des Pg. Scharnke, alten Kämpfers und Trägers des Goldenen Parteiabzeichens, bedeckt zu werden. Seine Phantasie im Entwerfen neuartiger, erstaunlicher Fischgestalten war unerschöpflich; die Zahl seiner Erfindungen hundertfach. Scharnke machte sich wenig daraus, daß seine Manie von mißgünstigen Kameraden bewitzelt wurde, daß man sie belächelte, ja, daß sie ihm im Laufe der Zeit sogar einen harmlosen Spitznamen eingetragen hatte. Er trug den Spott mit Gleichmut – und malte weiter Fischchen. Ein weißer Bogen Papier, am Ende eines langen Arbeitstages von seiner Hand mit zierlich gewundenen, anmutig schlanken Fischchen bedeckt, erweckte in ihm ein Gefühl tiefer Befriedigung wie nach einem gut erledigten Tagewerk. Zufrieden streckte er sich danach nieder und schlief traumlos bis in den hellen Tag, an dem er dann wieder, ausgeruht und erquickt wie ein gut gedeihender Säugling, unter neuem emsigen Fischchenmalen an die Bewältigung seiner vielfachen Aufgaben ging.

Dietrich Scharnke gab sich keine Rechenschaft darüber, welchen verborgenen Komplexen sein Maltrieb entsprang. Freudsche Schriften und Deutungen wurden von seinem nationalsozialistisch geschulten Geist von vornherein als jüdische Schmierfinkereien abgelehnt. Und mit dem Gebiet der Tiefenpsychologie hatte er sich im Verlauf seines dreißigjährigen Lebens ebensowenig befaßt wie beispielsweise seine Scheuerfrau. Scharnkes Erklärung sich und anderen gegenüber war äußerst simpel. „Was wollt ihr?" fragte er grinsend. „Das sind alles die Fische, die mir früher oder später ins Netz gehen."

Ihm gingen wirklich sehr viele ins Netz. Heute malte er auf die Rückseite einer detaillierten Kostenaufstellung für ein vollstrecktes Todesurteil einen Fisch, der fast die ganze Seite einnahm. Seine blonde Sekretärin, die er weniger wegen ihrer Leistungen als wegen ihres altdeutschen Vornamens Ute eingestellt hatte – ihr Vatersname war leider Krause –, sah ihn bewundernd an. „Ein Hecht?" fragte sie ungläubig, denn gewöhnlich zauberte ihr Chef kleinere Exemplare der Gattung aufs Papier. Scharnke schob Bleistift und Bogen beiseite. „Ein Hecht!" bestätigte er und lehnte sich zufrieden in seinen Stuhl zurück. Plötzlich schien ihm etwas einzufallen. „Hör zu, Mädchen", sagte er und klopfte mit dem Mittelfinger auf die Schreibtischplatte. „Heute abend ist Dienst!"

„Ja?" sagte Fräulein Krause errötend.

Er hatte eine Kneipe entdeckt, dicht am Kaiserdamm, die für seine Zwecke eine wahre Fundgrube war. Dort wurde heute noch Wein ausgeschenkt, und nicht etwa nur glasweise, sondern pro Person eine Flasche und zu zivilen Preisen. Weiß der Himmel, welcher hochgestellten Persönlichkeit der Wirt diese außergewöhnliche Konzession abgepreßt hatte. Ging ihn auch nichts an. Ihn interessierte allein das Publikum, das nach dem ungewohnten Genuß solcher Alkoholmengen erfahrungsgemäß äußerst mitteilsam wurde. Das Herz der lieben Volksgenossen kehrte sich in solchen Momenten nach außen, und was man da zu hören bekam – die Haare konnten einem zu Berge stehen, und die Feder sträubte sich, es später in den Berichten wiederzugeben. Erst kürzlich hatte er einen jungen Parteianwärter vom Tisch weg verhaften müssen. Dieser Unglücksrabe saß nur da, die Augen stier auf die geleerte Flasche gerichtet und erzählte jedem, der es hören oder nicht hören wollte, wie er als Soldat in Polen den Auftrag gehabt habe, die Juden in Scharen niederzuknallen. Er schilderte den Vorgang in allen Einzelheiten. Angefangen mit der mathematisch ausgeklügelten Aufstellung der Opfer dicht am Rande des Flusses – dergestalt, daß die Leichen nach erfolgter Exekution kopfüber in die Fluten platschten, womit die Frage ihrer Beseitigung von selbst gelöst war –, bis zu den Schwierigkeiten bei der Vollstreckung. Des langen und breiten legte er dar, daß nicht jeder Genickschuß den Tod garantiere, und wie er sich erst langsam auf den einzig richtigen Halswirbel habe einschießen müssen. Binsenweisheiten also, die er erzählte; Tatsachen, die heutzutage jedem dritten Volksgenossen vollkommen geläufig waren. Dabei glotzte er aber seinen Gesprächspartner an und tastete mit seinen Blicken dessen Wirbel ab – daß es jedem kalt über den Rücken lief. Schließlich war er, Scharnke, eingeschritten und hatte dem gesprächigen Landser, der noch dazu verbotenerweise in Zivil umherlief, kraft der Zaubermacht seines Blechschildchens den Mund gestopft. Wo käme man auch hin, wenn heute jeder Wehrmachtsangehörige anfangen wollte, der ungeschulten Masse des Volkes seine Erlebnisse im besetzten Gebiet zu erzählen? Da hätte er selbst noch ganz andere Dinge berichten können; Dinge, die sie sich in Polen und später auch während des Vormarschs im Westen mit den Judenweibern geleistet hatten. Es überkam ihn jetzt noch angenehm, wenn er daran dachte. Aber solche Erlebnisse behielt man natürlich für sich, man ergötzte sich daran noch in der Erinnerung und richtete sich im Bewußtsein seines unter Beweis gestellten Herrenmenschentums daran auf.

Übrigens waren Juden Scharnkes Spezialität. Wo immer eine Aktion gegen einen von ihnen im Gange war, versuchte er an die Sache heranzukommen, denn nichts versetzte ihn so in Ekstase wie der verängstigte Blick eines gequälten Juden. In solchen Momenten war er direkt schöpferisch. Leider waren in letzter Zeit die Fälle, in denen Juden offen gegen die Staatsgewalt hetzten, infolge ihrer um sich greifenden Ausrottung selten geworden, und Scharnke hatte schon gefürchtet, mit dieser Konjunktur sei es endgültig vorbei. Da aber hatte ihm die gütige Vorsehung noch einmal einen fetten Brocken in die Hände gespielt. Eine ganze jüdische Betriebsgruppe war aufgeflogen.

Er stand auf und reckte sich wohlig. Seine Sekretärin, Fräulein Ute Krause, stand immer noch vor ihm und wartete auf seine Befehle. Er sah sie gnädig an: „Um acht hier im Büro – ich komme mit dem Wagen."

Die Kneipe erschien eigentlich schon wieder nebensächlich, es gab jetzt Wichtigeres. Vor einer Woche hatte ihm der Sturmbannführer die umfangreiche Akte „Geheimsender Unbekannt" übergeben, mit einem süßsauren Lächeln: „Beißen Sie sich die Zähne daran aus, Untersturmführer!" Scharnke hatte den Fall studiert und sich dabei in helle Wut gesteigert. Da gab es im Dritten Reich seit über zwölf Monaten einen Verbrecher, der die Frechheit besaß, Nachrichten landesverräterischen Inhalts in die Luft zu posaunen, munter und regelmäßig, zu Zeiten, die man genau aufnotiert hatte – aber man konnte ihm nicht sein verfluchtes Handwerk legen; man faßte ihn nicht. Seit über einem Jahr war man nicht einen Schritt weitergekommen, wenn man davon absehen wollte, daß in der Zwischenzeit ein Mann verfolgt, verhaftet und leider schon an den Galgen gebracht worden war, bevor sich seine Unschuld endgültig herausgestellt hatte. Scharnke malte einen Fisch an den Aktenrand und zuckte die Achseln. Künstlerpech so was, irren war eben sogar bei der Gestapo menschlich. Er grinste über seinen boshaften Witz und legte sich nun, was den Geheimsender betraf, selber ins Zeug. Und siehe da, schon der fünfte Tag brachte ihm einen großen Erfolg. Sieben muntere Fischlein zappelten im Netz. Sieben – aber einer wäre ihm lieber gewesen. Eben der Richtige, und der fehlte noch. Scharnke war vor sich selber ehrlich genug, um zuzugeben, daß das bisherige Ergebnis nicht auf sein Verdienst zu buchen war. Er hatte einfach Schwein gehabt. Im Grunde war es immer das gleiche, und das ganze Geheimnis seiner Erfolge bei der Fahndung beruhte darauf: Man mußte nur Geduld haben und warten können. Denn einmal schossen sie alle einen Bock, auch die gerissensten. Auch dieser „Geheimsender Unbekannt" und seine Clique hatten es getan. Ein ganzes Jahr hindurch waren sie bei ihrer „Arbeit" mit äußerster Vorsicht zu Werke gegangen, hatten den Standort des Gerätes ständig gewechselt und die Sendungen verschlüsselt in den Äther geschickt – dadurch der Fahndung auch von dieser Richtung her den Wind aus den Segeln nehmend. Aber plötzlich waren sie plump genug, den Codeschlüssel – an dem letzten Endes ihr eigener Kopf hing – einem Gefreiten in die Tasche oder, genauer gesagt, in den Stiefel zu stecken. Scharnke zog den vor ihm liegenden Aktendeckel näher an sich. Dieser Bericht des SD-Außendienstes war ihm unter dem Datum des 22. August zugegangen. Er besagte mit dürren Worten, daß man in Amsterdam bei Durchsuchung eines gewissen Gefreiten Haber, der sich der Urlaubsübertretung schuldig gemacht hatte, einen Geheimcode entdeckt hatte, den man zur weiteren Untersuchung nach Berlin übersandte. Scharnke war mit Feuereifer an die Arbeit gegangen. Seine Ahnung hatte ihn nicht getrogen – in weniger als vierundzwanzig Stunden erhielt er die Bestätigung, daß er den Schlüssel für den „Geheimsender Unbekannt" in Händen hatte. Die Nachrichten, die er nun entziffern konnte, enthielten Geheimberichte über den Stand der Kriegsproduktion. Die Quelle wies auf die Firma Siemens und innerhalb der Firma auf eine ganz bestimmte Abteilung. Scharnke ging ans Großreinemachen. Der Jude, der die Patentabteilung von Siemens leitete, zappelte als zweiter im Netz, das der Untersturmführer ausgelegt hatte, nächst dem Gefreiten, der auf seine Anordnung im Solowagen nach Berlin transportiert worden war. Es folgte eine ganze Reihe anderer, die sich noch in den Maschen verfingen. Die Informationsquelle für den Sender war wohl damit verstopft, aber der Sender selbst noch nicht verstummt; ein Zeichen, daß sie noch nicht ganze Arbeit getan hatten.

Scharnke gähnte laut. Innerlich war ihm nicht ganz so forsch zumute, wie er sich den Anschein gab; eher flau. Gestern nacht hatte sein Assistent Möller die Vernehmung geleitet. Er selbst hatte in der „Femina" durchgebummelt. Die verfluchten Weiber! Sie zogen einem das Mark aus den Knochen und ließen einen faden Geschmack zurück. Und Möller kriegte manchmal weiche Anwandlungen. Er mußte gleich mal zu ihm und sich berichten lassen. Er öffnete die Tür in der Mahagoniwand, mit der sein Büro verkleidet war, und wusch sich in dem dahinter befindlichen Waschbecken die Hände. Ein zarter Duft breitete sich aus. Die Seife stammte aus Paris, ebenso die reinseidene Krawatte, die er jetzt aufknüpfte und sorgfältig neu band. Scharnke legte Wert auf sein Äußeres. Trotz der immer knapper werdenden Waschmittelzuteilung hielt er die Gewohnheit aufrecht, täglich das Hemd zu wechseln; seine Hose war immer wie frisch aus dem Laden, nie sah man gestopfte Socken bei ihm. Seine Zivileleganz war ein Bestandteil seiner raffinierten Vernehmungstechnik. Es wirkte auf einen Gefangenen, der unrasiert und verdreckt aus dem Keller heraufkam, deprimierend, sich plötzlich einem gepflegten Mann gegenüberzusehen. In der Beziehung hatte der Untersturmführer seine Erfahrungen.

Jetzt zog er seinen Scheitel neu, sprengte sich Juchten ins Haar und drehte sich endlich um. Fräulein Krause polierte gerade ihre Fingernägel. Scharnke blieb einen Augenblick vor ihr stehen, registrierte seine Wirkung auf sie und sagte dann lässig:

„Ich bin zur Raubtierschau – falls etwas los ist."

„Raubtierschau" nannte er seinen täglichen Informationsgang durch den Keller, eine Arbeit, zu der er keineswegs verpflichtet war, denn er konnte die Gefangenen natürlich viel bequemer in sein Büro zitieren. Aber gerade an diesem Teil seines Tageslaufs, den er selbst eingeführt hatte, hielt er mit Inbrunst fest. – Heute wollte er sich die Neueingänge mal genauer ansehen. Sie lagen wirklich in ihren Zellen wie die Tiere im Käfig. Scharnke ging langsam den langgestreckten Gang hinunter, hob mal hier, mal dort den Deckel von dem Gucklochfenster und blickte hinein. Drinnen bot sich überall das gleiche Bild, das er eigentlich bis zum Überdruß kannte: der Gefangene auf seiner Pritsche, in einer Stellung, der man den Grad seiner „Behandlung" genau ablesen konnte: sitzend, kauernd oder schmerzverkrümmt. Nur in der ersten Sekunde, wenn Scharnke den Gucklochdeckel beiseite schob, hob sich der Blick des Gefangenen, um sofort wieder gleichgültig, teilnahmslos abzugleiten. – Der Häftling 352, der ehemalige Gefreite Felix Haber, war gefesselt. Scharnke drehte sich um und winkte dem Wachtmann: „Was is'n hier los?"

Der SS-Mann knallte die Hacken zusammen. „Selbstmordversuch, Untersturmführer. Wollte sich mit dem Brillenglas die Pulsadern aufschneiden. War bis jetzt im Dunkelarrest."

Scharnke nickte gleichmütig. Diese Art Strafmaßnahmen waren nicht sein Ressort, ihn interessierte mehr das Psychologische. Er hielt das rechte Auge ans Guckloch. Der Kerl hatte die Uniform noch an, Gefreitenwinkel und sonstige Abzeichen natürlich abgerissen. Wie ein Haufen Dreck kauerte er da, die Beine angezogen, die Arme mit den gefesselten Handgelenken „im Streckverband" über den Kopf gespannt. Die kurzsichtigen Augen – die Brille hatte man ihm inzwischen abgenommen – wie blind geradeaus gerichtet. – Schade um so was, dachte Scharnke. Der hätte übers Jahr schon Feldwebel sein können. Er ließ gelangweilt den Verschluß zurückschnellen.

Neben ihm stand plötzlich Möller. Er wies mit dem Kopf gegen die Zellentür: „Der ist reif für Freisler", sagte er. „Reichskriegsgericht", verbesserte Scharnke. Er ging neben Möller weiter den Gang entlang, steckte sich eine Zigarette an. „Übrigens", fragte er zwischen zwei Zügen, „weshalb solche Eile? Der Galgen ist geduldig – der wartet."

„Aber der Kerl ist unergiebig. Spielt stur den Harmlosen, der von nichts gewußt hat."

„Keinen Namen genannt?"

Möller hob die Schultern, ließ sie dann langsam wieder sinken. Das sah aus, als sei sein Kopf eine Minute lang untergetaucht.

„Dann werden wir seinem Gedächtnis nachhelfen müssen", sagte Scharnke. Er gab diese ungeschriebene Anordnung des letzten Folterungsgrades eigentlich nur aus Gewohnheit. Er versprach sich nichts davon, war sich vielmehr sicher, daß der Mann wirklich nichts wußte. Dieser Anfänger war natürlich nur vorgeschoben. Vielleicht sollte man ihn wirklich bald baumeln lassen. Er hatte schließlich seinen Zweck erfüllt.

Möller war stehen geblieben. Er deutete mit einladender Handbewegung auf die nächste Tür: „Hauptangeklagter Busch", sagte er mit dünnem Lächeln, damit der Einstufung des Häftlings durch den Staatsanwalt schon vorgreifend. Es sollte witzig sein.

Der Untersturmführer ergriff sofort wieder von dem Guckloch Besitz. Jedesmal, wenn er die Klappe von diesen kleinen Fenstern zurückschob, erfaßte ihn eine seltsame Spannung, die noch anhielt, bis er den ersten Blick in das Innere tat – dann wich sie regelmäßig einem Gefühl tiefer Ernüchterung. Auch jetzt spürte er beim Anblick des geschundenen Häftlings, der sein verquollenes Gesicht, die von Schlägen aufgeplatzten Lippen gerade auf die Tür gerichtet hielt, als wüßte er, daß er von dorther beobachtet wurde, nur grenzenlose Langeweile, ja Verdruß. Übrigens ein intelligentes Gesicht, mußte Scharnke widerwillig zugeben. Er kannte den jungen Juden schon von der ersten Vernehmung her, als er klar und sicher, seine Antworten in echt jüdischer Dreistigkeit zur Propaganda ausnützend, seine Aussagen gemacht hatte. Busch war privilegierter Jude – einer der anscheinend wirklich tüchtigen Ingenieure, auf die man leider geglaubt hatte nicht verzichten zu können. Die Firma hatte ihm in dem allgemeinen Raum, an den er mit seiner Tätigkeit gebunden war, einen Verschlag errichtet, hinter dem er zwar vorschriftsmäßig isoliert, aber auch völlig ohne Kontrolle arbeiten konnte. Wohin solche unangebrachte Großzügigkeit führte, trat dabei klar zutage. Busch hatte nicht nur seine internen Kenntnisse an den Feind ausgeliefert, sondern offenbar auch auf die gesamte Arbeiterschaft zersetzend gewirkt. Unter den Verhafteten, die der Zusammenarbeit mit ihm dringend verdächtig waren, befanden sich sogar bewährte Mitglieder der Arbeitsfront.

Er wandte sich wieder Möller zu: „Sonst schon irgendwelche Anhaltspunkte?" fragte er. Möller zuckte resigniert die Achseln: „Die halten alle zusammen wie Pech und Schwefel."

„Das tun Verbrecher immer", versetzte Scharnke scharf. Er war unzufrieden mit dem Kommissar. Für ihn bestand überhaupt kein Zweifel daran, daß der Schwarzsender bei den Mitgliedern dieser Siemens-Gruppe zu finden war. Fragte sich nur, bei welchem. Sein Plan stand übrigens fest: die Kneipe sausen lassen und heute nacht die Häftlinge noch einmal selber vornehmen. Wäre ja witzig, wenn ihn seine Spürnase diesmal im Stich lassen wollte. „Was ist denn das für eine Neuerwerbung?" fragte er jetzt. Er hatte hinter einem Guckloch ein fremdes Gesicht entdeckt.

Möller trat neben ihn. „Der Mann einer Jüdin, die sehr stark belastet ist", berichtete er. „Sie soll mit Busch eng konspiriert haben."

„Und die Jüd'sche selbst?"

„Ist leider flüchtig. Der Kerl scheint ihre Flucht begünstigt zu haben. Auf jeden Fall haben wir ihn gleich mal mitgenommen."

„Großartig!" sagte Scharnke beifällig. Auf einmal war er wieder besser gelaunt. Was die Jüd'sche betraf – die war ihm sicher. Im vierten Kriegsjahr des Dritten Reiches gab es nicht mehr viele in Deutschland, die einer Jüdin wegen den Hals riskierten. Aber hier war doch endlich mal ein Anhaltspunkt. – Er winkte dem Wachtmann, ließ sich von ihm die Zelle aufschließen. Bei seinem Eintritt fuhr Rudolf Burkhardt erschrocken von seiner Pritsche hoch. Er versuchte, sich auf die Beine zu stellen; es mißlang. Seine Gliedmaßen, die in den letzten Stunden zu formlosen Klumpen geschwollen waren, lagen neben ihm, als wären sie abgetrennt. Entsetzen im Blick, sah er um sich. Rudolf hatte in der vergangenen Nacht Gelegenheit gehabt, die unzweifelhaften Fortschritte, die die Gestapo in ihrer Vernehmungstechnik seit 1933 gemacht hatte, am eigenen Leibe kennenzulernen. Besinnungslos war er schließlich auf der Strecke geblieben. Im Morgendämmern hatten sie ihn aus dem Bunker geholt und wieder in seine Zelle zurückgeschleift. Hier hatte er bis jetzt ohne einen Gedanken gelegen, allen äußeren Eindrücken gegenüber stumpf. Auf dem Tisch stand sein Essen unberührt, von Fliegen umsummt. Ein aufdringlicher Gestank – die Kohlrüben mit dem Geruch von Schweiß und Eiter gemischt – erfüllte den engen, beinahe lichtlosen Raum.

Scharnke trat angeekelt einen Schritt zurück. „Das ist also das Schwein", sagte er. Er maß Rudolf mit seinem gefürchteten eiskalten Blick, der den Häftlingen Schauer der Angst über den Rükken jagte. Rudolf schloß die Augen, auf alles gefaßt. Aber zu seiner Verwunderung sagte der andere bloß: „Sie kann's wohl besonders gut – deine Judensau?"

Möller lachte ein breites Alte-Herren-Lachen. Solche Scherze des Untersturmführers gefielen ihm ausnehmend gut. Er fühlte sich dabei angenehm an seinen Stammtisch erinnert. Plötzlich sah er, daß der Häftling reden wollte. „Kannst du nicht aufstehen?" brüllte er ihn an. „Weißt wohl nicht, wen du vor dir hast?"

Gegen die Tür gelehnt, sahen er und Scharnke mit an, wie Rudolf sich auf die Seite wälzte. Von hier aus bemühte er sich, die Beine zu strecken und sie langsam über die Pritschenkante hinaus auf den Boden zu stemmen. Mit ungeheurer Anstrengung hob er dann den Oberkörper, stand endlich aufrecht, zitternd und weich in den Knien. Aber jetzt begann seine Hose zu rutschen, man hatte ihm den Gürtel bei der Einlieferung abgenommen. Rudolf wollte sie mit den Händen halten, aber die Finger waren wie dicke Knoten, die er nicht bewegen konnte. Angst und Scham im Gesicht, mußte er es geschehen lassen, daß seine Hose langsam, aber unausweichlich an den Beinen herab zu Boden glitt.

„Prost Mahlzeit", sagte Scharnke, als Rudolf nackt dastand. „Jetzt'n Schnaps und Zigaretten – dann können wir es uns gemütlich machen."

Er hatte die Wirkung seiner Worte auf den Häftling nicht voraussehen können. Bisher hatte Rudolf alles, was mit ihm geschah, zwar voll Angst, aber mit dumpfem Gleichmut hingehen lassen. Doch die bloße Erwähnung des Wortes „Schnaps" elektrisierte ihn. Zum erstenmal seit gestern mittag, als die Gestapo ihn von Lottes Wohnung weg verhaftet hatte, machte er sich klar, was eigentlich mit ihm geschehen war. Sie hatten ihn verhaftet, weil sie Lotte nicht kriegten. Eine maßlose Wut gegen die Gestapo stieg in ihm auf. Daneben quälte ihn eine einzige Vorstellung. Wenn er frei wäre, hätte er Schnaps. Er schmeckte den Alkohol schon auf der Zunge, spürte das Brennen im Halse, als wäre es wirklich. Wie ein Betrunkener war er zu keinem klaren Gedanken mehr fähig. Er wußte nur eins, er mußte hier heraus. Er machte einen unbeholfenen Schritt auf Scharnke zu. „Herr Kommissar", stotterte er, „lassen Sie mich frei. Ich weiß ja gar nichts ..."

Kommissar Möller, der schon auf dem Flur stand, drehte sich um. „Heute nacht hat er ganz gut gewußt, wo seine Jüd'sche ist. In Storkow, hat er gesagt." Er hob drohend die Faust. „Bursche! Hast du uns angelogen ...!"

Rudolf glotzte ihn an. Heute nacht? Hieß das, daß er unter den Folterungen ausgesagt hatte? Den ganzen Tag hatte er unter dem Druck dieser Möglichkeit dagelegen, von bohrenden Zweifeln gequält. War er weich geworden? Die Frage beunruhigte ihn nicht Lottes wegen. Lotte war heute für ihn eine fremde Frau, deren Schicksal ihn nur noch am Rande berührte. Aber er hatte sich selber hineingeritten. Wenn er zugegeben hatte, daß er Lottes Aufenthalt kannte, hieß das, daß sie ihm daraus einen Strick drehen konnten. Sie würden ihn wegen „Fluchtbegünstigung einer Jüdin" belangen. Das konnte ihm jahrelanges KZ einbringen. Rudolf kroch winselnd auf sein Lager zurück, lag mit offenen Augen da, die Beine gekrümmt. Er wußte, er war wohl nie ein großer Held gewesen – aber auch kein Verräter und erst recht kein Dummkopf. Aber Schläge hatte er schon als Kind nicht vertragen können ...

Die beiden Beamten stiegen gutgelaunt die Treppe zu ihren Diensträumen hinauf. Möller berichtete. „Er ließ sich ausquetschen wie eine Zitrone – Tröpfchen um Tröpfchen. Zuletzt wußten wir alles."

Sie traten in sein Zimmer; Scharnke wollte für seine nächtlichen Vernehmungen gleich noch die letzten Protokolle mitnehmen. Auf dem Schreibtisch lag eine kurze Notiz: „Fahndung Lotte Burkhardt in Storkow ergebnislos." – „Nanu?" sagte Möller und schlug mit der flachen Hand auf den Tisch. „Hat uns der Bursche doch zum besten gehalten?"

„Oder die Jüd'sche war zu klug, um ihn einzuweihen", sagte Scharnke. „Der Fall fängt langsam an, mir Spaß zu machen." Er angelte über den Schreibtisch hinweg nach dem Zettel, drehte ihn jedoch, ohne ihn noch einmal gelesen zu haben, um und begann dann, auf der Rückseite Fischchen zu malen.

Möller sah ihm eine Weile interessiert dabei zu. Dann fragte er vorsichtig: „Was werden Sie weiter veranlassen?"

Scharnke sah auf. Er faltete das Papier mit der angefangenen Zeichnung zusammen und steckte es in die Tasche. Dann warf er einen Blick auf den Abreißkalender. „Heute ist der Fünfundzwanzigste. Wetten, Möller, spätestens am ersten September sitzt die Jüd'sche hier bei uns im süßen tête-á-tête, und der Sender steht hier –" Er klatschte mit der flachen Hand auf den Schreibtisch. „Wetten, daß ..." Möller lachte. „Wenn es Sie anspornt, Untersturmführer ... Voraussetzung ist aber, daß wir die Jüdin schnappen ..."

Scharnke antwortete nicht mehr. Er hatte die Protokolle ergriffen, blätterte darin und las sich plötzlich fest. Nach einer Weile sah er auf „Dieser Weichling da unten hat ein Kind?"

Möller nickte. „Produkt von ihm und der Jüdin. Er hat es angeblich von der Mutter wegholen wollen."

„Na schön", sagte Scharnke. „Wo das Kind ist, wird auch die Mutter hinkommen. Wir werden uns das Gör mal näher beschnuppern."

Er klappte die Protokolle zusammen, klemmte alles unter den Arm und ging zur Tür. Möller kam ihm nach. „Also, was gilt die Wette?" fragte er.

Scharnke drehte sich gar nicht mehr um. „Wie immer", sagte er über die Schulter. „Eine Flasche Armagnac!"

VI

Rudolf Burkhardt hatte die Wohnung seiner geschiedenen Frau an jenem Abend, als Eva den Gashahn aufgedreht hatte, gerade in dem Augenblick betreten, als alle Dinge um Eva her anfingen, ein sanftes und freundliches Gesicht zu zeigen. Der rissige Zementfußboden der Küche hörte auf, wie sonst Kälte und Feuchtigkeit auszuströmen. Eine angenehme, schläfrige Wärme umstrich sie. Das Johlen der Kinder auf dem Hof klang nicht mehr feindlich und nah, sondern wie aus weiter Ferne und so gedämpft, als wäre es ein Wiegenlied. Die unwirtliche Küche verwandelte sich langsam. Bündel von Farben spannten sich wie Regenbogen von Wand zu Wand, schaukelten so dicht über ihrem Kopf, daß sie mit den Händen danach greifen konnte. Aber sie war viel zu träge dazu. Dieser Zustand war nicht etwas, das man abschütteln konnte. Im Gegenteil hüllte man sich immer mehr darin ein, wie in ein dichtes, weiches, wärmendes Tuch, das man zum Schutz gegen die Außenwelt um sich zog. Aus diesem Gefühl der Geborgenheit, das sie allmählich durchdrang, rüttelte der Vater sie jäh heraus. Als sie aufwachte, lag sie auf dem Feldbett der Mutter. Sämtliche Türen und Fenster der Wohnung standen sperrangelweit offen, und kalte Nachtluft strömte von allen Seiten herein. Aus der Küche klang aufgeregtes Durcheinander. Mit dem Lauschen auf die Stimmen kam die Erinnerung, die Erinnerung wie an einen bösen Traum, den sie rasch von sich abschütteln wollte. Aber er ließ sich nicht abschütteln, er war Wirklichkeit. Eva rollte sich auf ihrem Bett zusammen, vor Kälte und vor innerer Abwehr. Vielleicht war alles besser, wenn man die Augen schloß. Die tiefe Finsternis hier im Raum, die sie auch mit offenen Augen nicht durchdringen konnte, erhöhte noch ihr Gefühl der Verlassenheit.

Später wollte ihr der Vater einreden, daß die Mutter sie für immer verlassen habe. Das Kind hörte nur heraus, daß die Mutter frei war. Und dann kam sie auch wieder, das wußte Eva. Aber es lohnte nicht, mit dem Vater darüber zu streiten, er kannte die Mutter nicht so gut wie sie. Als zählte er die Mutter schon zu den Verstorbenen, ging er gleich am nächsten Morgen daran, in ihren Sachen zu wühlen, schichtete alles, was ihm wertvoll schien, auf einen Haufen, um es „zu verramschen", wie er sagte. Eva sah sein Treiben stumm und verächtlich mit an. Widerspruch oder gar Aufsässigkeit kannte sie nicht. Keiner von jenen, zu denen sie gehörte, lehnte sich offen gegen die Welt der „anderen" auf. Man führte einen zähen, heimlichen Kampf gegen sie. Auch Eva leistete heimlich dem Vater Widerstand, indem sie sofort, nachdem er für kurze Zeit das Haus verlassen hatte, einige der bereitgestellten Dinge wieder beiseite schaffte. Die große chinesische Vase war dabei, das Teeservice, der große Koffer mit Mutters Kleidern. Eva schleppte alles hinter die eiserne Feuertür, den „Notausgang", hinter dem die Bekannten der Mutter, wenn es unvermutet geklingelt hatte, oft verschwunden waren. Übrigens wurde Evas „Diebstahl" vom Vater nicht mehr entdeckt. Er kam erst am nächsten Mittag angeheitert und lärmend nach Hause und plumpste gleich ins Bett, wo er stöhnend, die Luft schwer durch die Nase ziehend, stundenlang liegenblieb. Eva ging um die übliche Zeit zum Bäcker. Als sie mit dem Brot unter dem Arm wiederkam, war die Wohnung leer, alle Schübe und Kästen in wilder Unordnung herausgerissen.

Das Kind erfuhr erst später, was geschehen war. Die Nachbarin – es war dieselbe, die im Jüdischen Krankenhaus arbeitete – erzählte es ihr flüsternd im Luftschutzkeller. Fünf SS-Männer hatten nach der Mutter gefragt. Als sie nicht da war, hatten sie den

Vater mitgenommen. Das Haus lag seitdem wie unter einer Lähmung. Bisher war die Gestapo immer nur frühmorgens erschienen, wie früher der Milchmann; tagsüber konnte man vor ihr sicher sein. Jetzt aber war jede „Ordnung" über den Haufen geworfen. Jedes unerwartete Klingelzeichen konnte den Tod anzeigen. Bezeichnend für die fortschreitende Nervosität unter den Juden war, daß niemand an Evas Schicksal ernsthaft Anteil nahm. Alle im Hause wußten, daß sie allein in der Wohnung war, daß die Mutter sich der Verhaftung noch rechtzeitig durch die Flucht hatte entziehen können. Aber sie konnten sich nicht sonderlich um das Kind kümmern, jeder von ihnen hatte eigene Sorgen genug. Die Bewohner des Hauses bestanden durchweg aus „privilegierten" Juden, die zu kriegswichtigen Arbeiten eingesetzt waren. Doch keiner wußte, wie lange ihre relative Sicherheit andauern würde. In den Betrieben wurden täglich Transporte zusammengestellt, und niemand ahnte, nach welchen Gesichtspunkten die Auswahl der Opfer erfolgte. Jeder konnte täglich selbst an der Reihe sein.

Nachdem der Vater fort war, fand Eva in der Speisekammer noch das Brot, das sie gerade vom Bäcker geholt hatte. In vier Teile zerschnitten, reichte es vier Tage hindurch.

Am fünften Tag fuhr Eva mit ihrem letzten Geld hinaus in den Vorort, zu dem kleinen Haus mit dem Garten, hinter dessen Hecke sie einmal sorglos mit Puppen gespielt hatte. Auf ihr Klingeln öffnete ein langer Lümmel in HJ-Uniform. Er musterte Eva frech. „Riedels?" fragte er endlich zurück. „Wohnen hier nicht. Das ist jetzt unser Haus." – Eva wußte nun, daß sie keinen von den früheren Bekannten mehr aufsuchen durfte. Allen würde sie nur Unglück bringen. Auch die alten Leute hatte man ihretwegen aus dem Häuschen verjagt. Eva stieg in den Zug und fuhr wieder zurück. Dabei umkreisten ihre Gedanken immer denselben Punkt, wie die Räder ihre Achse. Um etwas zu essen zu haben, mußte sie betteln oder stehlen. Betteln konnte sie aber nicht mit dem Judenstern. Und stehlen wollte sie nicht. Sie wollte nur leben – das wollte sie wirklich. Sterben, den Gashahn aufdrehen, das war vorbei, seit sie wußte, daß die Mutter einmal zurückkommen würde. Auf diesen Tag mußte sie warten.

Sie stieg am Wedding aus, aber nur aus Gewohnheit, und ging die paar Straßen bis zu ihrem Haus zurück. Sie konnte genausogut woanders hingehen. Die Wohnung war kein richtiges Zuhause mehr, wo jemand wartete und für sie sorgte, war nur noch ein kahler Schlupfwinkel, in dem man sich verkriechen konnte wie ein Tier im Bau. Eva ähnelte in diesen Tagen selbst einem kleinen Tier. Das Haar hing ihr ins Gesicht wie zottiges Fell, sie warf es immer wieder mit einer heftigen Kopfbewegung aus der Stirn zurück. Ihre Augen hatten die Fähigkeit, sich weit zu öffnen, die Pupillen rundeten sich dann zu zwei dunklen Seen. Sie schlich stets – klein, geduckt, katzenhaft – im Schatten der Mauern entlang und schlüpfte an den Menschen vorbei, immer bestrebt, keineswegs aufzufallen. Ihre Rechte verdeckte den gelben Stern auf der Brust.

So trat sie der Großmutter entgegen. Die Großmutter – das war nicht die kleine zarte Frau Cohn, die vor den Verfolgungen der Braunen in den Haushalt der Mutter geflüchtet war. An ihr hatte Eva mit zärtlicher Liebe gehangen, bis das nur noch unregelmäßig schlagende Herz der verängstigten Frau den Belastungen der Zeit nicht länger standhalten konnte. Die Großmutter, die dem Kind jetzt in der Wohnung entgegenkam – die alte Frau Burkhardt –, hatte Eva nur wenige Male in ihrem Leben gesehen. Das erstemal war sie mit der Mutter gerade auf der anderen Seite der Straße, in der die Großmutter wohnte, vorübergegangen, da war die alte Frau drüben aus der Haustür getreten. Sie war ganz in Schwarz gekleidet gewesen, als hätte sie Trauer, und sie trug weithin sichtbar auf der schwarzen Jacke das Hakenkreuz. Die Mutter hatte Eva hastig beiseite gezogen. „Weshalb sieht sie denn so dunkel aus?" hatte Eva gefragt. „Sie trauert, weil dein Vater im Zuchthaus sitzt." Die Mutter hatte sich plötzlich zu ihr hinuntergebeugt und sie geküßt. „Und wir beide sind stolz auf Vater – nicht wahr?"

Eva war damals noch sehr klein, aber sie hatte doch schon deutlich gespürt, daß die schwarze Frau etwas Feindliches war. Später hatte sie die Feindschaft zwischen ihr und der Mutter noch viel stärker empfunden. Der Kampf war plötzlich um sie selbst entbrannt. Nachdem die Eltern geschieden waren, forderte der Vater, daß Eva christlich erzogen würde. Sie sollte ins Haus der Großmutter übersiedeln. Eva sah die Trauer in den Augen der Mutter – und wehrte sich verzweifelt. Die Erinnerung an die lange, hagere Frau mit den wimpernlosen Augen und der kahlen Stelle im Haaransatz über der Stirn flößte ihr Schrecken ein. Zu ihr wollte sie nicht. Als der Vater kam, um sie abzuholen, verkroch sie sich auf dem Boden. Den ganzen Tag hockte sie zwischen Gerümpel und alten Schränken, hungrig, mit klopfendem Herzen. Sie wagte sich erst gegen Abend wieder hervor. Der Vater war inzwischen gegangen. Vielleicht war er es satt, gegen Evas Widerspenstigkeit anzugehen, von einem Tag zum anderen verlor er das Interesse an ihr. Auch das Arisierungsverfahren, das er eingeleitet hatte, zog sich hin, und die Großmutter bedankte sich wahrscheinlich dafür, ein Judenkind großzuziehen. So war alles beim alten geblieben.

An dies alles mußte Eva jetzt denken. Sie war die Treppe in großen Sprüngen hinaufgelaufen und hatte den Schlüssel hastig ins Schloß gesteckt. Sie hatte es immer eilig, in die Wohnung zu kommen, wie ein scheues Tier fürchtete sie jede Begegnung mit Menschen. Doch plötzlich gab die Tür wie von selber nach. Auf der Schwelle stand die Großmutter.

Eva drehte sich um. Im ersten Impuls wollte sie gleich wieder hinunterrennen. Sie hatte die große, hagere Frau sofort wiedererkannt. Die war in der Zwischenzeit nur ein wenig älter geworden. Ihr Haar unter dem Hut war weiß, und ihr Gesicht war von tiefen Falten durchzogen, die regelmäßig und sauber, wie frisch gebügelt, nebeneinanderlagen. Auf ihrer Jacke prangte wie damals das Hakenkreuz.

„Da bist du ja endlich!" sagte die Großmutter und zog Eva mit ihren langen, dürren Armen zu sich herein. „Diese Herumtreiberei hört aber auf, verstanden? So was gibt's bei mir nicht."

Sie sah Eva prüfend von oben bis unten an. Ihre Lippen kräuselten sich dabei, eine Rüsche von Runzeln legte sich langsam um ihren Mund. Plötzlich hob sie die Hand, krallte die Finger in Evas Kleid und riß ihr mit einem Griff den Judenstern ab. „Soo –", sagte sie aufatmend, „und nun beeil dich. Wir wollen zum Abendbrot zu Hause sein ..."

Eva trug ihre Habseligkeiten zu einem Haufen zusammen. „Ist das alles?" fragte die Großmutter. Ihre Stimme war kalt und spröde wie Glas. Sie hielt das einzige Nachthemd, das Eva auf den Tisch gelegt hatte, vor sich hin in die Luft. „Das sieht deiner Mutter ähnlich ..."

„Da kann die Mutter nicht für", sagte Eva bebend. „Wir haben keine Kleiderkarten. Und überhaupt – "

„Was – überhaupt?" fragte die Großmutter scharf.

Eva ließ die Arme sinken. „Ich kann gar nicht mitkommen", sagte sie. „Was soll denn hier aus der Wohnung werden? Wenn Mutter zurückkommt ..." Die Großmutter schüttelte den Kopf. Sie ging mit steifen Beinen auf und ab in dem Raum. „Deine Mutter kommt nicht zurück, Eva. Sie ist tot. Für dich hat sie von heute an tot zu sein. Verstehst du? Ich will nicht, daß du in meiner Gegenwart ihren Namen erwähnst. – Die Wohnung wird übrigens vermietet. Von dem Ertrag ernähre ich dich. Sonst noch etwas?"

In ihren Augen, die Eva musterten, stand blanker Triumph. Diese Augen verzeichneten jede Regung in dem Gesicht des Kindes mit der Ungerührtheit und Objektivität einer photographischen Platte, von der man gleichfalls kein Mitgefühl zu erwarten gewohnt ist. Eva war zuerst unbeweglich vor der Großmutter stehengeblieben, nur ihre Finger zupften unaufhörlich an ihrem Ärmel. Plötzlich drehte sie sich um und ging langsam zum Fenster. Ihre Schultern zuckten, aber man hörte keinen Laut. Von der Nachbarwohnung her klang durch die Rabitzwand dünnes Geklimper, das nach ein paar Takten wieder erstarb. Jetzt war es so still, daß man den eigenen Atem hörte.

„Du hast recht, wenn du weinst", sagte die Großmutter schließlich. „Deine Mutter hat viel Unglück über uns gebracht. Sie ist ein Teufel!"

Es folgte eine Reihe von Verwünschungen, denen Eva wie einem Platzregen standhalten mußte, stumm, mit gesenktem Kopf, ohne Widerspruch. Es war ja alles nicht wahr, was die Großmutter sagte. Die Mutter sollte schuld sein, daß der Vater verhaftet war? Die Mutter hatte sie selbst leichtsinnig im Stich gelassen? Sie ginge nur ihrem eigenen Vergnügen nach? Eva wußte, daß alles ganz anders war. Ein paarmal versuchte sie aufzubegehren, die Mutter zu verteidigen, aber die Großmutter schnitt ihr brüsk jede Rede ab. „Erzähle mir nichts!" sagte sie. „Das weiß ich besser. Deine Mutter ist eine schlechte Person. Du tust klug daran, wenn du überhaupt nicht mehr an sie denkst."

Evas Übersiedlung zur Großmutter – das war, als schlüpfe sie in eine neue Haut. Alles um sie her veränderte sich. Bisher hatte sie bei aller Abgeschlossenheit, der sie wie alle Juden ausgesetzt war, doch nie das Gefühl des Alleinseins gehabt. Gerade das Bewußtsein, daß sie alle ein und dasselbe Schicksal erleiden mußten, hatte die Juden zueinander getrieben wie das Vieh auf der Weide bei Gewitter. Aber hier bei der Großmutter war sie wirklich allein. Die Großmutter hatte in der Melanchthonstraße, nahe am Kriminalgericht, ein eigenes Haus, das sie aus besseren Zeiten hinübergerettet hatte. In ihrer Achtzimmerwohnung, die früher einmal hochherrschaftlich gewesen war, betrieb sie heute eine kleine Pension. Sieben ihrer Zimmer waren vermietet, an Pensionärinnen, die sich alle zum Verwechseln ähnlich sahen. Eva brauchte mehrere Tage, bis sie gelernt hatte, alle dem Namen nach auseinanderzuhalten. Alle Damen trugen die gleichen bis zum Hals geschlossenen Blusen, die gleichen langen wallenden Röcke, die gleichen Schnürschuhe mit den gleichen flachen Absätzen; jede schleppte ständig ein Strickzeug mit sich herum, dessen Knäuel in den gleichen dickbauchigen Pompadours steckten – und keine von ihnen war viel unter Siebzig. Auch die sieben Zimmer, die diese Majors-, Generals- und Hauptmannswitwen bewohnten, glichen einander. Alle waren mit ähnlichen Möbeln und Erinnerungen vollgestopft, mit Glasvitrinen, Truhen, zierlichen Tischchen und Vasen, und die gleichen Ahnengalerien hinter altmodischen Bilderrahmen schmückten jeden verfügbaren Sims. Im Zimmer der Großmutter hing – neben dem großen Führerbild und neben einem Porträt ihres verstorbenen Mannes im Reitdreß – von allen Wänden immer wieder Rudolf. Rudolf als Knabe in seiner ersten Hose, Rudolf auf Schlittschuhen, Rudolf bei der Konfirmation, Rudolf auf dem ersten Schulgang, Rudolf neben seinem Bücherwagen. Aber kein Hochzeitsbild existierte von ihm und kein Bild, das ihn als Vater mit seiner kleinen Tochter Eva zeigte.

Als Eva an der Hand der Großmutter zum erstenmal das Zimmer betrat, saßen alle Pensionärinnen gerade um das Radio versammelt. Solche Zusammenkünfte fanden mehrmals des Tages statt: bei der Verlesung des Wehrmachtsberichtes, beim „Kommentar zur Lage" und in der Viertelstunde, in der Hans Fritsche sprach.

Eben gab es eine Sondermeldung: Soundso viele Bruttoregistertonnen versenkt. Die schwerhörigen alten Frauen hatten ihre Stühle dicht an das Gerät gerückt, hielten den Kopf vornübergebeugt und lauschten mit offenem Munde, als ob sie dadurch verhindern könnten, daß ihnen ein Wort entging. Als das Englandlied verklungen war, schaltete die eine Dame das Radio ab. Alle schwiegen eine Minute. Dann standen sie auf.

„Großartig, unsere U-Boote!" schwärmte die Witwe eines Kapitäns der früheren kaiserlichen Kriegsmarine. „Wenn die so weitermachen –"

„England ist vollständig am Ende. Haben Sie heute schon den „Angriff" gelesen?"

Frau Burkhardt benutzte die allgemeine Aufbruchsstimmung und schob die Enkelin vor sich her: „Eine entfernte Verwandte von mir", sagte sie flüchtig. „Die Mutter ist beim Bombenangriff ums Leben gekommen."

Für Minuten fühlte Eva sich als Ziel aller Blicke. Sie schlug die Augen nieder. Die Traurigkeit hing plötzlich an ihr wie ein Mantel aus Blei. Wenn sie jetzt nicht protestierte, war es, als sei ihre Mutter wirklich gestorben. Weshalb log die Großmutter? Lügen darf man nur bei Gefahr, hatte Eva von der Mutter gelernt, wenn die Nazis hinter einem her sind. Das hatte sie verstanden. Aber hier waren alle selber Nazis. Die alten Frauen lauschten wieder, wie vorhin, mit offenem Mund, wie die Großmutter glatt und ohne zu stocken ein langes Märchen erzählte: von dem schweren Bombenangriff auf Dortmund, und daß Eva wie durch ein Wunder gerettet sei. Eine streichelte flüchtig über Evas Kopf: „Armes Kind – ja, wen es trifft ... Aber warte, wir zahlen's ihnen doppelt und dreifach heim!"

Es gab damals nur wenige Menschen in Deutschland, die sich der Brutalität in ihrem Denken völlig bewußt waren. Frauen, deren Herzen bei der Nachricht höher schlugen, daß deutsche Stukas wieder eine englische Stadt ausradiert hatten. Die andererseits bei dem stereotypen Schlußsatz im Wehrmachtsbericht: „Die Bevölkerung hatte Verluste" kaum eine Regung von Mitgefühl und Trauer empfanden, sondern nur den Wunsch nach Rache und tausendfacher Vergeltung in sich wachsen spürten. Die Frauen, die in diesem Augenblick hier in dem altmodischen Zimmer der alten Frau Burkhardt versammelt waren, hatten den größten Teil ihres Lebens mit friedlichen Beschäftigungen ausgefüllt. Sie hatten Kinder zur Welt gebracht und aufgezogen, diese Kinder hatten wieder Kinder gehabt, und die beiden ältesten in dem Kreis waren sogar schon Urgroßmütter. Jede der Frauen hatte Augenblicke in ihrem Leben gekannt, in denen sie über eine Beule am Kopf eines ihrer Kinder verzweifelt waren; es hatte Tage gegeben, an denen sie am Krankenbett um das Leben ihres Kindes hatten zittern müssen. Immer hatten sie das Leben, das sie gegeben hatten, auch bewahren und schützen wollen, hatten die Kräfte, die es zu vernichten drohten – Krankheit und Tod – bekämpft und gehaßt und, soweit es möglich war, ihre Quellen vernichtet. Nur der Krieg verkehrte alle ihre sittlichen Empfindungen ins Gegenteil. Im Krieg sahen sie im Tod nicht mehr ein Unglück, sondern Heldentum, und ihre Trauer um den Verlust eines Menschen trugen sie wie eine Fahne vor sich her. Diese Offizierswitwen des ersten Weltkrieges fühlten sich durch den Hitlerkrieg in ihre Jugend zurückversetzt. Die gleiche Marschmusik straffte wieder ihre alt gewordenen Beine, und statt „Die Wacht am Rhein" und „Es braust ein Ruf" war es jetzt das Horst-Wessel-Lied, das ihre Herzen höher schlagen ließ.

Eva hatte einen fest umrissenen Pflichtenkreis. Die Großmutter hatte kürzlich das Hausmädchen entlassen und behalf sich seitdem mit einer Scheuerfrau. Das tägliche Säubern der Zimmer mußte nun Eva besorgen. Sie machte ihre Arbeit flink und geschickt. Bald kannte sie jeden Fleck im Teppich und jede Nippesfigur, deren sorgsame Wartung ihr jeden Tag aufs neue ans Herz gelegt wurde. Solche Weisungen und ihr gehorsames Ja waren übrigens die einzigen Worte, die im Laufe eines Tages mit ihr gewechselt wurden. Eva fühlte sich in ihrer neuen Rolle, die ihr die Großmutter zugedacht hatte, immer noch unsicher, und aus Furcht, etwas Falsches zu sagen, schwieg sie ganz. Über das, was sie bedrückte, konnte sie sowieso hier mit niemandem sprechen.

Eva verstand sich oft selber nicht. Weshalb war ihr das Dasein in diesem Hause, in dem sie satt zu essen hatte, wo auf dem Hängeboden ein sauberes Bett für sie stand und wo sie nicht verfolgt wurde, so verleidet, daß sie jeden Morgen beim Aufwachen schon wieder den Abend herbeisehnte? Äußerlich ging es ihr besser als je zuvor. Aber sie verzehrte sich vor Sehnsucht nach einem guten Wort. Manchmal, wenn die Großmutter starr und abweisend wie immer an ihr vorbeiging, nahm sie sich vor, ihr einfach mal um den Hals zu fallen. Vielleicht wurde alles leichter, wenn sie den Kopf an ihre Schultern legte – wie früher bei der Mutter. Aber dann kam die Großmutter zurück, und sie tat es doch nicht. Sie konnte es einfach nicht. Gerade weil sie dabei so sehr an die Mutter denken mußte. Die Großmutter wünschte, daß sie die Mutter vergessen sollte. Das war nicht gut von ihr. Eva fürchtete die Großmutter, weil sie etwas von ihr verlangte, was sie niemals würde erfüllen können.

Zu Evas Obliegenheiten gehörte es auch, für die Pensionärinnen kleine Botengänge zu machen. Als sie einmal auf die Post gehen wollte, wurde sie an der Haustür von einem ältlichen Fräulein zurückgehalten: „Du bist doch die kleine Eva Burkhardt, nicht wahr?" fragte sie.

Evas erste Regung war, wegzulaufen. Es hatte sie lange keiner bei ihrem richtigen Namen genannt. Aber dann blieb sie doch, wie von einer fremden Hand festgehalten. Sie sah zu dem Fräulein auf

– ein ausdrucksloses, blasses Gesicht, das sie bestimmt niemals gesehen hatte.

Die andere schüttelte den Kopf:

„Kennst du mich nicht mehr, Eva? Ich war doch oft bei euch in der Wohnung. Ich habe dich gleich erkannt ..."

Sie lachte wie über einen gelungenen Scherz. Dann faßte sie Evas Arm. „Komm, wir gehen ein Stück. Was ich dir zu sagen habe, braucht niemand zu hören. Ich soll dir Grüße bestellen ..."

Eva durchzuckte es wie ein Blitz. Aber sie wagte gar nicht, dem Gedanken, der in ihr aufblühte, Raum zu geben. Grüße von der Mutter – war das möglich? Wieder blickte sie die andere von der Seite an. Nein, sie war sich ganz sicher, sie hatte das Gesicht nie zuvor gesehen. Durch die Verhältnisse gezwungen, hatte Eva, so jung sie war, schon Übung darin, sich Gesichter sehr genau einzuprägen. Und dieses hier war ihr vollkommen fremd. Sie wollte ruhig bleiben, aber sie konnte nicht verhindern, daß ihr Herz bis zum Halse klopfte.

Die Fremde sah belustigt auf sie herunter. „Sehr neugierig bist du scheinbar nicht, kleines Mädchen. Dafür um so mißtrauischer, was? Aber du kannst beruhigt sein." Sie legte ihren Arm um Evas Schulter und nahm gleichen Schritt mit ihr. „Deine Mutter und ich, mein Kind, haben uns schon gekannt, als wir beide noch in die Hose machten. Zuletzt war ich mit ihr zusammen bei Siemens ..." Sie fing den verwunderten Blick des Kindes auf und lachte etwas nervös: „Ich sehe zum Glück nicht jüdisch aus – da kann ich es mir schon mal leisten, ohne Stern zu gehen." Plötzlich beugte sie sich dicht an Evas Ohr: „Deine Mutter hat mir geschrieben ..."

Evas Kopf fuhr herum. „Wo ist sie?" fragte sie mit einer Stimme, die vor Erregung fast klanglos war.

Die Fremde löste ihren Arm von Evas Schulter und fing an, in ihrer kleinen Handtasche zu kramen. „Mein Gott, so ein Pech", murmelte sie. „Jetzt habe ich den Brief zu Hause gelassen. Aber es war ein kleiner Ort, gar nicht weit von hier ..." Sie bohrte die Augen in die Luft. „In der Nähe von Storkow, glaube ich ..."

„Vielleicht Kummersdorf?" fragte Eva. Ihre Blicke saugten sich an den Augen ihrer Begleiterin fest. Die kniff die Lider zusammen, wie um besser überlegen zu können. „Es ist bestimmt Kummersdorf", bestätigte Eva. „Wir haben da einen bekannten Bauern. Früher sind wir oft zu ihm hingefahren. Er hat Mutter gern ... Aber was schreibt sie denn?"

„Es geht ihr gut." Die Fremde schien es plötzlich eilig zu haben. Sie sah sich unruhig um. „Ich glaube, wir werden beobachtet, Eva. Besser, wir trennen uns jetzt. Wenn du den Brief lesen willst – besuch mich doch mal ..." Sie nannte ihr Namen und Adresse.

Die nächsten Tage rauschten an Eva vorbei, als hätte sie Fieber. Sie hatte einen genauen Plan gefaßt, aber es war nicht ganz leicht, ihn auszuführen. Die unbekannte Frau wohnte in der Wallstraße. Die lag ziemlich weit vom Hause der Großmutter entfernt, und Eva hatte nie so viel Zeit, um einen langen Weg unbemerkt einschieben zu können. Doch am nächsten Montag war die Gelegenheit günstig. Die Großmutter wollte zur Prinz-Albrecht-Straße, um sich nach dem Schicksal von Evas Vater zu erkundigen. Sowie sie aus der Tür war, ging auch Eva fort. Sie ging rasch, mit dem ihr eigenen Gang, immer ein wenig nach vorn fallend, die Straße entlang. Zum erstenmal seit langer Zeit war sie unbeschwert. In ihrer Tasche steckte ein Brief an die Mutter, und im Arm trug sie ein kleines Kuchenpaket, das sie sich gestern von ihrer Ration abgespart hatte. Beides sollte die Frau ihrer Mutter schicken.

Aber in der Wallstraße zeigte sich, daß es gar keine Nummer 63 gab. Auch weit und breit wohnte niemand unter dem angegebenen Namen. Eva begriff schließlich, daß die fremde Frau sie belogen hatte. Aber weshalb hatte sie das getan? Das verstand das Kind nicht. Hatte man mit ihrer Hilfe herauskriegen wollen, wo die Mutter steckte? Das wußte sie doch selbst nicht. Kummersdorf, das hatte sie nur gesagt, weil die Fremde den Namen Storkow erwähnt hatte. War es denn wahr, daß die Mutter geschrieben hatte? Oder war alles nur erlogen, erfunden – nur ausgedacht zu irgendeinem bösen Zweck?

Aufgewühlt kehrte das Kind wieder um, schlich in die Wohnung zurück. Im Flur hingen Hut und Mantel der Großmutter, also war sie schon wieder zu Hause. Die Tür zu ihrem Zimmer stand offen. Eva wollte hastig vorbei – aber irgend etwas in der Haltung der Großmutter gebot ihr, näher zu treten. Die Großmutter saß reglos am Fenster, den Blick starr geradeaus gerichtet. Ihr Gesicht war fahl, als läge der Schein der untergehenden Sonne darauf. Jetzt hob sie den Kopf und blickte in die Richtung, wo Eva stand. Ihr Blick war leer und ausdruckslos wie der einer Blinden.

„Sie haben ihn weggebracht", sagte sie, „ins KZ ..." Sie stöhnte laut, als hätte sie Schmerzen. Ihre Finger fuhren ruhelos auf dem Rock hin und her. Plötzlich faßte ihr Blick die Gestalt des Kindes und haftete auf dem Kuchenpaket, das Eva immer noch, wie eine Kostbarkeit, an ihre Brust gepreßt hielt. „Was hast du da?" fragte sie barsch. „Wo kommst du überhaupt her?"

Eva zögerte mit der Antwort. Instinktiv fühlte sie, daß sie den Namen der Mutter jetzt nicht aussprechen durfte. Mehr als je würde die Großmutter gerade diese für das Unglück, das über sie hereingebrochen war, verantwortlich machen. Also mußte sie eine Ausrede erfinden. Das war leichter, als sie geglaubt hatte.

„Ich bin dir nachgegangen", log sie. „Du warst aber schon weg. Du solltest Vater den Kuchen mitnehmen."

„Ist das wahr?" fragte die Großmutter. Sie schien gerührt und zog Eva näher an sich. Zum erstenmal, seit die Enkelin in ihrem Hause war, strich sie zärtlich über den Kopf des Kindes. Eva hielt unter der ungewohnten Berührung ganz still. Man muß also lügen, dachte sie. Hätte sie eben die Wahrheit gesagt, würde die Großmutter sie mit Schimpfworten überschüttet haben. Manchmal, wenn sie sehr böse war, schlug sie sogar. Das würde von jetzt an nie mehr geschehen. Eva wußte nun, wie sie sich davor schützen konnte. Das Rezept war ganz einfach. Die Wahrheit war, daß sie die Mutter liebte und daß ihr der Vater gleichgültig war. Diese Wahrheit mußte sie indessen in ihr Gegenteil verkehren. Man muß lügen wie die Erwachsenen, dachte das Kind. Um ihren Mund stand plötzlich eine scharfe Falte, die so aussah, als ob sie nie mehr weggehen wollte. Sie schien für immer dort eingeritzt.

VII

Der September brachte wolkenlose, glasklare Tage. Die Sonne sengte auf die Erde herab. Wie Pulverschnee türmte sich der märkische Sand. Die Bäume, die die Landstraße säumten, standen mit ausgelaugten, welken Blättern, die schon anfingen, an den Rändern gelb zu werden. Die Felder ringsum waren abgeerntet. Vom Kanal, der den Wolziger mit dem Storkower See verband, stieg ein fauliger Geruch, wie von Stuben, die zuwenig gelüftet werden. Wochenlang war kein Tropfen Regen gefallen.

Lotte Burkhardt lag lang ausgestreckt am Ufer, die Hände unter dem Kopf verschränkt, im Schatten eines Weidenstrauches, der sie halb verdeckte. Durch den feinen Windzug, der vom Wasser kam, war es hier fast erträglich. Trotzdem klebten ihr noch die Kleider am Leibe. Sie war eben zu Fuß von Storkow herübergekommen, wo sie wieder einmal nach Briefen gefragt hatte; leider vergeblich. Obgleich Lotte sich sagte, daß das ganz natürlich war, daß sie von Rudolf wirklich noch keine Nachricht erwarten durfte, konnte sie eine gewisse Unruhe nicht verhindern. Er hätte ihr wenigstens eine Karte schreiben können, einen kurzen Gruß: Es geht mir gut. Dann hätte sie gewußt, daß es auch Eva gut ging. So aber tappte sie völlig im dunkeln. Die knappen zehn Tage, die sie von zu Hause weg war, dehnten sich in ihrer Vorstellung zur Ewigkeit.

Knappe zehn Tage – und trotzdem begann der Boden, auf dem sie sich hier bewegte, schon wieder zu wanken. Nicht, daß sie von dem Bauern, bei dem sie wohnte, etwas zu fürchten gehabt hätte. Bauer Langbehn war ein seltsamer Kauz, immer mürrisch und wortkarg. Aber Lotte wußte, daß seine zur Schau getragene Unnahbarkeit nur Tarnung war; ein Panzer, mit dem er sich umgab, um vor Angriffen geschützt zu sein. Lotte kannte ihn schon lange, von früheren Ausflügen her, die sie mit der jüdischen Jugendgruppe unternommen hatte. Immer hatte Langbehn sie und ihre Freunde ohne viel Worte bei sich aufgenommen, auch später, als es durchaus nicht mehr zum guten Ton gehörte, mit Juden unter demselben Dach zu wohnen. Er hatte einfach immer so getan, als wüßte er gar nicht, daß sie Juden waren. Als Lotte vor kurzem bei ihm aufgetaucht war und ihm als Legitimation ihren falschen Paß vorwies, hatte er nur genickt und ihr die Kammer gegeben. Er war nicht schlecht dabei gefahren. Lotte hatte überall mit angefaßt, wo Not am Mann war, im Haus und auf dem Acker – außerdem bezahlte sie für ihre Unterkunft. Was Geld anbetraf, so konnte er nie genug kriegen. Aber er war auch hilfsbereit und auf keinen Fall feige.

Doch heute früh war der Ortsbauernführer bei ihm erschienen und hatte neugierig in alle Ecken geschnüffelt. Lotte war als Landarbeiterin ordnungsgemäß gemeldet. Aber als der Bonze ihren Paß in der Hand hielt und immer wieder mit ihr selbst und mit den Eintragungen in ihrem Arbeitsbuch verglich, fühlte sie den Schweiß aus allen Poren brechen. Schließlich hatte er ihr ihre Papiere unbeanstandet zurückgereicht. Aber er hatte ihr eingeschärft, sich morgen früh, wie alle ortsfremden Arbeitskräfte, bei der Ortspolizeibehörde zu melden. „Eine Formalität – die wollen Ihnen nur einen Stempel aufdrücken", hatte er begütigend hinzugefügt. Lotte wußte genug. Solche Formalitäten mochten harmlos sein für Menschen, die ebenfalls harmlos waren. Dieser „Erna Färber" und ihrer einwandfreien Vergangenheit war sie sich jedoch nicht ganz sicher. Und sie selbst hatte Veranlassung genug, einer näheren Prüfung durch die Behörden aus dem Wege zu gehen.

Sie mußte also wieder weg. Zurück nach Berlin. Und zwar noch heute abend. Aber obgleich sie das wußte und sich die Notwendigkeit einer neuerlichen Flucht mit dem Verstand nüchtern auseinandersetzte, blieb sie regungslos liegen, ganz der Ruhe des Augenblicks hingegeben. Ein leichter Wind hatte sich aufgemacht und bewegte die Zweige über ihrem Kopf. Das Wasser des Kanals schwappte träge. Ein paar Frösche quakten so laut, daß es klang, als hockten sie zu Lottes Füßen. Vom nahen Fliegerhorst scholl ab und zu ein Kommando herüber.

Seit geraumer Zeit war das einschläfernde Geräusch eines hoch am Himmel kreisenden Flugzeuges in der Luft. Lotte blinzelte durch ihre halb geschlossenen Lider. Das Flugzeug glitt ruhig über den Horizont, weiße Kondensstreifen wie Schweife hinter sich herziehend. Plötzlich schien die Maschine auf der Stelle zu stehen, senkte die Schnauze und schoß wie ein Raubvogel, der sich auf sein Opfer stürzt, in die Tiefe. Lottes Herzschlag setzte sekundenlang aus. Doch schon hatte sich das Flugzeug wieder gefangen, gewann erneut an Höhe und zog ruhig seine Bahn. Seine Flügel gleißten und glitzerten in der Sonne, die die Maschine mit ihren Strahlen zu tragen schien.

„Schön sieht das aus – nicht wahr?" fragte plötzlich eine Stimme hinter Lottes Rücken. Sie warf sich herum. Hinter ihr stand ein junger Soldat in der blaugrauen Fliegeruniform. Er verbeugte sich höflich, hob aber nicht den Arm zum Deutschen Gruß, wie Lotte sofort im stillen notierte. Er kam ein paar Schritte auf sie zu. „Gestatten?" fragte er und ließ sich auf dem Boden neben ihr nieder, ehe Lotte Zeit fand, ihn abzuweisen. „Ich beobachte Sie nämlich schon eine ganze Weile. Ich finde es so hübsch, junge Frauen zu betrachten, während sie schlafen ..." Er lächelte gewinnend.

„Und ich finde es ungehörig, mir im Schlafen nachzuspionieren", erwiderte Lotte. Unwillkürlich rückte sie ein Stück von dem Flieger weg. Aber es war zwecklos, er kam sofort hinterher.

„Nachspionieren!" sagte er. „Ein häßliches Wort. Leute, die solch gutes Gewissen haben wie Sie, sollten es gar nicht kennen. Denn Sie haben ein gutes Gewissen. Sonst hätten Sie nicht so ruhig schlafen können ..."

„Habe ich wirklich geschlafen?", fragte Lotte zurück. Sie wollte Zeit gewinnen. Was will er nur? dachte sie bohrend. Jetzt erst, da er so dicht neben ihr saß, sah sie, daß er gar nicht mehr so jung war, wie es ihr auf den ersten Blick geschienen hatte. Er war mindestens Mitte Dreißig. Sein regelmäßiges, gutgeschnittenes Gesicht war etwas zu nichtssagend, um ihr ein Interesse abgewinnen zu können. Er war blond und blauäugig, der Prototyp eines Germanen. Aber die Frische und Jungenhaftigkeit, die er zur Schau trug, schienen ihr nicht ganz echt – so, als legte er es mit Gewalt darauf an, vor ihr forsch zu erscheinen. Sie senkte die Lider ein wenig und betrachtete ihn mit Muße unter den halb geschlossenen Lidern hervor: seine gepflegten Hände, den korrekt gezogenen Scheitel, die tadellos sitzende Uniform. Sie verwünschte ihre militärische Unbildung, die es ihr versagte, seinen Rang zu erkennen.

Aber es war schließlich gleichgültig. Wichtig war allein, daß sie ihn so schnell wie möglich wieder abwimmeln konnte.

„Sie kommen von dort?" fragte sie daher, rasch das Thema wechselnd, und deutete mit dem Kopf in die Richtung des Fliegerhorstes. Er nickte: „Leider ... Ich benutze jede Gelegenheit, um mal auszurücken." Er hatte sich neben Lotte hingestreckt und stützte sich rückwärts auf den Ellbogen. Seine Finger ergriffen, wie unabsichtlich, Lottes Hand. „Ich habe Sie übrigens hier schon öfter bemerkt", sagte er. „Man sieht ja gleich, daß Sie nicht von hier sind. Berlinerin – nicht wahr?"

Lotte schüttelte den Kopf. Ihr immer waches Mißtrauen gebot ihr Vorsicht sogar diesem harmlosen Flieger gegenüber. Dabei suchte er offenbar nur ein Abenteuer. Fast unbewußt lächelte sie

zu ihm zurück. Sie war dem Reiz des Augenblicks gegenüber nicht unempfindlich. Schließlich, sie war dreißig – eine junge Frau. Seit Jahren hatte ihr Leben nur aus Angst vor Verfolgung und aus Schrecken bestanden, aus illegalem Kampf, der aus ihrem aufgespeicherten Haß und aus der Verachtung ihren Mitmenschen gegenüber geboren war. Liebe hatte in ihrem Dasein schon seit langem keinen Platz mehr gefunden. Und doch war sie eine Frau, mit dem Bedürfnis nach Zärtlichkeit wie alle anderen. Deshalb gab sie sich sekundenlang der Täuschung hin, daß sie wirklich hier ganz unbeschwert im Walde lag, mit einem jungen Mann, dem sie offensichtlich gefiel und dessen Werben sie allmählich nachgeben konnte ... Gewaltsam riß sie sich zusammen. Sie stand auf und hatte sich sofort wieder in der Gewalt.

Der junge Flieger war liegen geblieben. Er nahm die letzte Zigarette aus seiner Schachtel und rauchte sie langsam und mit Genuß. Dabei bekritzelte er aus Langeweile den Pappdeckel. „Mich werden Sie noch nicht los", sagte er gemütlich. „Nicht eher, bis ich weiß, wann und wo wir uns wiedersehen ..." Er warf die Schachtel endlich weg. In seinen Augen, mit denen er Lotte jetzt ansah, stand neben der Erwartung noch etwas anderes – ein Ausdruck, den sie nicht zu deuten vermochte. Ihr war plötzlich unbehaglich, sie wußte nicht, weshalb.

„Gehen Sie jetzt", sagte sie kühl. „Es hat gar keinen Zweck mit uns beiden. Ich bin verheiratet."

„Nein – ", sagte er lachend. „Vielleicht haben Sie sogar noch ein Kind?" Er schien das Ganze für einen famosen Witz zu halten. Lotte senkte den Kopf. Plötzlich stand Eva so deutlich vor ihr, daß sie meinte, nach ihr greifen zu können. Und mit dem Gedanken an Eva erhob sich drohend die Wirklichkeit. Sie mußte so rasch wie möglich hier weg. Bis sie zum Bahnhof kam, würde es dunkel sein. Und sie hatte noch keine Ahnung, wer sie in Berlin aufneh-

„Nachspionieren!" sagte er. „Ein häßliches Wort. Leute, die solch gutes Gewissen haben wie Sie, sollten es gar nicht kennen. Denn Sie haben ein gutes Gewissen. Sonst hätten Sie nicht so ruhig schlafen können ..."

„Habe ich wirklich geschlafen?", fragte Lotte zurück. Sie wollte Zeit gewinnen. Was will er nur? dachte sie bohrend. Jetzt erst, da er so dicht neben ihr saß, sah sie, daß er gar nicht mehr so jung war, wie es ihr auf den ersten Blick geschienen hatte. Er war mindestens Mitte Dreißig. Sein regelmäßiges, gutgeschnittenes Gesicht war etwas zu nichtssagend, um ihr ein Interesse abgewinnen zu können. Er war blond und blauäugig, der Prototyp eines Germanen. Aber die Frische und Jungenhaftigkeit, die er zur Schau trug, schienen ihr nicht ganz echt – so, als legte er es mit Gewalt darauf an, vor ihr forsch zu erscheinen. Sie senkte die Lider ein wenig und betrachtete ihn mit Muße unter den halb geschlossenen Lidern hervor: seine gepflegten Hände, den korrekt gezogenen Scheitel, die tadellos sitzende Uniform. Sie verwünschte ihre militärische Unbildung, die es ihr versagte, seinen Rang zu erkennen.

Aber es war schließlich gleichgültig. Wichtig war allein, daß sie ihn so schnell wie möglich wieder abwimmeln konnte.

„Sie kommen von dort?" fragte sie daher, rasch das Thema wechselnd, und deutete mit dem Kopf in die Richtung des Fliegerhorstes. Er nickte: „Leider ... Ich benutze jede Gelegenheit, um mal auszurücken." Er hatte sich neben Lotte hingestreckt und stützte sich rückwärts auf den Ellbogen. Seine Finger ergriffen, wie unabsichtlich, Lottes Hand. „Ich habe Sie übrigens hier schon öfter bemerkt", sagte er. „Man sieht ja gleich, daß Sie nicht von hier sind. Berlinerin – nicht wahr?"

Lotte schüttelte den Kopf. Ihr immer waches Mißtrauen gebot ihr Vorsicht sogar diesem harmlosen Flieger gegenüber. Dabei suchte er offenbar nur ein Abenteuer. Fast unbewußt lächelte sie

zu ihm zurück. Sie war dem Reiz des Augenblicks gegenüber nicht unempfindlich. Schließlich, sie war dreißig – eine junge Frau. Seit Jahren hatte ihr Leben nur aus Angst vor Verfolgung und aus Schrecken bestanden, aus illegalem Kampf, der aus ihrem aufgespeicherten Haß und aus der Verachtung ihren Mitmenschen gegenüber geboren war. Liebe hatte in ihrem Dasein schon seit langem keinen Platz mehr gefunden. Und doch war sie eine Frau, mit dem Bedürfnis nach Zärtlichkeit wie alle anderen. Deshalb gab sie sich sekundenlang der Täuschung hin, daß sie wirklich hier ganz unbeschwert im Walde lag, mit einem jungen Mann, dem sie offensichtlich gefiel und dessen Werben sie allmählich nachgeben konnte ... Gewaltsam riß sie sich zusammen. Sie stand auf und hatte sich sofort wieder in der Gewalt.

Der junge Flieger war liegen geblieben. Er nahm die letzte Zigarette aus seiner Schachtel und rauchte sie langsam und mit Genuß. Dabei bekritzelte er aus Langeweile den Pappdeckel. „Mich werden Sie noch nicht los", sagte er gemütlich. „Nicht eher, bis ich weiß, wann und wo wir uns wiedersehen ..." Er warf die Schachtel endlich weg. In seinen Augen, mit denen er Lotte jetzt ansah, stand neben der Erwartung noch etwas anderes – ein Ausdruck, den sie nicht zu deuten vermochte. Ihr war plötzlich unbehaglich, sie wußte nicht, weshalb.

„Gehen Sie jetzt", sagte sie kühl. „Es hat gar keinen Zweck mit uns beiden. Ich bin verheiratet."

„Nein – ", sagte er lachend. „Vielleicht haben Sie sogar noch ein Kind?" Er schien das Ganze für einen famosen Witz zu halten. Lotte senkte den Kopf. Plötzlich stand Eva so deutlich vor ihr, daß sie meinte, nach ihr greifen zu können. Und mit dem Gedanken an Eva erhob sich drohend die Wirklichkeit. Sie mußte so rasch wie möglich hier weg. Bis sie zum Bahnhof kam, würde es dunkel sein. Und sie hatte noch keine Ahnung, wer sie in Berlin aufneh-

„Nachspionieren!" sagte er. „Ein häßliches Wort. Leute, die solch gutes Gewissen haben wie Sie, sollten es gar nicht kennen. Denn Sie haben ein gutes Gewissen. Sonst hätten Sie nicht so ruhig schlafen können ..."

„Habe ich wirklich geschlafen?", fragte Lotte zurück. Sie wollte Zeit gewinnen. Was will er nur? dachte sie bohrend. Jetzt erst, da er so dicht neben ihr saß, sah sie, daß er gar nicht mehr so jung war, wie es ihr auf den ersten Blick geschienen hatte. Er war mindestens Mitte Dreißig. Sein regelmäßiges, gutgeschnittenes Gesicht war etwas zu nichtssagend, um ihr ein Interesse abgewinnen zu können. Er war blond und blauäugig, der Prototyp eines Germanen. Aber die Frische und Jungenhaftigkeit, die er zur Schau trug, schienen ihr nicht ganz echt – so, als legte er es mit Gewalt darauf an, vor ihr forsch zu erscheinen. Sie senkte die Lider ein wenig und betrachtete ihn mit Muße unter den halb geschlossenen Lidern hervor: seine gepflegten Hände, den korrekt gezogenen Scheitel, die tadellos sitzende Uniform. Sie verwünschte ihre militärische Unbildung, die es ihr versagte, seinen Rang zu erkennen.

Aber es war schließlich gleichgültig. Wichtig war allein, daß sie ihn so schnell wie möglich wieder abwimmeln konnte.

„Sie kommen von dort?" fragte sie daher, rasch das Thema wechselnd, und deutete mit dem Kopf in die Richtung des Fliegerhorstes. Er nickte: „Leider ... Ich benutze jede Gelegenheit, um mal auszurücken." Er hatte sich neben Lotte hingestreckt und stützte sich rückwärts auf den Ellbogen. Seine Finger ergriffen, wie unabsichtlich, Lottes Hand. „Ich habe Sie übrigens hier schon öfter bemerkt", sagte er. „Man sieht ja gleich, daß Sie nicht von hier sind. Berlinerin – nicht wahr?"

Lotte schüttelte den Kopf. Ihr immer waches Mißtrauen gebot ihr Vorsicht sogar diesem harmlosen Flieger gegenüber. Dabei suchte er offenbar nur ein Abenteuer. Fast unbewußt lächelte sie

zu ihm zurück. Sie war dem Reiz des Augenblicks gegenüber nicht unempfindlich. Schließlich, sie war dreißig – eine junge Frau. Seit Jahren hatte ihr Leben nur aus Angst vor Verfolgung und aus Schrecken bestanden, aus illegalem Kampf, der aus ihrem aufgespeicherten Haß und aus der Verachtung ihren Mitmenschen gegenüber geboren war. Liebe hatte in ihrem Dasein schon seit langem keinen Platz mehr gefunden. Und doch war sie eine Frau, mit dem Bedürfnis nach Zärtlichkeit wie alle anderen. Deshalb gab sie sich sekundenlang der Täuschung hin, daß sie wirklich hier ganz unbeschwert im Walde lag, mit einem jungen Mann, dem sie offensichtlich gefiel und dessen Werben sie allmählich nachgeben konnte ... Gewaltsam riß sie sich zusammen. Sie stand auf und hatte sich sofort wieder in der Gewalt.

Der junge Flieger war liegen geblieben. Er nahm die letzte Zigarette aus seiner Schachtel und rauchte sie langsam und mit Genuß. Dabei bekritzelte er aus Langeweile den Pappdeckel. „Mich werden Sie noch nicht los", sagte er gemütlich. „Nicht eher, bis ich weiß, wann und wo wir uns wiedersehen ..." Er warf die Schachtel endlich weg. In seinen Augen, mit denen er Lotte jetzt ansah, stand neben der Erwartung noch etwas anderes – ein Ausdruck, den sie nicht zu deuten vermochte. Ihr war plötzlich unbehaglich, sie wußte nicht, weshalb.

„Gehen Sie jetzt", sagte sie kühl. „Es hat gar keinen Zweck mit uns beiden. Ich bin verheiratet."

„Nein – ", sagte er lachend. „Vielleicht haben Sie sogar noch ein Kind?" Er schien das Ganze für einen famosen Witz zu halten. Lotte senkte den Kopf. Plötzlich stand Eva so deutlich vor ihr, daß sie meinte, nach ihr greifen zu können. Und mit dem Gedanken an Eva erhob sich drohend die Wirklichkeit. Sie mußte so rasch wie möglich hier weg. Bis sie zum Bahnhof kam, würde es dunkel sein. Und sie hatte noch keine Ahnung, wer sie in Berlin aufneh-

men würde. – Sie entschloß sich deshalb, scheinbar auf seinen Vorschlag einzugehen.

„Also gut", sagte sie. „Morgen abend hier an der gleichen Stelle."
„Und Sie kommen wirklich?" fragte er. Er war aufgesprungen und stand jetzt ganz nahe vor ihr. Sein warmer Atem streifte ihr Gesicht. Seine Hände hielten ihre Schultern so kräftig umklammert, daß es beinahe schmerzte. Sie wand sich los. Er trat einen Schritt zurück und verbeugte sich wieder. „Und schönen Dank für die nette Stunde", sagte er. „Wir werden beide sicher noch recht oft daran denken ..." Um seinen Mund stand wieder das gewinnende Jungenlächeln. Aber es paßte nicht zu ihm, dachte sie erneut.

Lotte atmete auf, als er endlich ging. Sie wartete noch eine Weile, bis seine Schritte allmählich verhallten. Dabei suchten ihre Augen den Waldboden ab, eine Gewohnheit, die sie noch aus ihrer Wandervogelzeit her beibehalten hatte. Sie haßte es, irgendwelche Lagerspuren zurückzulassen. Da lag noch die weggeworfene Zigarettenschachtel. Sie steckte sie ein und ging rasch nach Hause, wo sie in aller Eile ihre paar Habseligkeiten zusammenpackte. Es war wirklich schon dunkel, als sie zum Bahnhof ging. Und das war gut. Keiner, der nicht unbedingt mußte, fuhr um diese Zeit des drohenden Fliegeralarms nach Berlin. Sie war die einzige auf dem Perron. Mit abgeblendeten Lichtern fauchte der Zug heran. Doch im matten Schein der beiden Scheinwerferfinger, die sekundenlang über den Bahnsteig wischten, war es Lotte, als lehne neben dem Eingang noch ein zweiter Mensch. Ein Mann in Flieger-uniform, wenn sie nicht alles täuschte. Ihr Herz schlug rascher. Gleich darauf sagte sie sich, daß der kleine Flieger, wenn er es wirklich war, ihr in diesem Augenblick völlig gleichgültig sein mußte. Wichtig war allein, ob es ihr gelungen war, unbeobachtet aus dem Dorf zu entkommen. Sie öffnete das Fenster und mühte sich, mit den Augen das Dunkel der Nacht zu durchdringen. Niemand war jetzt mehr draußen zu sehen außer dem Bahnbeamten, der vor ihrer Abteiltür stand und den Signalstab hob. Der Zug setzte sich langsam in Bewegung, ging in die Kurve – und das kleine Dorf, das ihr zehn kurze Tage hindurch beinahe ungestörte Ruhe gegönnt hatte, war hinter der Biegung verschwunden.

Aufatmend lehnte sie sich in ihrer Bank zurück. Die Ruhe war vorbei, der Kampf begann nun von neuem, darüber war sie sich völlig klar. Sie griff in die Tasche, um ihre Fahrkarte wegzustecken – dabei stieß ihre Hand an die Zigarettenschachtel. Sie zog sie hervor. Der arme Junge! dachte sie. Morgen würde er dastehen und auf sie warten und nicht ahnen, daß er sein Gefühl an eine so Unwürdige, wie sie es war, verschwendet hatte. Unwillkürlich mußte sie lächeln. Sie drehte die Schachtel um und betrachtete kopfschüttelnd den eng bekritzelten Pappdeckel, bevor sie ihn zusammenknüllte und aus dem Fenster warf. Er war über und über mit kleinen Fischchen bemalt ...

Hans und Hilde Steffen waren nur eine Woche lang mit ihrem Boot auf den mecklenburgischen Seen umhergefahren. Dann waren sie wieder nach Hause zurückgekehrt. Die Nachrichten, die sie inzwischen erhalten hatten, klangen unterschiedlich. Eins war jedoch aus allem klar zu entnehmen: Sie selbst wurden nicht gesucht. Die Gestapo schien sich darauf zu beschränken, alles zu verhaften, was in Herbert Buschs unmittelbarer Nähe gearbeitet hatte – also vor allem die Angehörigen der illegalen Siemens-Gruppe. Das war schmerzlich genug und bedeutete im Augenblick die Zerschlagung der ganzen illegalen Organisation von Berlin-Nord. Das Unheimliche dabei war, daß man noch immer nicht wußte, auf welche Weise die Gestapo von der ganzen Sache Wind bekommen hatte. In Amsterdam war der Kurier bis heute nicht eingetroffen. War er geschnappt worden, oder handelte es sich bei ihm um einen dieser unzuverlässigen Burschen, die im entscheidenden Moment Angst vor der eigenen Courage bekamen und einfach schlapp machten? Auch damit mußte man rechnen; die Menschen, auf die man jetzt manchmal zurückgreifen mußte, waren nicht immer die besten. Aber niemand wußte Näheres; niemand ahnte überhaupt, wer das letzte Mal den Kurierdienst übernommen hatte. Karl Röttgers, der einzige, der es wissen mußte, war seit Herbert Buschs Verhaftung aus seiner Wohnung verschwunden. Anscheinend hatte er es klüger gefunden eine Zeitlang unterzutauchen. Sicher war also nur eins: Hans konnte mit seiner Frau unbesorgt nach Hause zurückkehren und, soweit es ging, die Arbeit fortsetzen. Alles andere mußte man auf einen späteren Zeitpunkt verschieben.

VIII

Hilde Steffen stand an diesem Septemberabend in dem kleinen Garten vor ihrer Laube, einen Strauß Astern im Arm, den sie soeben gebunden hatte. Eigentlich hatte sie noch im Garten arbeiten wollen. Sie war die einzige in der Familie, die manchmal Zeit dafür fand. Mutter Steffen stand von früh bis spät in der Eisdiele, und Hans ... Hilde lächelte still vor sich hin. Es war einfach unmöglich, sich Hans in Hemdsärmeln mit Hacke und Spaten vorzustellen. Zum Hausvater hatte er nun mal kein Talent, er lebte nur für die politische Arbeit. Für das Glück der anderen, sagte Hilde immer; die Sorge um das eigene Wohlergehen überließ er ihr. Aber sie war es so zufrieden. In der letzten Zeit hatte sie jedoch manches, was mit der Führung ihres kleinen Hauswesens zusammenhing, besonders die Pflege des Gartens, vernachlässigen müssen. Es fiel ihr bereits schwer, sich zu bücken, und die große Gießkanne konnte sie schon lange nicht mehr schleppen. Sie ging langsam weiter, am offenen Fenster vorbei. Drinnen saß Hans über dem Text für die nächste Sendung. Hilde hätte ihm helfen sollen – aber sie konnte sich so schwer heute abend hier losreißen. Es war mild wie im Hochsommer, nur die frühe Dunkelheit zeigte an, daß der Herbst nicht mehr fern war.

Eben kam Hans' Mutter den Pfad entlang. Es mußte also schon sieben Uhr vorbei sein, eher verließ sie den Laden nicht. Sie trug Bücher im Arm, die sie, mit einem gemütlichen Nicken zu Hilde hinüber, gleich an ihr vorbei ins Haus tragen wollte. Aber Hilde hielt sie zurück. Sie legte den Finger an die Lippen. „Da wird gearbeitet", flüsterte sie.

Sie war immer bemüht, ihre Schwiegermutter soviel wie möglich von der aktiven Arbeit fernzuhalten. Das war nicht leicht, denn Frieda Steffen strotzte vor Aktivität und hätte es am liebsten gehabt, drei Aufträge auf einmal zu bekommen. Und sicher hätte sie alles zur vollsten Zufriedenheit ausgeführt. Wenn es galt, einen Verbindungsmann auf der Straße zu treffen und ihm irgendeine Botschaft zu überbringen, war tatsächlich niemand als Mutter Steffen geeigneter, die mit ihrer Markttasche vor dem verabredeten Platz auf und ab ging und in der Art alter Weiber ihre Formel wie im Selbstgespräch vor sich hin flüsterte. Auch für viele andere Arbeiten war sie unentbehrlich. Sie hielt musterhaft die Kasse der illegalen Gruppe in Ordnung, und ohne ihren Beistand in manchen organisatorischen Fragen wäre eine fruchtbringende Tätigkeit einfach unmöglich gewesen. Das alles erkannte Hilde durchaus an. Aber weshalb sollte sie die Mutter, wie hier, unnötig mit Wissen belasten, das ihr eines Tages nur gefährlich werden konnte? Niemand durfte mehr erfahren, als unbedingt nötig war; darin war Hilde ganz konsequent. Aber sie befand sich da im steten Widerspruch mit der Schwiegermutter, die zu fürchten schien, man hege Mißtrauen gegen sie. Auch jetzt war sie ein wenig beleidigt. Hilde faßte sie schnell um die Hüften und zog sie neben sich auf die Bank. „Komm, Mutter, die Bücher kannst du auch bei mir lassen. Du kriegst dafür die Astern."

Sie legte ihr die Blumen in den Schoß, aber die alte Frau wehrte ab. „Laß man, laß man, Hildchen, die Astern gehören euch. Du hast sie doch gehegt und gepflegt, da sollt ihr euch auch selber dran freuen ..."

Sie blickte sich anerkennend um. Wirklich zeugte alles hier im Umkreis von Hildes Fleiß. Mit eigenen Händen hatte sie die frühere Steinwüste urbar gemacht, alles ohne fremde Hilfe und nach eigenem Geschmack angelegt: das kleine Blumenrondell am Eingang, die Fliederhecke, die Rosenstöcke, die vom Frühsommer an bis in den November hinein blühten und denen immer Hildes besondere Sorgfalt gegolten hatte. Überhaupt gedieh ihr alles unter den Händen. Es war, als wollte sich der karge Boden für die besondere Mühe, die Hilde auf ihn verwendete, erkenntlich zeigen. Hilde war unter dem Lob der Schwiegermutter errötet. Sie folgte ihrem Blick über den Garten hin – alle Bäume standen noch im satten Grün, das Obst reifte, über den braunen Zaun hinweg leuchteten die Sonnenblumen ... Aber Hilde war es, als spüre sie in allem schon den nahenden Herbst. Die Sonne, obwohl noch klar und brennend, erschien ihr doch schon ohne die rechte Kraft; die ersten Altweibersommerfäden spannten sich von Baum zu Baum; in dem tiefblauen Himmel, der keine Wolke zeigte, kreiste ein Storchenschwarm – Vorbote des Vogelzugs. Hilde drängten sich diese ersten untrüglichen Zeichen des vergehenden Sommers beinahe schmerzhaft auf. Sie empfand Trauer wie über den Verlust von etwas Unwiederbringlichem – aber dieses Unwiederbringliche schien mehr zu sein als nur ein paar kurze Sommerwochen. Vielleicht war es ihr ganzes schönes, harmonisches, erfülltes Zusammenleben mit Hans, das von den Schatten eines unvermeidbaren Schicksals bedroht war – genau wie dieser Sommertag vom nahenden Herbst. In einer plötzlichen düsteren Ahnung, die sie nicht abschütteln konnte, wandte sie sich zu der Mutter um, griff nach ihrer harten, verarbeiteten Hand.

„Du mußt Hänschen später mal alles erzählen, Mutter. Wie mir alles hier sauer geworden ist ... Und daß ihr mir die Rosenstöcke nicht vernachlässigt ..."

Für Hilde war es ganz selbstverständlich, daß ihr kommendes Kind ein Hans sein würde. In ihren Vorstellungen hatte es schon feste Gestalt angenommen; es glich haargenau den Kinderbildern, die sie von ihrem Mann gesehen hatte. Hans dagegen träumte von einer kleinen Hilde. Beide sahen in dem kommenden Kind gleichsam einer Wiedergeburt des geliebten Partners entgegen – dem Kind auch eigene Züge beizumessen fiel keinem von beiden ein. Frau Steffen war die Art, mit der Hilde von ihrem Kinde sprach, nicht mehr fremd. Aber jetzt sah sie bei Hildes Worten unwillig auf.

„Was redest du denn da, Hilde – was ist denn in dich gefahren? Bis jetzt ist doch alles gut gegangen ..." Sie sah die Schwiegertochter mißbilligend an, schüttelte heftig den Kopf „Ich will dir mal was sagen, Hilde. Du grübelst zuviel. Dein Mann arbeitet drinnen, sagst du? Na also, weshalb bist du nicht längst dabei? Weshalb sitzt du hier und klönst mit mir altem Weib? Wo unsere Männer arbeiten, gehören auch wir Frauen hin – sonst machen die Männer nämlich Mist, verstehst du? Und wenn du jetzt nicht sofort deinem Mann drinnen hilfst, dann gehe ich – und wenn du zehnmal dagegen bist."

Sie schwieg und wischte sich den Schweiß von der Stirn, sie hatte sich warm geredet. Natürlich war es übertrieben, wenn sie Hilde Gleichgültigkeit und mangelndes Interesse für die Arbeit vorwarf. Sie wußte besser als jeder andere, daß dies bei Hilde nicht zutraf. Aber nur durch Übertreibungen war dem Mädel anscheinend beizukommen. Frieda Steffen stand lange genug in der illegalen Bewegung. Sie kannte die zersetzende Kraft solcher Stimmungen, von denen Hilde heute befallen war; jeder Genosse hatte wohl ähnliches an sich selber erlebt. Man mußte aber gegen diese Zweifel energisch angehen. Und Hilde hatte wirklich keinen Grund zur übertriebenen Sorge. Die übliche Vorsicht war natürlich geboten, das selbstverständliche Gefaßt- sein auf den möglichen Tag X, an dem es etwa einmal schiefgehen würde. Aber jeder illegale Arbeiter hoffte, diesen Tag nie zu erleben – ohne diese Hoffnung war er nämlich nicht mehr fähig zum Handeln. Und gerade das war es, was Frieda Steffen im Hinblick auf Hilde befürchtete.

Hilde hatte ihre trüben Gedanken gewaltsam zurückgedrängt. Sie stand schwerfällig auf, wie es ihr Zustand jetzt schon mit sich brachte, und schüttelte ihr Haar. „Du hast recht, Mutter", sagte sie. „Wer wirklich etwas tut, kommt nicht auf so verrückte Gedanken." Sie ging mit ihren großen langsamen Schritten, die sie sich in letzter Zeit angewöhnt hatte, ins Haus zurück.

Hans saß am Radio, als Hilde eintrat; er hörte Moskau. Dabei hatte er Papier und Bleistift vor sich auf den Knien und notierte die Adressen von Soldaten, die sich in Kriegsgefangenschaft befanden. Das war eigentlich Hildes Arbeit. Aber als sie zu ihm trat, um ihn abzulösen, winkte er stumm ab. Er zog ihr mit der freien Hand einen Stuhl heran und reichte ihr das fertige Flugblatt. „Hier, lies erst mal, das ist jetzt wichtiger. Ich schreibe schon allein weiter ..."

Hilde glättete den Zettel und fing an zu lesen. Es war ein Text üblichen Inhalts, wie Hans ihn schon dutzendfach unter Lebensgefahr durch den Äther geschickt hatte. An Hand von nüchternen Zahlen bewies er, daß die Feindmächte sich erst am Anfang ihrer Anstrengungen befanden, die sie aufbringen mußten, um den Krieg zu gewinnen – daß Hitler dagegen schon die Puste ausging. Alles war richtig, was Hans hier schrieb: angefangen mit dem Hinweis auf Stalingrad, wo die Front in verbissenem Meter-um-Meter-Kampf zu erstarren drohte, bis auf die Feststellung, daß es der deutschen Luftwaffe nicht gelungen war, den Luftraum zu beherrschen. Hilde wußte das alles selbst. Wenn sie es nicht schon wüßte, hätte das Flugblatt sie kaum überzeugen können. Das Ganze kam ihr vor wie eine Formel, deren Richtigkeit nur Mathematikern erkennbar ist. Der Text sollte aber nicht für Wissenschaftler geschrieben sein, sondern für Frauen, die es aus ihrer Passivität aufzurütteln galt. Hilde mußte lächeln, als sie sich die Worte ihrer

Schwiegermutter ins Gedächtnis rief: Die Männer machen Mist, wenn keine Frau dabei ist. Die alte Frau traf mit ihrem gesunden Menschenverstand meist den Nagel auf den Kopf. Auch Hans war ein Mann, der sich in die Gefühlswelt einer Frau schwer hineindenken konnte. Er wollte ihnen immer mit Logik beikommen. Mit Logik war es aber völlig unmöglich, die Frauen von 1942 zu pakken, die in ihren Männern nur die Sieger sahen, die schon tief im Feindesland standen, die sich von ihnen Pelze aus Norwegen schikken ließen, Kaffee und Tee aus Holland, seidene Wäsche aus Paris und aus Dänemark Butter, Eier und Speck. – Sie ließ das Flugblatt sinken. Hans hatte das Radio abgeschaltet und trat neben sie. „Nun?" fragte er erwartungsvoll.

Hilde setzte ihm ihre Bedenken auseinander. Um die Frauen, auf die es ankam, anzurühren, genügte es nicht, knapp und sachlich zu bleiben. Hier mußte er viel menschlicher werden, mußte die Leiden, die ein verlorener Krieg mit sich brachte, in allen grausigen Einzelheiten anschaulich schildern. Etwa so ... Während sie selbst anfing zu formulieren, blickte Hans auf sie hinunter. Er dachte an die Jahre zurück, die sie nun schon miteinander verbracht hatten. Immer war ihm Hilde eine tapfere Gefährtin gewesen. Sie hatte ihm bei seinen Sendungen zur Seite gestanden, hatte Flugblätter, bei deren Abfassung sie ihm immer geholfen hatte, auf der Maschine getippt und, wenn es darauf ankam, auch selbst in die Betriebe geschmuggelt. Bei all diesen Arbeiten, die sie mit großer Genauigkeit ausführte, hatte sie stets eine heitere Zuversicht an den Tag gelegt. Immer hatte sie eine Sicherheit ausgestrahlt, wie sie nur das Bewußtsein verleihen kann, für eine gute und gerechte Sache zu kämpfen. Und doch war sie gerade in letzter Zeit, wohl hervorgerufen durch ihren Zustand, manchmal von Bedenken befallen worden. Sie zweifelte an dem Erfolg ihrer gemeinsamen Arbeit. Es hatte eine heftige Aussprache hierüber zwischen ihnen gegeben. Hans begriff nicht, wie man illegal arbeiten konnte, wenn man die Sache anzweifelte, für die man sein Leben einsetzte.

Hilde hatte ihn nur lächelnd angesehen. „Ich tue es, Hans", sagte sie einfach, „weil du es doch auch tust. Natürlich lasse ich dich nicht im Stich."

Zum erstenmal hatte er ihr fast barsch widersprochen. „Du bist kein Naziweibchen, Hilde, sondern eine denkende Frau. Und von solch einer Frau, besonders von meiner Frau, verlange ich, daß sie selber weiß, was sie tun oder lassen muß. Wenn du mir sagst, du machst nur mit aus Liebe zu mir, so ist das eine ungeheure Verantwortung, die du mir damit auferlegst. Vielleicht geht es eines Tages schief, und sie schnappen uns – dann habe ich dein Leben mit verwirkt, bloß weil du mich liebst. Nein, Hilde, so geht es nicht. Hier ist ein Punkt, da muß jeder mit sich selbst zu Rate gehen. Da muß sich jeder selber fragen: Lohnt es sich für mich, dieser Sache wegen den Kopf zu riskieren? Oder noch besser: Kann ich überhaupt leben, ohne für diese Sache zu kämpfen?"

Hilde hatte seine Hand genommen und ruhig auf ihren Leib gelegt. „Hans, du glaubst doch nicht, daß ich es vor dem da verantworten kann, mein Leben leichtsinnig wegzuwerfen ... Vielleicht werde ich das Kind eines Tages um unserer Sache willen opfern müssen. Unser Leben ist ein gefährliches – da lauert die Gestapo ... Trotzdem will ich weiterarbeiten. Weil ich fühle, daß ich einfach nicht anders kann."

„Aber niemand kann arbeiten, ohne an den Erfolg zu glauben. Das ist widersinnig."

Hilde hob die Schultern und ließ sie langsam wieder sinken. „Ich muß so leben, weil ich es so für richtig halte. Wir hassen beide den Krieg und wollen den Frieden – also müssen wir unsere Regierung bekämpfen, denn sie trägt die Schuld an diesem Krieg. Wenn ich trotzdem manchmal bezweifle, daß wir, so ganz auf uns allein gestellt, ohne Hilfe vom Ausland ans Ziel kommen werden, steht das meiner Meinung nach auf einem ganz anderen Blatt."

„Nein, Hilde. Wir sind ja schließlich keine Einzelgänger. Wir sind ein Teil eines großen Ganzen. Du weißt, daß wir immer wieder versuchen, auf die Arbeiter in den Betrieben, auf die Soldaten, auf die ausländischen Zwangsarbeiter Einfluß zu gewinnen – unser Ziel ist der Aufstand des ganzen Volkes. Wenn ich je an der Revolution, die wir vorbereiten, zweifeln würde, käme mir ein Leben, wie wir es führen, sinnlos vor."

Hilde schüttelte den Kopf. „Sinnlos kann es nie sein", sagte sie, indem sie sich rückwärts auf die Tischplatte stützte. „Sie können unsere Besten verhaften, sie können ihnen die Köpfe abschlagen. Sie können die Früchte unserer Arbeit immer wieder vernichten, solange sie die Macht haben. Sie können uns verfolgen und foltern und in die Gefängnisse schleppen, alle, bis auf den letzten Mann, solange man ihnen Zeit dazu läßt – und wir werden vielleicht gar nichts erreichen. Trotzdem wird unser Kampf niemals sinnlos gewesen sein." Sie legte beide Hände um ihren Leib, als ob sie das Kind, das sich innen regte, so umspannen wollte. „Die nach uns kommen", sagte sie beinahe feierlich, „werden eines Tages von uns Rechenschaft fordern. Vor ihnen müssen wir bestehen können. Wenn unser Kind von uns wissen will, ob wir an der Barbarei dieser Zeit teilgehabt haben, dann können wir ihm klar in die Augen sehen und ihm ohne zu erröten sagen: Wir haben unsere Pflicht getan. Wir sind uns selber treu geblieben. Deshalb arbeite ich illegal, Hans. Und deshalb kann es nicht sinnlos sein, was wir tun."

Hans mußte an diese Aussprache denken, als er jetzt auf Hilde hinuntersah. Das anfängliche Befremden, das ihn damals ergriffen hatte, war inzwischen einer womöglich noch größeren Liebe gewichen, denn Hans verstand, daß Hilde jetzt in erster Linie als

Mutter empfand, die von dem Gedanken beherrscht war, dem kommenden Kind Vorbild zu sein. Der selbstverständlichen Forderung, die er für sich erhob: für eine als erstrebenswert erkannte Idee zu kämpfen und für ihre Verwirklichung notfalls das Leben zu lassen, fügte Hilde eine neue, noch härtere hinzu: künftigen Generationen den Kampf vorzuleben. Dabei war es nicht einmal entscheidend für sie, ob sie selbst den Erfolg dessen, wofür sie kämpfte, noch sehen würde.

Sie hatte die damalige Depression übrigens rasch überwunden, wie es für einen so klar denkenden Menschen wie Hilde zu erwarten war. Schon am nächsten Tag war sie heiter wie sonst und schien sich ihres Pessimismus vom vergangenen Tag sogar ein wenig zu schämen. „Es ist der Zustand", sagte sie wie zur Erklärung.

Soeben hatte sie ihre Korrekturen beendet und reichte Hans das Flugblatt zurück. „So, ich denke, jetzt ist es besser." Sie stand rasch wieder auf. „Hast du die Adressen? Sind Berliner dabei?" fragte sie und griff nach dem Zettel, den Hans noch immer in der Hand hielt. Hedwig Reimann. Witwe, las sie. Die Wohnung lag ganz in der Nähe. Dies war praktische, handgreifliche Arbeit, die Hilde jeder anderen vorzog. Hier hatte sie das unmittelbare Gefühl, wirklich helfen zu können. Sie überbrachte den Angehörigen von Gefangenen, die im Auslandssender namentlich aufgeführt wurden, Grüße und eventuelle Benachrichtigungen. Hans sah es allerdings nicht gern, daß sie sich durch diese Arbeit zusätzlich belastete, aber in diesem Punkt hatte Hilde auf ihrem Willen bestanden. Und schließlich hatte er sich gefügt.

Diesmal sollte allerdings noch etwas dazwischenkommen. Es waren plötzlich draußen Tritte zu hören. Hans war mit zwei Schritten am Radio, drehte mit geübtem Griff an der Skala – aber der Empfang stand schon richtig auf dem Deutschlandsender. Es war übrigens nur die Mutter, die eintrat. Sie kam ächzend über die

Schwelle und fiel gleich in den erstbesten Stuhl. Ihr Gesicht war vor Erregung gerötet, als hätte sie Ärger gehabt. Und auch ihre Stimme klang aufgebracht.

„Hier, Hans, das mußte ich euch heute abend noch bringen. Wurde eben bei mir abgegeben. Vom Wehrkommando."

Hans trat näher und nahm ihr das Papier aus der Hand. Offenbar zwang er sich, vollkommen ruhig zu bleiben. Aber seine Hand, die den Bogen hielt, zitterte leicht, und eine Zeitlang, während er las, hörte man nur das Rascheln des Blattes. Dann faltete er das Papier wieder zusammen. „Na ja", sagte er gleichmütig, „einmal mußte es ja kommen. Befehl zur Meldung beim Bezirkskommando."

„Du müßtest vorher noch mal mit dem Arzt reden", sagte die Mutter eifrig. „Wenn er dir was verschreibt ..."

„Unsinn, Mutter. Das verfängt doch im vierten Kriegsjahr nicht mehr... Nein, nein. Am besten, man stellt sich gleich auf die Tatsache ein." Nach dem ersten Schreck war er vollkommen ruhig geworden. Man hatte ihn verpfiffen, das war ganz klar. Ein großer, gesunder Kerl, der noch immer zu Hause war – das machte natürlich böses Blut. Und er hatte Feinde in der Nachbarschaft, dazu war seine politische Einstellung schon von früher her viel zu bekannt. Die Frage war nun, ob sie ihm auf dem Wehrbezirkskommando etwas anhaben konnten. Er glaubte, nicht. Denn sein Wehrpaß trug den ordnungsgemäßen Meldestempel. Das Versäumnis lag deutlich auf seiten der Wehrbehörde. Allerdings zweifelte er nicht eine Sekunde daran, daß sie ihn sofort per Schub an die Front schicken würden – hoffentlich nicht auf eins der gefürchteten „Himmelfahrtkommandos". – Zum erstenmal dachte er an Hilde, die zurückbleiben würde. Er wandte sich zu ihr um.

Hilde saß am Tisch, den Brief vom Wehrbezirkskommando vor sich aufgeschlagen. Sie las die kurzen Zeilen wieder und wieder, obwohl sie alles bereits auswendig wußte. Sie war betäubt wie von einem Schlag. Das also war es, was sie den ganzen Tag über dumpf vorausgeahnt hatte. Das war die Wendung in ihrem Leben, die sie gemeint hatte in der Luft zu spüren wie den Wechsel der Jahreszeiten, und die sich nun genauso unerbittlich vollzog – ohne die geringste Möglichkeit für sie, ihr Einhalt zu tun. Die Trauer, die sie den ganzen Abend hindurch nicht hatte abschütteln können, senkte sich jetzt auf sie wie ein schwerer Stein und preßte ihr die Kehle zusammen. Auf alles war sie gefaßt gewesen. Daß die Gestapo kam – hundertfach in allen Einzelheiten ausgemalt, hatte diese Vorstellung schon fast nichts Schreckliches mehr. Aber Hans als Soldat – eingereiht in ein Heer stumpf gedrillter Gefährten; Menschen, die er verachtete, zu blindem Gehorsam verpflichtet; anderen, mit denen er sich am liebsten verbrüdert hätte, in befohlener Todfeindschaft gegenübergestellt – etwas Sinnloseres gab es nicht. Und es bedeutete das Ende, das fühlte sie. Nicht nur das Ende der illegalen Arbeit, sondern auch das Ende für Hans. Ein Mensch wie er würde auch an der Front Widerstand leisten, die Gefahr der Entdeckung war dort größer, weil er sich erst Verbündete schaffen mußte – und die Maschinerie des Nazismus ließ so leicht niemand aus ihren Zangen.

Hans streichelte sanft ihren Arm. „Du mußt es nicht so schwer nehmen", sagte er. „Der Krieg ist bald aus."

Es war ein Trost, den jeder Soldat seinem Mädchen gab, um ihm den Abschied leichter zu machen. Aber bei Hilde verfing er nicht. Denn darüber waren sich alle aus der Gruppe in unzähligen Diskussionen einig geworden: Diese ungeheure, von Hitler durch Europa gejagte Kriegsfurie war nicht auf einen Hieb zum Stillstand zu bringen. Einmal in Schwung gekommen, gehorchte sie ihren eigenen Gesetzen. Langsam, qualvoll, wie mit dem Messer eines Chirurgen herausgeschnitten, würde ein Land nach dem anderen der von ihr befallenen Gebiete wieder abbröckeln müssen. Das war ein langwieriger, schmerzhafter Prozeß, der noch viele von ihnen das Leben kosten würde. Und die einzige Möglichkeit, den Prozeß zu beschleunigen, war der Aufstand von innen.

Aber es war müßig, jetzt solchen Gedanken nachzuhängen. Es gab noch viel zu besprechen. Was Hans am meisten am Herzen lag, war das Sendegerät. Hilde sollte es sofort, nachdem seine Abreise festgesetzt war, in Sicherheit bringen; ohne ihn konnten die Sendungen doch nicht stattfinden, und die Anwesenheit des Geräts in der Wohnung bildete ein stetes Gefahrenmoment. Während sie hierüber sprachen, hatte keiner von ihnen mehr auf die Mutter geachtet. Frieda Steffen stand jetzt auf und kam auf sie zu.

„Das laßt doch meine Sorge sein, Kinder. Im Verstecken habe ich wahrhaftig die meiste Routine."

„Nein, Mutter." Hilde sah hilfesuchend auf ihren Mann. „Hans – sage ihr, daß du es nicht erlaubst. Mutter soll sich nicht mit solchen Dingen belasten. Es ist genug, wenn wir beide – "

„Hilde hat recht", fiel Hans ihr rasch ins Wort. „Der Laden muß sauber bleiben, Mutter. Er ist immer noch ein sicherer Treffpunkt für uns. Da liegt deine Aufgabe – wir dürfen uns nicht zersplittern."

„Nein, nein", sagte Frieda Steffen erbittert. „Nur du darfst dich zersplittern. Und Hilde darf es. Ihr beide dürft ein Dutzend Aufgaben haben, so daß die eine immer gleich die andere gefährdet. Übrigens" – sie kam näher auf die beiden zu und erhob sich auf die Zehenspitzen –, „Lotte Burkhardt sitzt schon eine Weile bei mir drüben. Durch den dußligen Wisch habe ich das ganz vergessen. Sie bleibt bloß eine Nacht – schläft im Laden. In dem Kaff hat sie nicht länger bleiben können ..."

„Und da kommt sie ausgerechnet zu uns?" fragte Hans aufgebracht. „Verstehe ich nicht. Lotte ist doch sonst nicht so unvorsichtig ..."

„Sie wußte nicht wohin, Hans. Die Adressen, die sie hatte, stimmten alle nicht mehr. Und sie sagt, sie hat genau darauf geachtet, ob sie beschattet wird. Sie ist ein paarmal im Zickzack gegangen ..."

Hilde ging auf die Diele und kam mit ihrem Kopftuch zurück. Sie band es so um, daß das halbe Gesicht darunter verschwand.

„Ich gehe zu ihr", sagte sie. „Sie weiß ja noch gar nicht, daß sie Rudolf geholt haben – und daß Eva bei ihrer Großmutter ist ..." Sie ging zur Tür, kehrte aber auf der Schwelle noch einmal um und kam zu Hans zurück. „Ich gehe dann gleich noch zu der Frau, Hans. Das schaffe ich noch vor dem Alarm." Sie zog sein Gesicht zu sich herunter und küßte ihn. „Es ist ja noch nicht unser letzter Abend ..."

Hans und seine Mutter sahen ihr nach, bis sie die Tür hinter sich geschlossen hatte. Nach einer Weile klangen ihre Schritte draußen auf dem Kies. Frieda Steffen drehte sich um und sah an ihrem großen Sohn hinauf „Du hast eine tapfere Frau, mein Junge."

Hans nickte. „Ich weiß – und eine genauso tapfere Mutter. Gerade deshalb fällt es mir so schwer, euch allein zu lassen."

IX

Die Eisdiele „Zur gelben Baracke", Inhaberin Frieda Steffen, lag eingebettet von den Gärten der Laubenkolonisten an der großen Ausfallstraße nach Tegel. Einige hundert Meter stadteinwärts davon hörte das Großstadtleben vollkommen auf. Wie mit dem Messer abgeschnitten stand das letzte Haus mit seiner kahlen Brandmauer da. Was jetzt noch kam, war nur noch unbebautes Gelände, Schuttabladeplätze, ein paar bestellte Parzellen, die zu dem großen Fabrikhof gehörten, der sich weiter hinten nach Norden erstreckte. Gegenüber der Eisdiele gab es nicht einmal die hier sonst üblichen Laubenbewohner. Ein einziger Geräteschuppen stand da, den sich der Fabrikpförtner Harnecker und seine Frau als Notunterkunft eingerichtet hatten, nachdem ihre bisherige Wohnung in der Lychener Straße einem der letzten Luftangriffe auf Berlin zum Opfer gefallen war. Frau Harnecker stand in dem engen Raum, in dem ihre geretteten Möbel so dicht übereinandergestapelt waren, daß sie sich kaum umdrehen konnte, und richtete das Abendbrot für ihren Mann. Das war auf dem einflammigen Kocher keine Kleinigkeit. Frau Harnecker hatte den Topf mit den Kartoffeln, die durchaus nicht gar werden wollten, direkt auf die Flamme gesetzt und den Topf mit den Schmorgurken obenauf. Sie war etwas nervös. Was Pünktlichkeit anbetraf, verstand ihr Mann keinen Spaß. Wenn er kam, wollte er sein Essen haben, und nicht etwa vom Feuer direkt auf den Tisch, sondern schön abgekühlt, so daß er es sofort hinunterschlingen konnte. Denn er mußte gleich wieder weg zum Nachtdienst. Da war er schon. Frau Harnecker hörte Schritte draußen, gleich darauf polterte es gegen die Tür. Sie streckte die Hand aus und schob den Riegel zurück.

Aber draußen stand nicht ihr Erich, sondern zwei fremde Herren. Ein älterer in Mantel und Hut und ein junger in Fliegeruniform. Der Flieger machte gleich einen Schritt auf sie zu; da er aber einzusehen schien, daß sie sich innen unmöglich alle bewegen konnten, blieb er auf der Schwelle stehen.

„Ist das Ihre Wohnung?" fragte er ziemlich barsch.

„Ja – ja", antwortete Frau Harnecker verstört. Sie drehte sich zu ihrem Kocher um, wo gerade in diesem Augenblick das Kartoffelwasser wild zu sprudeln anfing, sie mußte den Topf rasch vom Feuer nehmen. Aber jetzt stand sie da, den Topf in der Hand. Sonst goß sie das Wasser draußen ab, vor der Tür, aber sie konnte es doch den Herren nicht vor die Füße gießen. In ihrer Verlegenheit wurde sie rot wie ein Schulmädel.

„Lassen Sie Ihre Töpfe jetzt", sagte der Flieger. „Packen Sie Ihr Essen ein, und machen Sie, daß Sie wegkommen. Die Bude ist beschlagnahmt." Er schlug seinen Uniformkragen zurück und wies auf die Blechmarke: „Geheime Staatspolizei. Machen Sie kein Aufsehen!"

Frau Harnecker war so perplex, daß sie den rußigen Topf auf das blankpolierte Küchenbüfett stellte. Die Arme sanken ihr kraftlos herab. Sie war eine aufrichtige Nationalsozialistin. Sie hatte immer pünktlich ihren Eintopf entrichtet, und bei der letzten großen Winter-Sammelaktion hatte sie ihre beiden besten Wolldecken für die frierenden Soldaten an der Ostfront hingegeben. Ihr Mann war als Schwerbeschädigter aus dem letzten Weltkrieg leider verhindert, noch mal mit dem Gewehr loszuziehen, wie er es als alter Feldwebel glühend gewünscht hätte, aber er tat auch hier in der Heimat seine Pflicht. So mancher Meckerer war durch seine Umsicht der gerechten Strafe zugeführt worden. In der Partei waren sie alle beide nicht. Genau gesagt, hatten sie jedesmal den Anschluß verpaßt. Aber Erich wirkte in der Arbeitsfront und sie in der NSV. Jetzt waren sie ausgebombt, aber noch kein Wort der Klage war über ihre Lippen gekommen. Erich war gerade dabei, den entstandenen Schaden auf Heller und Pfennig schätzen zu lassen. Seit Tagen kramte er zu diesem Zweck nach alten, etwa noch vorhandenen Rechnungen, um sie zu vernichten. Denn man konnte nie wissen, vielleicht kamen sie bei der Schätzung besser weg. Mit der Polizei hatten sie beide selbstverständlich noch nie etwas zu tun gehabt. – Das alles ging Frau Harnecker durch den Kopf, während sie hilflos von einem der Herren zum anderen sah.

„Aber das geht doch nicht", stotterte sie endlich. „Das ist doch hier nur unser Behelfsheim. Da muß ein Irrtum vorliegen ..."

Scharnke war in solchen Fällen rigoros. „Frau!" herrschte er sie an. „Sie werden doch in ganz Berlin eine Menschenseele kennen. Haben Sie keine Verwandten?"

„Doch, meine Schwester in der Swinemünder Straße ..."

„Na also! Und jetzt sorgen Sie dafür, daß uns keiner mehr stört. Irgendwelche Ansprüche reichen Sie meiner Dienststelle ein. Und wenn Sie quatschen, sperren wir Sie ein."

„Und wie lange werden Sie – wann können wir wieder zurückkommen?"

„Das werden Sie schon merken", unterbrach Scharnke sie grob. Er winkte Möller an seine Seite. Beide warteten, bis die Frau das Allernötigste in ihre Einkaufstasche gestopft und hastig, unter fortwährendem Kopfschütteln, den Raum verlassen hatte. Möller klinkte die Tür hinter ihr zu. Scharnke hatte einen Schuh abgestreift und kratzte sich den Fuß.

„Mich juckt mein großer Zeh", sagte er. „Ein Zeichen, daß heute noch was fällig ist." Er trat auf Strümpfen ans Fenster und preßte sein Gesicht gegen die Scheibe. Draußen lag die eintönige, ausgedörrte, schnurgerade Straße, von der Dämmerung wie von einer Staubwolke eingehüllt. Eine Straßenbahn kroch soeben vorüber. Dann watschelte Frau Harnecker unterm Fenster vorbei. Nach diesen Sensationen gab es rein nichts mehr zu sehen. Die Eisdiele gegenüber hatte schon geschlossen. In einer halben Stunde würde es stockfinster sein.

„Jetzt noch Alarm", sagte Möller, „dann sitzen wir auf'm Proppen."

„Wieso?" fragte Scharnke. „Unsere Vögelchen sitzen sicher. Oder haben Sie Angst, daß die Engländer ihre Eier ausgerechnet denen ins Nest legen? Das wäre fatal. Meine Jüd'sche möchte ich gern selber zum Tode befördern."

„Ich die andern nicht minder." Möller trat in den Schatten des Raumes zurück und zündete sich hinter der vorgehaltenen Hand eine Zigarette an. Es war schon Verdunkelungszeit, aber natürlich konnten sie den Vorhang nicht herunterlassen. Die glimmende Zigarette hinter der Hand verborgen, trat er wieder neben den Untersturmführer. Der drehte sich halb zu ihm um. „So? Kennen Sie die Schweine? Schon im Verbrecheralbum verzeichnet?"

„Das reine Kommunistenpack", nickte Möller. „Die Alten nach achtzehn natürlich USPD, Anhänger Karl Liebknechts, der polnischen Jüdin Rosa Luxemburg und so weiter. Gegen den Sohn lief schon, als er siebzehn war, von uns der erste Haftbefehl. Später Jugendgericht, KZ ... 1934 zu einem Jahr Plötze verknackt. Verbreitung von Hetzschriften und so weiter. Ich fress' 'nen Besen, wenn der nicht dicke in die Sache verwickelt ist. Der ganze Laden ist natürlich nur blanke Tarnung."

Scharnke nickte. Darin hatte er recht. Nur ein hirnverbrannter Idiot würde sich sonst mit seinem Eisladen in diese gottverlassene Gegend setzen. Und kein Eisladen, der wirklich einer war, machte abends Schlag sieben Uhr zu wie ein Milchgeschäft. In diesem Punkt stimmte er mit Möller überein. Aber sonst – den großen Coup mit dem Geheimsender würde er schon selber landen, und zwar bei seiner Charlotte Sarah. Er hatte bis jetzt nur noch nicht zugepackt, weil er die ganze Mischpoke auf einen Schlag fangen wollte. Wer weiß, wer an seiner Sarah noch alles hing. Aber die ganze Zeit über feixte er schon bei der Vorstellung, was für ein Gesicht die Jüd'sche aufsetzen würde, wenn er sich ihr zu erkennen gab. Er zog eine Flasche aus seiner Hosentasche und nahm einen kräftigen Schluck. Dann knallte er die Flasche auf den Tisch.

„Vorschußlorbeeren", lachte er. „Komm her, Otto – um den Rest wird geknobelt." In einer seiner seltenen Anwandlungen von Kameradschaftlichkeit ließ er sich zuweilen dazu herab, den viel älteren Kommissar zu duzen und beim Vornamen zu nennen. Selbstverständlich setzte er voraus, daß der andere umgekehrt derartige Vertraulichkeiten vermied und jene natürliche Distanz, die zwischen einem Kriminalkommissar alter Schule und einem SS-Untersturmführer mit dem Rang eines Kriminalrates gegeben war, zu wahren verstand. Beide hockten sich jetzt auf die Tischkante. Und während sie albern wie zwei große Jungen um den Kognak würfelten, hielten sie dabei ständig mit einem Auge die gelbe Baracke „unter Beschuß", wie Scharnke sich ausdrückte; und wie zwei Jäger, die auf Anstand liegen, warteten sie auf das heraustretende Wild, dessen Beute sie sich absolut sicher waren.

Um halb neun Uhr verließ Hilde Steffen das Häuschen ihrer Schwiegermutter, in dem sie ein paar Worte mit Lotte Burkhardt gewechselt hatte, und trat auf die Straße hinaus. In derselben Sekunde griff Möller nach seinem Hut ...

Sie ging in Richtung Norden, auf Tegel zu. Nach den ersten hundert Metern war es Möller klar, daß er eine gewiefte Illegale vor sich hatte, die keine der erprobten Vorsichtsmaßregeln außer acht ließ. Von Zeit zu Zeit blieb sie unter irgendeinem Vorwand stehen, um die Straße vorsichtig zu überblicken. Dann wieder schlug sie Haken in der offensichtlichen Absicht, einen vermeintlichen Verfolger irrezuführen. Dabei war sie sich der akuten Gefahr offenbar gar nicht bewußt. Möller grinste in sich hinein. So leicht war er nicht abzuschütteln. Er war bekannt dafür, daß er, einmal auf die richtige Spur gesetzt, wie eine Klette an seinem Opfer hing. Fast gelangweilt ging er weiter hinter ihr her. Dabei tastete er sie schamlos mit den Blicken ab. Was in solcher Frau wohl vorgehen mochte? Sie erwartete ein Kind – und gab sich mit solchen Dummheiten ab. Machte sich unnötig das Leben schwer. Möller war kein Nazi, aber er war im Polizeidienst ergraut, und die Polizei war dazu da, den Staat zu schützen. Also schützte er auch den nationalsozialistischen Staat. 1937 hatte man ihn übrigens endgültig vor die Alternative gestellt: in die Partei einzutreten und endlich zu avancieren – oder sich weiter die jungen Dachse aus der SS über den Kopf wachsen zu lassen. Natürlich hatte er nicht eingesehen, weshalb er sich durchaus seinem Glück widersetzen sollte. Zugegeben, manches hatte ihm im Anfang nicht an den Nazis gepaßt. Aber er neigte immer dazu, denen recht zu geben, die den Erfolg für sich buchen konnten. Nur Dummköpfe und Marxisten, was in Möllers Augen dasselbe war, hielten stur an ihrer einmal gefaßten Meinung fest.

Jetzt mußte er sich zusammenreißen! Um ein Haar wäre ihm sein Opfer entwischt. Die Frau war in einem Hauseingang verschwunden. In der Annahme, sie hätte ihr Ziel erreicht, war Möller bewußt einige Sekunden zurückgeblieben – plötzlich sah er, daß er eins der in Berlin recht häufigen Durchgangshäuser vor sich hatte. Es war sogar ein besonders tückisches Haus. Es führte einmal, die Ecke abschneidend, auf die große Hauptstraße, dann aber auch, über den zweiten Hinterhof, auf eine Nebenstraße. Möller hatte den Stadtplan genau im Kopf, im Amt hatten sie alle Durchgänge darauf mit Fähnchen besteckt. Trotzdem blieb er mitten auf dem Hof ziemlich ratlos stehen. Wohin konnte die Frau sich gewandt haben? Er entschloß sich endlich doch für die Hauptstraße. Wenn er sich in Trab setzte und die Hauptstraße bis zur Kreuzung hinauflief, mußte die Frau auf jeden Fall an ihm vorbei. Denn er nahm nicht an, daß sie wirklich in dieNebenstraße wollte. Wenn überhaupt, hatte sie den Durchgang dorthin nur zur Tarnung benutzt. Da war sie übrigens schon. In den Winkel eines weit zurückspringenden Hauseingangs gedrückt, sah er sie direkt auf sich zukommen. Aber sie bemerkte ihn nicht. Er selbst sah – im matten Aufflammen eines verdunkelten Scheinwerfers, der vorüberglitt – für den Bruchteil einer Sekunde ihr Gesicht. Ein Gesicht, das er nicht mehr vergessen würde. Dunkle, etwas schräg gestellte Augen mit buschigen Augenbrauen, große gerade Nase, ein kräftiges Kinn. Das Ganze besessen von einer fast männlichen Energie.

Er nahm die Verfolgung wieder auf. Plötzlich blieb sie stehen. Ein vierstöckiges Mietshaus; im Parterre gab es zwei Läden undefinierbaren Charakters, da die Rolläden heruntergelassen waren. Möller blieb auf der gegenüberliegenden Seite und äugte scharf hinüber. Fest stand, die Frau kannte das Haus nicht. Sie tastete die Haustür nach der Klinke ab, und als sie drinnen war, dauerte es eine geraume Weile, bis sie den Schalter für die Beleuchtung gefunden hatte; erst nach einer Weile fiel das Licht mit einem schmalen Streifen quer über die Straße. Möller stellte eine nüchterne Berechnung an. Das Vorderhaus beherbergte schätzungsweise zehn Familien. Dank der allgemein sehr mangelhaften Verdunkelungstechnik lag das häusliche Leben dieser zehn Familien offen vor ihm: in jedem Stockwerk sah man – auf der rechten Seite sowohl wie auf der linken – aus je einem Zimmer Licht durch das Fenster fallen. Möller dachte nun, daß in der Wohnung, in der die Besucherin erscheinen würde, sich wahrscheinlich noch ein zweiter Raum erhellen müßte. Mit Spannung wartete er auf die geringste Veränderung. Wirklich flammte plötzlich im Parterre noch ein zweites Licht auf, das jedoch sofort, da der Raum nicht verdunkelt war, wieder ausgelöscht wurde. Möller pfiff durch die Zähne. Er fühlte auf der Haut ein Prickeln – das Fieber eines alten Jagdhundes hatte ihn wieder gepackt. Es dauerte nicht lange, da öffnete sich die Haustür von neuem und schloß sich rasch. Die Frau trat wieder auf die Straße.

Möller ließ sie laufen. Er trat jetzt selbst in den Flur und studierte das Namensschild im Parterre links. Hedwig Reimann, Witwe – las er. Er überlegte, ob er klingeln sollte, dann ließ er es. Für gewisse Seelen wirkte eine Vorladung immer massiver. Aber er konnte sich noch nicht entschließen fortzugehen. Eine Weile starrte er wie fasziniert auf das stumme Haus, als erwarte er, daß es doch noch den Mund auftue. Dann kam eine größere Gesellschaft die Treppe herunter, verabschiedete sich draußen lärmend:

„Also, Kinder – bleibt übrig!"

„Ja, wann sehen wir uns?"

„Um fünf nach dem Endsieg!"

Die Straße hallte wider von ihrem Gelächter. Der Hausherr schloß sorgfältig die Tür ab. Er war kaum wieder fort, als ein junges Mädchen über die Straße kam und auf die Haustür zuging. Es war fünfzehn oder sechzehn Jahre alt und trug ein Paket unterm Arm. Als es die Tür verschlossen fand, wandte es sich hilfesuchend um – und erblickte Möller.

„Gehören Sie hier ins Haus?" fragte sie.

„Habe leider keinen Schlüssel", sagte Möller zweideutig. „Zu wem wollen Sie denn?"

Aber das junge Mädchen war die zwei Stufen, die zur Tür führten, schon wieder hinabgesprungen und klopfte im Parterre an das Fenster. Es war das Fenster von Frau Reimann. Aber sie schien nicht zu hören.

„Die gute Frau wird schon schlafen", sagte Möller, um ins Gespräch zu kommen.

„Ach wo, sie wartet ja auf mich", sagte das Mädchen. „Ich bringe ihr das Trauerkleid. Die Chefin ist eben erst damit fertig geworden. Und Frau Reimann braucht es doch morgen – morgen ist die Trauerfeier für ihren Sohn ..."

Jetzt öffnete sich das Fenster im Parterre endlich. In dem dunklen Viereck erschien ein faustgroßer heller Fleck – Frau Reimanns Gesicht. Sie beugte sich weit hinaus, strengte sich augenscheinlich an, in dem Dunkel irgend etwas zu sehen.

„Ach, du bist es, Renate", sagte sie endlich. Sie winkte das junge Mädchen hastig näher heran. „Hör mal, Kind. Nimm mal alles ruhig wieder mit nach Hause. Ich brauche es nicht mehr." Sie beugte sich noch weiter aus dem Fenster, faßte mit beiden Händen die Schultern des Mädchens. „Robertchen ist gar nicht tot", flüsterte sie. „Er ist in Gefangenschaft. Ich habe soeben die Nachricht erhalten ..." Sie ließ das Mädchen wieder los. „Geh mal nach Hause", sagte sie wieder ruhiger. „Ich komme morgen bei der Chefin vorbei. Dann erzähle ich ihr alles selbst."

Sie wartete, bis das junge Mädchen sich zum Gehen wandte, dann wollte sie das Fenster wieder schließen. In diesem Augenblick trat Möller näher heran und schob seinen Arm über das Fensterbrett. „Ach – auf ein Wort noch, Frau Reimann", sagte er gemütlich. Die alte Frau schrak heftig zusammen. Sie legte die Hände auf die Brust, als fiele es ihr plötzlich schwer, zu atmen. „Bitte", sagte sie spröde.

„Frau Reimann", begann Möller und legte jetzt auch den zweiten Arm auf das Fensterbrett, „ich glaube, wir unterhalten uns in

Ihrem eigenen Interesse lieber bei Ihnen drinnen. Manchmal ist es nicht angebracht, unfreiwillige Zeugen zu haben ..."

„Ach so, ja – wenn Sie meinen ..."

Sie führte ihn verwirrt in ihr Schlafzimmer, merkte erst, als sie drinnen waren, den Irrtum und bat ihn nun errötend in die „gute Stube". Möller schob das Zierdeckchen vom Sofa beiseite und setzte sich. Er zog ein Blatt Papier hervor und schraubte die Kuppe vom Füllfederhalter.

„Wir können ganz rasch machen, Frau Reimann", sagte er. „Ich sehe, Sie sind müde. Wir wollen nur schnell zu Protokoll nehmen, was Sie soeben dem jungen Mädchen erzählt haben. Also Ihr Sohn ist in Gefangenschaft. Sie haben die Nachricht von der jungen Frau, die Sie vor einer knappen halben Stunde aufgesucht hat – nicht wahr?"

Die alte Frau fing an zu zittern. Ihre Lippen wurden so weiß wie ihr Haar. „Ich weiß gar nicht, wovon Sie reden", stammelte sie. „Wer sind Sie überhaupt? Was wollen Sie?"

Möller schlug gelangweilt seinen Kragen hoch. „Geheime Staatspolizei – das braucht Sie aber nicht zu ängstigen, liebe Frau, sofern Sie vernünftig sind. Das Leugnen hilft Ihnen übrigens gar nichts. Ich habe das Weib zu Ihnen hereingehen sehen. Wollen Sie mir jetzt mal Wort für Wort schildern, was es Ihnen gesagt hat?"

„Ja", nickte die Frau gehorsam. Sie war wie ein Kind, das Schelte bekommen hat und jetzt verspricht, immer folgsam zu sein. „Also, sie hat gesagt, ich soll mir keine Sorgen machen. Robertchen ist in Rußland, hat sie gesagt. Es geht ihm gut ..."

„Und das glauben Sie auch noch – daß es ihm bei den Bolschewiken gut geht?" fragte Möller drohend. „Sehen Sie denn nicht, daß Sie einer ganz Gefährlichen auf den Leim gekrochen sind?" Er sah plötzlich, daß die alte Frau auf ihren Beinen schwankte, und fügte milder hinzu: „Haben Sie sich gar keine Gedanken darüber gemacht, woher das Weib seine Weisheit hat?" Frau Reimann schwieg. „Aus'm Feindsender hat sie's, und das wissen Sie auch. Sie machen sich strafbar, wenn Sie so was nicht melden. Ist Ihnen das nicht bekannt?"

Die alte Frau brach plötzlich in Schluchzen aus. „Ich weiß doch gar nichts", jammerte sie. „Ich kenne die Frau nicht. Ich weiß noch nicht mal ihren Namen ..."

„Den wissen wir selber", sagte Möller gleichmütig. Er schob ihr das Blatt Papier, das er emsig beschrieben hatte, über den Tisch hinweg zu. „Nun unterschreiben Sie mal – dann ist der Fall erledigt."

Zufrieden steckte er das Blatt Papier wieder ein – das belastende Protokoll, mit dem er die Frau fest in der Hand hatte. Wenn die schon ihren Kopf verspielte, was würde dann erst der Kerl auf dem Kerbholz haben ... Er griff nach seinem Hut.

„Und Robertchen?" fragte Frau Reimann in seinem Rücken. „Ist es wahr, daß Robertchen in Gefangenschaft ist? Sagen Sie doch, daß das wenigstens wahr ist ..."

Etwas in der Stimme der alten Frau bewog Möller, sich noch einmal nach ihr umzudrehen. Sekundenlang zögerte er. Er hatte selbst einen Sohn draußen, allerdings in der Etappe. Aber wo lag da heute schon der Unterschied? Die Flugzeuge bepflasterten das Hinterland genauso wie die Front, und auf alle Fälle – ihm wäre wohler, wenn sein Junge erst wieder heil zu Hause säße. Aber ob er ihm wünschen mochte, in die Hände der Bolschewiken zu fallen? Hatte diese Alte denn noch nichts von den Greueln gehört, die die Untermenschen an wehrlosen Soldaten verübten? Er drehte sich brüsk wieder weg. „Seien Sie froh, wenn er tot ist", sagte er nur, und es war diesmal wirklich nicht so roh gemeint, wie es klang.

Als er auf die Straße trat, heulten gerade die Sirenen los. Er sah sich unschlüssig um. Sollte er es wagen, noch bis zum Schuppen zurückzulaufen? Aber er hatte es gar nicht so eilig, dem Scharnke wieder unter die Augen zu treten. Daß er Erfolg gehabt hatte, konnte er ihm auch später noch sagen. Vergnügt vor sich hin pfeifend, ging er in den erstbesten Luftschutzkeller.

X

Kriminalkommissar Möller sah seinen Vorgesetzten erst am nächsten Tag in den Diensträumen wieder. Der Untersturmführer saß in seinem Büro und bemalte das Löschblatt. Er sah nicht einmal auf, als Möller eintrat, und hörte sich seinen Bericht mit offen zur Schau getragener Langeweile an.

„Na also", sagte er nur, als Möller geendet hatte. „Haben Sie das Aas schon vernommen?" Möller schüttelte den Kopf „Ich habe noch nicht verhaftet. Lasse noch genauestens beobachten, Untersturmführer."

„Verrückt geworden?" brüllte Scharnke los. Er war aufgestanden und stand jetzt dicht vor dem anderen: langaufgeschossen, mit breiten wattierten Schultern, parfümduftend und frisch, als käme er eben aus der Badewanne. Aber sein Gesicht war in diesem Augenblick krebsrot vor Wut. „Wollen sich wohl den Happen wieder wegschnappen lassen? Diese Frau da – die Witwe – braucht bloß das Maul nicht zu halten, und schon verduftet Ihre Hexe, das kennen wir doch. Das Gesindel steckt samt und sonders zusammen."

„Aber da ist noch der Kerl, gegen den wir bisher noch immer keine Handhabe haben", wagte Möller einen Einspruch. „Und ich habe das ganz bestimmte Gefühl – "

„Ihre Gefühle heben Sie für Ihre Frau auf – und verschwenden Sie sie nicht auf Dinge, die Verstand erfordern", sagte Scharnke. „Sonst noch was?" Er sah den Kommissar herausfordernd an.

Möller war blaß geworden. Er mußte mit Gewalt an sich halten, um nicht seinem Chef eine ebenso unverschämte Antwort ins Gesicht zu schleudern. So flegelhaft hatte er den Untersturmführer nur selten erlebt. Meist fiel er aus der Rolle, wenn er irgendeinen Erfolg zu verzeichnen hatte. Dann stach ihn der Star, wie man zu sagen pflegte. Aber jetzt hatte er nicht einmal einen Erfolg aufzuweisen. Noch immer war der Geheimsender nicht liquidiert – und hier im Falle Steffen benahm er sich instinktlos und tölpelhaft. Vorschnelles Zupacken konnte alles verderben. – So schwer es Möller wurde, er mußte doch noch mal einen Vorstoß wagen. Er setzte bewußt eine amtliche Miene auf:

„Steffen, Hans ist zur Wehrmacht einberufen, nachdem sich das Schwein so lange gedrückt hat. Wenn wir die Wehrbehörde von uns aus benachrichtigen würden? ..."

„Aber ich weiß gar nicht, was Sie wollen", unterbrach ihn Scharnke ungnädig. „Lassen Sie den Kerl doch einrücken, und verhaften Sie das Weib! Stellen Sie keine unnötigen Kombinationen an ..."

Das Telefon klingelte. Am anderen Ende der Leitung war der Kriminalassistent, den Scharnke auf Lotte Burkhardts Spur gesetzt hatte. Er meldete: Alles unverändert. „Es ist gut – komme rüber!" brummte Scharnke schon im Aufstehen. Er knallte den Hörer auf die Gabel. Die Jüd'sche war der eigentliche Grund seiner schlechten Laune. Seit dem frühen Morgen trieb sie sich in der Gegend des Kriminalgerichts umher, scheinbar ziellos und ohne jeden erkennbaren Zweck. Wenn sie nicht bald mit ihren Verbindungen herausrückte, würde er sie kurzerhand festnehmen. Man konnte Adressen auch auf andere Art erfahren.

Lotte Burkhardt ging inzwischen langsam die Melanchthonstraße zwischen der Spener- und der Paulstraße auf und ab. So weit konnte sie in jeder Richtung gehen, ohne das Haus ihrer früheren Schwiegermutter aus dem Blickwinkel zu verlieren. Seit Stunden wartete sie auf den unerhörten Glücksfall, daß vielleicht ihre Tochter Eva aus dem Hause trat. Einmal mußte sie doch kommen, sagte sie sich. Sie würde einkaufen müssen, oder sie kam zu einem Spaziergang herunter ... Lotte hatte sich nicht überwinden können, Berlin wieder zu verlassen, ohne den Versuch gemacht zu haben, ihr Kind zu sehen. Dabei hatte sie es Hilde Steffen in die Hand hinein versprechen müssen. Hilde hatte ihr die Adresse einer alten Dame aus Anklam gegeben, die Illegale bei sich unterbrachte und irgendwie mit ihrer Karte durchschleppte. Zu ihr sollte Lotte erst mal fahren. Sie hatte Hildes Wohnung heute früh in der festen Absicht verlassen, sofort zum Stettiner Bahnhof zu fahren. Sie nahm auch die richtige Straßenbahn – doch unterwegs stieg sie plötzlich um und fuhr zuerst nach Moabit. Sie wußte, es war absurd, hier aufs Geratewohl auf das Kind zu warten. Außerdem konnte ihr jede Minute, die sie überflüssigerweise in Berlin zubrachte, in ihrer schwierigen Lage zum Verhängnis werden.

Seit geraumer Zeit fiel ihr ein Landser auf, der jedesmal, wenn sie eine unvermutete Wendung machte, vor irgendeinem Schaufenster in ihrer Nähe stand und mit scheinbarem Interesse die Auslagen betrachtete. Aber die Auslagen – das war ein vorsintflutlicher Schaukelstuhl in einer Korbflechterei und in dem anderen Laden ein Stapel Schuhe mit durchlöcherten Sohlen. Beides war keineswegs das lange Anschauen wert. Lotte überlegte. Im Grunde fühlte sie sich mit ihren falschen Papieren als Erna Färber ziemlich sicher. Trotzdem mochte sie es keineswegs auf einen Zwischenfall ankommen lassen. Sie nahm sich vor, den Landser bei nächster Gelegenheit auf die Probe zu stellen. An der nächsten Ecke würde sie in die Spenerstraße einbiegen und bis nach Alt-Moabit hinaufgehen. Kam er ihr auch dorthin nach, dann wußte sie mit Bestimmtheit, daß er sie verfolgte, und würde ihm auf der belebten Straße leichter entkommen können.

Aber als sie an der Ecke nach ihm Umschau hielt, war er fort. Statt dessen sah sie plötzlich Eva vor der Tür. Lotte blieb stehen und lehnte sich gegen die Wand. Sekundenlang war es ihr, als steige das Blut wie eine warme Welle in ihr empor und schlage über ihrem Kopf zusammen. Eva ging an der Hand der Großmutter. Beide blieben einen Augenblick vor der Haustür stehen, als müßten sie sich erst schlüssig werden, welche Richtung sie einschlagen sollten. Dann kamen sie schräg über die Straße gerade auf Lotte zu. Lotte stand unbeweglich. Erst als die beiden schon die Hälfte des Dammes hinter sich hatten, durchfuhr es sie, daß die alte Frau Burkhardt sie auf keinen Fall sehen durfte. Sie schlüpfte in einen Hausflur. Hinter der Scheibe verborgen, konnte sie jetzt ihr Kind in aller Ruhe betrachten.

Eva ging ohne Stern, das fiel ihr zuerst auf, und sie empfand ungeheure Erleichterung bei dieser Entdeckung. Eva zumindest schien aus den Schwierigkeiten heraus zu sein. Ob die Großmutter in der kurzen Zeit ihre Arisierung durchgesetzt hatte, oder ob sich sonst eine Möglichkeit hatte finden lassen, um Eva vor den Nazis reinzuwaschen – das alles würde sie wahrscheinlich nachher von Eva erfahren. Denn für Lotte stand es fest, daß sie ihr Kind auf jeden Fall sprechen würde. Wenn es jetzt nicht gelang, würde sie wenigstens versuchen, ihr unbemerkt einen Zettel zuzustecken, und sie trafen sich dann später. – Zärtlich folgte sie Eva, die jetzt ganz dicht an ihr vorüberkam, mit den Blicken. Sie sah gesund aus, mit runden roten Bäckchen – wenn auch etwas fremd in dem neuen karierten Kleid und mit den Zöpfen, die sie an Stelle des lang herabfallenden offenen Haares trug. Sie hatte die Großmutter untergefaßt und sah zu ihr auf – dabei redete sie eifrig auf sie ein. Alle paar Schritte machte sie einen kleinen Hopser – wie der übermütige Sprung eines Lämmchens. Es erfüllte Lotte mit Wehmut, als sie daran dachte, daß sich Eva bei ihr niemals so unbeschwert gegeben hatte. Immer war sie scheu und bedrückt gewesen – denn ihr selbst war es nicht wie anderen Müttern vergönnt, ihrem Mädel eine sorglose, glückliche Kindheit zu bereiten. Bei der Großmutter fühlte sich das Kind offenbar wohl, und soweit man sehen konnte, herrschte zwischen beiden das beste Einvernehmen. Das verwunderte Lotte etwas – denn die alte Frau hatte sich bisher noch nicht einen einzigen Tag nach ihrer Enkelin umgesehen. Um so besser, wenn es jetzt anders war. Sie hatte allen Grund, sich darüber zu freuen. Aber ob es richtig war, wenn sie das Kind jetzt wieder aus seinem mühsam gewonnenen Gleichgewicht riß? Einen Augenblick siegte die Vernunft über ihr Gefühl, und sie nahm sich vor, umzukehren. Doch gleich darauf erschien ihr der eigene Entschluß geradezu unmenschlich und unmöglich hart. Wer weiß, wann sie Eva wiedersah – jetzt, da sie gerade im Begriff stand, wieder wegzufahren, und in einer Zeit, da sich auch die Luftangriffe auf Berlin immer mehr verschärften? Nein, sie mußte wenigstens mit dem Kind eine Adresse vereinbaren, unter der sie einander schreiben konnten. Eva war groß und vernünftig genug, um derlei Dinge mit der nötigen Vorsicht zu tun.

Behutsam trat sie wieder auf die Straße hinaus. Die alte Frau Burkhardt stand mit Eva einige Häuser entfernt vor einem Friseurgeschäft. Jetzt gingen sie beide hinein. Lotte schlenderte unschlüssig näher. Doch plötzlich stockte ihr Herz vor freudigem Schreck. Sie sah Eva allein aus dem Laden herauskommen und, die Einkaufstasche am Arm, in entgegengesetzter Richtung davongehen. Besser konnte es sich gar nicht treffen. Lotte folgte ihr rasch – aber gerade jetzt schoben sich ein paar Fußgänger zwischen sie und das Kind, und Eva würde im nächsten Augenblick um die Ecke biegen. Lotte rief sie beim Namen, aber ihre Stimme war belegt, statt eines Rufes wurde nur ein heiseres Krächzen daraus. Doch Eva hatte sie gehört. Lotte sah, wie das Kind stehenblieb und sich umdrehte. Für den Bruchteil einer Sekunde tauchten ihre Augen in die der Mutter – schmale, kalte Katzenaugen, die keinen Schimmer eines Erkennens zeigten. Dann wandte sich das Kind gleichgültig wieder weg.

Lotte war mit ein paar Schritten neben ihr. „Eva", rief sie lachend, „erkennst du deine eigene Mutter nicht mehr? Habe ich mich so verändert in der kurzen Zeit?"

Atemlos vom Laufen und vor Erregung, blickte Lotte ihre Tochter an, strich sich das wirre Haar aus der Stirn. Sie wußte, sie sah nicht gerade salonfähig aus. Von der Feldarbeit war sie tief gebräunt. Ihr stark nachgedunkeltes Haar war von der Sonne gebleicht und in einigen Strähnen fast wieder hellblond geworden. Natürlich hatte es jede Form verloren und fiel ihr lang und ungepflegt über die Schulter. Aber konnten diese Kleinigkeiten sie wirklich so verändern? Bei der Vorstellung, daß ihr eigenes Kind sie nicht wiedererkannt hatte, lachte sie immer noch belustigt auf.

Doch plötzlich hörte sie auf zu lachen. Eva benahm sich so merkwürdig, fand sie. Statt ihr um den Hals zu fallen oder sonst irgendwie ihre Freude zu äußern, stand sie nur stumm vor ihr, mit gesenktem Kopf, über der Nase eine steile scharfe Falte, die Lotte noch nicht an ihr kannte. Ihre Hände umklammerten den Henkel der Einholetasche.

„Ich habe dich erkannte", sagte sie endlich. Sie sah dabei nicht auf, starrte nur immer weiter vor sich hin auf den Boden.

Lotte sah, daß ein paar Frauen neugierig zu ihnen herübergafften. Sie fingen also schon an aufzufallen. Sie nahm Evas Hand und zog sie näher ans Haus, wo sie den Vorübergehenden weniger im Wege standen. Die kleine Kinderhand war eiskalt. Lotte behielt sie zwischen ihren warmen Fingern.

„Was soll denn das heißen, Eva?" fragte sie. „Du hast mich erkannt, und trotzdem sagst du mir nicht guten Tag?" Sie glaubte plötzlich zu verstehen und beugte sich zu Eva hinunter: „Hast du Angst, mit mir zu sprechen?"

„Nein", sagte das Kind verstockt. „Aber ich will nicht."

Sie löste ihre Hand aus der der Mutter und machte Miene weiterzugehen. Aber jetzt packte Lotte mit festem Griff ihren Arm. Das Kind drehte sich um und sah die Mutter feindselig an.

„Du hast mich damals auch allein gelassen!" rief sie heftig. „Da war es dir gleichgültig, was aus mir wurde. Hauptsache, du warst in Sicherheit. Und du bist schuld, daß Vater verhaftet ist."

Sie brach in Weinen aus. Lotte sah hilflos auf die kleine Gestalt, die vom Schluchzen geschüttelt wurde. Auf solchen Ausbruch war sie nicht gefaßt gewesen. Die gemeinsame Not und das Elend der letzten Jahre hatten Eva und sie enger aneinandergeschmiedet, als es sonst zwischen Mutter und Kind der Fall zu sein pflegt. Immer waren sie völlig aufeinander angewiesen gewesen. Schon seit langem sah Lotte in Eva mehr als ein Kind – eine richtige Kameradin, mit der sie jede Sorge besprechen konnte. Und jetzt, nach ihrer ersten gewaltsamen Trennung, dieser Stimmungsumschwung! Aber Lotte glaubte einfach nicht, daß Eva sich wirklich von ihr abgewandt hatte. Ihr Haß war nicht echt. Hinter den sinnlosen Beschuldigungen, die sie hervorgesprudelt hatte, entdeckte Lotte die Feindschaft der alten Frau Burkhardt. Und sie erkannte mit Sorge, was wenige Wochen im Innern eines Kindes anrichten können – wenn man es systematisch darauf anlegt.

„Erzählt dir die Großmutter so etwas?" fragte sie. Dabei streckte sie die Hand aus, um Eva übers Haar zu streichen. Sie wollte ihr mit Liebe entgegenkommen, wollte versuchen, sie mit der alten Zärtlichkeit wieder zurückzugewinnen. Aber Eva riß sich los. Tränen in den Augen, machte sie einen Schritt von der Mutter weg, als könne sie es nicht ertragen, so nahe bei ihr zu stehen.

„Ja, Großmutter sagt es", erwiderte sie. „Aber ich weiß es auch selbst. Du bist weggefahren, ohne dich um mich zu kümmern. Und um selbst freizukommen, hast du Vater verraten!"

Flammend sah sie die Mutter an, in ihren graugrünen Katzenaugen stand kalte Verachtung. Lotte rang um eine Antwort. Sie war nicht fromm, aber jetzt hätte sie gewünscht, darum beten zu können, daß sie die richtigen Worte fand. Wie sollte sie je wieder an ihr Kind herankommen? Eva war ja noch ein Kind, andere ihres Alters spielen mit Puppen. Nur Eva war durch die Ungunst der Verhältnisse so früh gereift. Hätte Lotte Zeit zur Verfügung gehabt, dann hätte sie mit großer Geduld auf Eva eingehen können. Aber was sollte sie ihr hier auf der Straße sagen, nachmittags zwischen halb und dreiviertel fünf, an irgendeine Häusermauer gepreßt, eingekeilt zwischen Frauen, die hastig und nervös ihre Einkäufe machten? Wie sollte sie so rasch das Vertrauen des Kindes zurückgewinnen? Die Minuten, die sie zusammensein konnten, waren gezählt. Lotte seufzte. Die kostbare Zeit, die sie hätte festhalten mögen, zerrann ihr wie Sand zwischen den Fingern, aber noch immer sagte sie nichts. Die Aufgabe, die hier vor ihr stand, schien fast unlösbar. „Hast du kein Vertrauen mehr zu mir, Eva?" fragte sie endlich.

Das Kind schwieg. Nach einer Weile sagte es finster: „Willst du mich wieder mit nach Hause nehmen?"

„Würdest du denn mitkommen?" fragte Lotte schnell.

„Ja – wenn du wieder richtig meine Mutter bist ..." Eine Sekunde lang trat ein wärmerer Schimmer in ihre Augen, wie ein Licht, das jemand tief drinnen entzündet hat, doch es flackert, es ist zu schwach, um sich durchzusetzen, es erlischt. Aber Lotte hatte genug gesehen. Unbekümmert um die Vorübergehenden riß sie Eva an sich und küßte sie, streichelte ihre magere kleine Gestalt. In diese Zärtlichkeit legte sie alles, was sie ihr sonst hätte sagen müssen. Daß sie unter falschem Namen lebte, daß sie sich ängstlicher verbergen mußte als ein Hase bei der Treibjagd, daß sie vielleicht in dieser selben Minute, da sie hier beide zusammen waren, in unmittelbarer Lebensgefahr schwebte. Aber das alles erzählte sie Eva nicht, das würde das Kind nur unnötig belasten. Statt dessen streichelte sie immer weiter ihr Haar.

„Eine Weile bleibst du noch bei der Großmutter", sagte sie dann. „Ist sie denn gut zu dir?"

„Ja", nickte Eva. Und nach einer Weile: „Jetzt ist sie gut zu mir ..."

„Was heißt das: jetzt?" fragte die Mutter ahnungsvoll. Eva wurde rot „Ich muß schlecht von dir sprechen", sagte sie leise.

Lotte schluckte. Das war schlimmer, als sie befürchtet hatte. Eine Minute lang schloß sie die Augen. Eine Welle von Haß überspülte sie. Haß gegen die alte Frau, die ihre Macht einem wehrlosen Kind gegenüber so schamlos mißbrauchte, Haß gegen die Verhältnisse, die solchem Unrecht Vorschub leisteten. Sie rang mit einem Entschluß. In diesem Augenblick war sie bereit, Eva trotz aller Schwierigkeiten von der verhaßten Frau wegzuholen und zu sich zu nehmen. Ihre seelische Entwicklung zumindest wäre dann weniger gefährdet. Doch gerade jetzt wand sich Eva aus ihren Armen los. „Da kommt die Großmutter schon!" rief sie aus. Ihre Augen, die an Lotte vorbeisahen, waren vor Schreck weit geöffnet, ihre Stimme klang heiser vor Angst. „Sie darf uns nicht sehen. Sie will nicht, daß ich auf der Straße herumstehe ..."

Ohne ein weiteres Wort riß sie sich los und bog eilig um die Straßenecke. Als Lotte ihr nachlief, war sie nicht mehr zu sehen. Wahrscheinlich war sie in einem der Läden untergetaucht. Lotte blieb mitten auf der Straße stehen. Sie fuhr sich mit der Hand über die Stirn, als ob sie den Druck, der um ihren Kopf lag, dadurch lockern könnte. Ihr war benommen zumute wie nach einer schweren Betäubung. Als sie sich endlich umblickte, sah sie die alte Frau, Eva an der Hand, wieder auf die Ecke zugehen. Allem Anschein nach zankte sie laut mit dem Kind. Eva hielt den Kopf gesenkt. Ihre kurzen Zöpfe standen zu beiden Seiten wie zwei Ohren ab. Jetzt hopste sie nicht mehr, sondern ging still und gemessen. Aber sie drehte sich auch nicht mehr um, bevor sie endgültig um die Ecke verschwand.

Lotte ging langsam weiter. Es hatte keinen Sinn, daß sie hier länger stand. Sie ging die Paulstraße entlang bis zum Kriminalgericht, stieg in die Vierundvierzig, stand stumpf zwischen stoßenden, drängelnden, randalierenden Menschen. Die Fensterscheibe vor ihr warf ihr Bild zurück, und Lotte starrte sich verwundert ins Gesicht. Es war, als träfe sie nach langer Zeit eine Bekannte wieder, und erstaunt mußte sie feststellen: sie ist alt geworden.

Der Zug nach Anklam fuhr abends um zehn. Sie hatte also gut vier Stunden Zeit. Sie ging in den Wartesaal. Der große kahle Raum war bis in den letzten Winkel mit Menschen verstopft. Es roch nach Kohl und nach billigen Zigaretten. Wohin Lotte blickte – überall wurden Frühstücksbrote gekaut oder Suppen geschlürft, alle Kiefer mahlten. Ihr wurde plötzlich übel, und sie strebte zum Ausgang. Ihr fiel ein, daß sie seit dem frühen Morgen nichts gegessen hatte. Sie konnte auch nichts essen, weil sie keine Marken hatte. Hilde hatte ja annehmen müssen, daß sie heute abend längst bei der alten Dame in Anklam sei. Sie stellte sich am Fahrkartenschalter an. Als sie die Karte in der Hand hielt und sich umdrehen wollte, legte sich mit sanftem Druck eine Hand auf ihre Schulter. Unwillig wandte sie den Kopf. Hinter ihr stand ein Herr in Zivil, und als sie aufsah, blickte sie in das nichtssagende, fahle, blank rasierte Gesicht ihres Fliegers.

„Guten Abend, Lotte Sarah Burkhardt", sagte er mit zynischem Grinsen und weidete sich an ihrem Gesichtsausdruck. „Na, komm mit, mein Täubchen – ich habe einen Wagen da für uns beide ..."

Er schob sie unauffällig mit dem Knie vor sich her. Plötzlich zwang er sie stillzustehen. „Pfoten her!" zischte er ihr ins Ohr. Im nächsten Moment spürte Lotte den kalten Metallring um ihre Handgelenke. Das Schloß klickte ein. Scharnke höhnte: „Siehst du – so fesselt man die Weiber an sich ..." Er trat plötzlich noch näher an sie heran: „Erzähl mir mal gleich, wo du deinen Sender versteckt hast. Den packen wir gleich mit ein ..." Und als Lotte schwieg, nach einer Weile kalt: „Ach, du magst noch nicht? Willst dir erst unsere Bunker von innen besehen ..."

Noch immer benommen, folgte ihm Lotte zum Ausgang. Draußen wartete eine schlichte Limousine, Viersitzer, ganz in Schwarz. Wie ein Sarg, dachte Lotte beim Einsteigen. Ins Polster gedrückt, dachte sie dann nur noch eins, als ob das das Allerwichtigste wäre. Vielleicht fahren wir durch Moabit. Vielleicht sehe ich Eva noch einmal!

Aber der Wagen fuhr, statt abzubiegen, schnurgerade nach Süden. Jetzt erst erkannte Lotte klar, was geschehen war. Der Schmerz um das Versäumte überwältigte sie. Jeder Kilometer entfernte sie weiter von Eva. Und sie hatten sich nichts gesagt, was wirklich wichtig war.

XI

Zu Frau Frieda Steffen kam die Gestapo früh um halb sechs. Sie war schon auf. Sie hatte den Tag zuvor Wäsche gehabt, die bei Wind und Sonne im Handumdrehen getrocknet war, so daß sie ihre helle Freude daran gehabt hatte. Jetzt wollte sie das feine Zeug gleich plätten – tagsüber kam sie doch nicht dazu. Sie hatte gerade eins von Hildes Nachthemden erwischt und bemühte sich, das duftige Gebilde mit den vielen Rüschen möglichst zart zu behandeln. In diesem Augenblick klingelte es draußen an der Haustür dreimal stark und energisch. Frau Steffen durchzuckte es: Jetzt sind sie da! Sie ließ die Hand mit dem Eisen sinken, und die Plätte brannte ein gelbes Muster in die Unterlage. Sie merkte es erst, als es angesengt roch. Sofort nahm sie das Eisen hoch, stellte es auf die umgekippte Untertasse und zog die Schnur aus der Steckdose. Ihr Blut, das eine Minute lang wie in panischer Angst zum Herzen geströmt war, so daß ihr von der Leere im Kopf fast taumelig wurde, schien sich wieder breit über den ganzen Körper auszudehnen. Als sie zur Tür ging, um zu öffnen, war sie wieder ganz ruhig.

Möller stand draußen mit zwei SS-Männern. Er ordnete Haussuchung an. Während die beiden SS-Leute alle Schränke und Schübe zu durchwühlen begannen, nahm Möller die Frau aufs Korn.

„Wohnen Sie hier allein?" fragte er.

„Ganz allein", beteuerte Frieda Steffen.

Er sah sie argwöhnisch an. „Sie sind angezeigt worden", sagte er dann. „Sie haben den Feindsender gehört."

„Ich – Herr Kommissar? Das ist wohl nicht möglich. Hier, gukken Sie mal – –" Sie zog ihn am Ärmel in die kleine Küche hin-

über. Auf dem Fensterbrett stand der Volksempfänger. Sie schaltete ihn ein – ein Höllenkonzert von Quietschern und Pfeiftönen brach aus ihm hervor. Frau Steffen drehte rasch wieder ab. „Das Ding geht überhaupt nur, wenn man mit dem Fuß auftrapst, Herr Kommissar. Sonst verschluckt er sich immer. Der und 'n Feindsender reinkriegen? Der kann überhaupt nichts anderes als das Horst-Wessel-Lied." Möller machte sich Notizen. Ihm war dabei nicht behaglich zumute. Verpflaumte ihn die Alte? Er sah wieder auf:
„Aber die Sarah Burkhardt kennen Sie doch?"
„Wie heißt die? Sarah?" Frieda Steffen setzte eine beleidigte Miene auf. „Mit Juden verkehre ich überhaupt nicht, Herr Kommissar."
„Sie hat aber neulich hier übernachtet."
„Hier? Bei mir? Das ist ausgeschlossen. Ich schlafe immer allein, Herr Kommissar."
„Frau!" brüllte Möller sie plötzlich an. „Stellen Sie sich nicht an wie 'n neugeborenes Kind! Die Jüdin ist in Ihre Eisdiele hineingegangen und nicht wieder herausgekommen. Dafür haben wir Zeugen. Wollen Sie immer noch leugnen?" Frieda Steffen holte tief Luft. „Ich leugne gar nichts, Herr Kommissar. Aber was Recht ist, muß Recht bleiben. Wenn ich mich um jeden kümmern wollte, der in meine Eisdiele kommt ... Hier, sehen Sie mal –"

Sie eilte an ihm vorbei in den Laden und kam mit einem langen schmalen Buch zurück, das sie vor ihm aufklappte. „Meine Tageskladde. Sehen Sie – manche Tage gebe ich über sechshundert Portionen aus. Das sind sechzig in der Stunde oder jede Minute eine, wenn die Kunden fein säuberlich einer hinter dem anderen anmarschiert kämen. Aber das tun sie natürlich nicht. Da ist mal stundenlang gar nichts, und dann kommen sie alle auf einen Haufen. Da heißt es denn: Ollsche, nu' aber ran, die Hände gerührt! – Da muß jeder Handgriff sitzen, Herr Kommissar. Und da denken Sie, ich könnte mir die Leute auch noch inwendig ansehen – Herr Kommissar ..."

„Lassen Sie Ihr ewiges Herr Kommissar", sagte Möller nervös. Er ertappte sich dabei, wie er wirklich interessiert in die Kladde hineinsah. Die Portion zu zwanzig Pfennig gerechnet, ergab sich ein Tagesumsatz von hundert Mark im Durchschnitt. Selbst wenn man die Hälfte davon auf Konto Unkosten buchte, warf diese Bruchbude einen ganz hübschen Reingewinn ab – das hätte er nie für möglich gehalten. – Die alte Frau war schon wieder verschwunden. Diesmal schleppte sie aus dem Laden ein noch größeres Kontobuch an. Aber Möller wurde plötzlich mißtrauisch. Die wollte ihn ablenken – und er fiel prompt darauf herein. Auf einmal erinnerte er sich, daß die Frau, die er vorgestern abend beschattet hatte, viel jünger und in anderen Umständen gewesen war. Er drehte sich zu Frau Steffen um. „Wo ist Ihre Tochter?" Frieda Steffen blickte ihn verwundert an. „Ich habe keine Tochter."

„Und Ihr Sohn?"

„Der ist gar nicht in Berlin. Der ist Soldat."

„Ja – seit gestern", sagte Möller bissig. „Gestern ist er abgedampft – mit zwei Jahren Verspätung. Sie sehen, wir sind genau informiert." Er streifte Frieda Steffen mit einem raschen Blick, trat dann plötzlich durch die Tür und ging langsam und aufmerksam nach allen Seiten blickend um das Haus herum. „Wohin führt dieser Pfad?" fragte er, plötzlich stehenbleibend.

Frau Steffen zögerte. „Da geht es nur zum Nachbarn", sagte sie dann.

„Das habe ich mir beinahe gedacht, gute Frau. Zu diesem Nachbarn unterhalten Sie wohl intime Beziehungen, was? Da ist keine Pforte, kein Zaun ... Wer wohnt denn da mit Ihnen Tür an Tür?"

„Meine Schwiegertochter", sagte Frieda Steffen hart. Es war, als setze sie damit einen Punkt hinter eine Kette von Gedanken und Hoffnungen, die sie soeben noch in ihrem Kopf gehegt hatte; wirklich hatte sie geglaubt, den Bullen ablenken und dadurch Hilde aus der ganzen Sache heraushalten zu können. Das war ihr nicht gelungen. Unabhängig von ihrem Einfluß und von ihren Wünschen, vollzog sich alles Weitere jetzt schicksalhaft.

Mit zusammengekniffenen Augen, die Arme in die Hüften gestemmt, beobachtete sie den Kommissar. Möller schien höchst befriedigt. Er ging pfeifend ins Haus und ließ sich von den SS-Männern das Ergebnis der Durchsuchung berichten. Es war gleich null. Dann befahl er einem der beiden, bei Frieda Steffen zur Bewachung zurückzubleiben, und ging mit dem zweiten hinüber ins andere Haus.

Hilde lag noch im Bett, aber sie schlief nicht mehr. Sie hatte die halbe Nacht wach gelegen und an Hans gedacht. Jetzt würde er schon bei seinem Truppenteil angelangt sein. Gestern früh war er abgefahren – nach einem donnerähnlichen Zusammenstoß mit dem diensthabenden Major der Bezirkskommandantur, der ihm Fahnenflucht vorwarf und ernsthaft mit entsprechender Bestrafung drohte. Erst der Hinweis auf den Wehrpaß von Hans mit dem ordnungsgemäßen Meldestempel darin stimmte ihn sanfter und bewog ihn schließlich, Hans auf keinen Fall nichtachtender zu behandeln als jeden anderen Rekruten, die er alle sozusagen mit der Zange anfaßte, als wären sie ekles Ungeziefer. Hans hatte ihr das alles lachend erzählt, gleichgültig, als ginge ihn das Ganze nichts an – aber Hilde war ein unbehagliches Gefühl nicht mehr losgeworden. Vielleicht war es nur die Schwangerschaft, die sie alles schwerer nehmen ließ als gewöhnlich. Aber von dem Augenblick an, als Hans, den Pappkarton unter dem Arm, das Haus verließ und im Morgennebel wie hinter einem Vorhang verschwand, setzte sich der Gedanke hartnäckig in ihr fest, daß sie ihn vielleicht nie mehr wiedersähe.

Sie wälzte sich schwer auf die andere Seite. Neben ihr, im Bett von Hans, atmete ruhig und gleichmäßig ihre Mutter, sie lag noch im festen Schlaf. Hilde betrachtete fast neugierig ihr Gesicht, das jetzt in der Entspannung noch verwüsteter aussah, von den Jahren noch mehr verheert als sonst, wenn die Mutter es in der Gewalt hatte. Die Haut hing in schlaffen Falten herab, wie ein zu weit gewordener Mantel, unter ihren Augen lagen dicke Tränensäcke. Hilde empfand immer Mitleid, wenn sie ihre Mutter ansah. Nachsichtiges Mitleid – wie man es einem Kinde gegenüber hat, dessen Kräfte noch zu schwach sind, um sich der Umwelt gegenüber durchzusetzen. Hildes Mutter war ihr Leben lang unselbständig gewesen. Nach dem Tod des Vaters hatte Hilde, die damals fünfzehn war, für die Mutter gesorgt. Die Verantwortung, die sie von jenem Tag an auf sich nahm, einem Menschen gegenüber, der keineswegs anspruchslos war, hatte ihrer eigenen Heirat lange Zeit hindurch hindernd im Wege gestanden. Dann hatte die Mutter einen anderen Mann gefunden. Und seit der Zeit, da Hilde nicht mehr in ihrem Haushalt lebte, hatte sie ihren Versorger schon dreimal gegen einen jeweils besseren ausgetauscht. Sie fand das ganz in der Ordnung und hielt für ihr gutes Recht, was Hilde aus tiefster Seele verachtete: sich von anderen Menschen erhalten zu lassen. Frau Brasch war das genaue Gegenteil von Frau Frieda Steffen. Die eine resolut, tatkräftig, voll Energie – die andere immer ängstlich, entschlußlos, wehleidig, voller eingebildeter Krankheiten, die sie stets völlig in Anspruch nahmen. Hilde verehrte ihre Schwiegermutter und strebte ihr nach, aber sie wußte, daß ihre Mutter sie immer brauchen würde. Und in einer besonderen Art – wieder wie an einem Kind, das man nicht für voll nehmen kann – hing sie an ihr.

Gestern hatte Hilde ihre Mutter besucht und das Sendegerät bei ihr untergestellt. Die Mutter war völlig unverdächtig. Sie war sogar Mitglied der NS-Frauenschaft – wenn auch weniger aus Überzeugung als aus Dummheit und aus Freude am Tratsch. Natürlich hatte Hilde ihre Mutter nicht eingeweiht, sondern das Gerät, bis zur Unkenntlichkeit verpackt, unter einem Vorwand bei ihr gelassen. Dann hatte es sie eilig wieder nach Hause getrieben. Aber gerade jetzt war es der Mutter eingefallen, daß ihr Freund für zwei Tage verreist war, daß sie so schlecht allein bleiben konnte wegen ihrer angegriffenen Nerven und wegen ihres schwachen Herzens – und bei Hilde stand doch sowieso ein Bett leer ... Wenn die Mutter ernstlich etwas durchsetzen wollte, gab Hilde immer nach, weil die leidende Miene sie schließlich zermürbte. Und obgleich es ihr ganz und gar entgegen war, ihre Mutter in dieser Zeit, da sie selbst oft gereizt war, länger als eine Stunde genießen zu müssen, hatte sie schließlich in ihren Besuch eingewilligt. – –

In Hildes Überlegungen hinein klingelte es schrill. Die Schwiegermutter! war ihr erster Gedanke. Dann erst sah sie nach einem Blick auf die Uhr, daß es für den gewohnten Morgenbesuch der Schwiegermutter noch viel zu früh war. Sie pflegte niemals vor sieben Uhr hereinzugucken. Mechanisch richtete Hilde sich auf, mechanisch warf sie sich den Morgenrock um. Die Mutter schlief noch, das war vielleicht das beste. Sie schlich auf Zehenspitzen hinaus und öffnete.

Möller trat mit dem SS-Mann gleich an ihr vorbei ins Wohnzimmer. Er machte nicht viel Federlesens. „Ziehen Sie sich an – Sie kommen mit!" sagte er, während sich der andere sofort an seine Arbeit machte. Es dauerte nicht lange, da drang der Uniformierte bis ins Schlafzimmer nach. Sein Blick blieb an Hildes Mutter haften. Frau Brasch war inzwischen aufgewacht und sah den SS-Mann, die Ellbogen hinter sich aufgestützt, aus schreckhaft geweiteten Augen völlig verständnislos an. – Der machte augenblicklich auf dem Absatz kehrt. „Hier ist noch so 'n Vogel, Herr Kommissar!"

Hilde hatte sich bisher in scheinbar größter Ruhe angezogen. Jetzt erst schien Leben in sie zu kommen. Sie trat Möller entgegen: „Das ist nur meine Mutter. Sie hat bei mir übernachtet, weil ich, in meinem Zustand ..."

„Das wird sich ja alles herausstellen", sagte Möller fast freundlich.

Er hatte jetzt seine gemütliche Tour. Er trat ans Bett und streckte Frau Brasch seine Hand entgegen. „Geben Sie mir mal Ihre Wohnungsschlüssel, liebe Frau. Wir wollen bei Ihnen einen Kaffee trinken. Wo liegt denn Ihr echter – wollen Sie uns das nicht verraten? Sie können ihn vielleicht doch nicht mehr brauchen ..." Frau Brasch sah hilflos von einem zum anderen. Hilde war fahl geworden, das fiel ihr auf – aber sonst verstand sie rein gar nichts von allem. Sie hörte nur etwas von Bohnenkaffee, für den sie wirklich eine Schwäche hatte. Aber war es denn verboten, sich Kaffee aus Holland, Belgien, Frankreich oder sonst einem besiegten Land zu beschaffen? Sie bezog den Kaffee von ihrer Nachbarin, die das Glück hatte, drei Söhne draußen zu haben – alle im Westen natürlich. War sie verpflichtet, ihre Quelle hier preiszugeben ...?"

„Na, mal 'n bißchen dalli!" sagte Möller ungeduldig. „Soviel Zeit haben wir nicht." Er warf das Schlüsselbund, das Frau Brasch ihm mit zitternden Fingern reichte, dem SS-Mann hin. „Und Sie machen sich fertig!" befahl er ihr kurz.

Zehn Minuten später verließen sie alle das Haus, das Möller sorgfältig versiegelte. Die Durchsuchung der Wohnung hatte nichts zutage gefördert. Aber das besagte nichts. Im Gegenteil, Möllers erfahrenes Kriminalistengehirn schloß gerade aus der Tatsache, daß sie nicht einmal das „Kommunistische Manifest" oder eins der Lehrbücher von Marx und Engels gefunden hatten, darauf, daß ihm ein besonders fetter Fang gelungen war. Nur gewiegte Illegale pflegten sich so radikal von allem belastenden Material zu entblößen.

Hilde ging ganz langsam über die Schwelle, als ob sie damit den unvermeidlichen Abschied noch von sich abwenden könnte. Dabei umfaßte ihr Blick noch einmal das Ganze: die jetzt in allen Farben leuchtenden Astern, ihre Rosensträucher, das ganze kleine Haus, an dessen Giebelmauer sich der wilde Wein gerade zu färben begann, so daß es aussah, als hätte das Haus einen knallroten Kopf. An der Pforte drehte Hilde sich um und blickte noch einmal zurück. Immer, so fühlte sie, würde ihr das Zuhause so vor Augen stehen: in dem etwas dunstigen Licht des frühen Septembermorgens. Der Tau lag noch frisch überall auf den Gräsern, und die Sonne schickte die ersten tastenden Strahlen aus, so daß man meinen konnte, es gäbe einen glühendheißen Tag ...

In dem Sechssitzer, der vor der Eisdiele hielt, saß ganzhinten aufrecht und stolz, als gelte es eine harmlose Vergnügungsfahrt, ihre Schwiegermutter. Hilde durchzuckte es schmerzhaft bei ihrem Anblick Sie wollte auf sie zugehen – doch in diesem Augenblick erhielt sie von Möller einen kräftigen Stoß, so daß sie übers Trittbrett hinweg der Länge nach ins Auto fiel.

„Sehen Sie nicht – die Frau ist hochschwanger!" rief Frieda Steffen erbost.

Möller grunzte nur. Er war damit beschäftigt, die „Platzordnung" festzulegen. Hilde mußte nach vorn, zwischen den Fahrer und einen von der SS. Der zweite SS-Mann kam neben Frau Brasch, und Möller setzte sich neben die alte Frau Steffen. In dem kurzen Durcheinander, das durch das Einnehmen der Plätze entstand, gelang es Hilde, mit ihrer Schwiegermutter einen einzigen Blick zu tauschen. „Hans?" formten ihre Lippen dabei. Frieda Steffen schüttelte unmerklich den Kopf, ihr Mund lächelte leicht, in ihren Augen stand ein warmer, ruhiger Glanz. Dieselbe Ruhe strömte langsam auch auf Hilde über. Sie faltete die Hände über ihrem schweren Leib. Einen Augenblick wurde sie fast überwältigt von Trauer, als sie an das Kind dachte und an das Schicksal, das sie ihm bereiten mußte. Sie gab sich über das, was ihr bevorstand, keiner Täuschung hin. Die Haussuchung bei ihrer Mutter, die Entdeckung des Senders – das bedeutete mit Sicherheit ihr Todesurteil. Denn natürlich würde sie alle Schuld allein auf sich nehmen. Ihre Mutter würde sicherlich freikommen, wenn sich ihre Unschuld erwiesen hatte. Auch um die Schwiegermutter war ihr nicht bange. Aber sie selbst... Ein gesundes Kind wollte sie noch zur Welt bringen. Und vielleicht gelang es ihr sogar, Hans zu retten. Wenn sie den Blick der Schwiegermutter richtig verstanden hatte, war sein Name bisher noch nicht gefallen. Das war mehr Glück, als sie jemals zu hoffen gewagt hatte. Daß auch in Zukunft kein Schatten eines Verdachts auf ihn fiel, das war die Aufgabe, die sie noch zu erfüllen hatte. Sie lächelte still. Dieses Ziel vor Augen, erschien alles andere ihr auf einmal wunderbar leicht. –

XII

Der Raum war kahl und sehr groß. In der Mitte stand der Stuhl, auf dem Lotte saß. Die großen Scheinwerfer waren jetzt ausgeschaltet. Hinter den Milchglasscheiben dämmerte der neue Tag – eine breiige, trübe Wolke von Licht. Die quälende Stimme, die aus der Ecke kam, wo der Schreibtisch stand, war endlich verstummt. Lotte spürte, wie sich ihre Sinne verwirrten. Nach einer zähen Nacht voller endloser Fragereien stülpte sich der Schlaf über sie wie ein Netz, das sie gefangennahm und mit in die Tiefe riß. Sie versuchte gar nicht erst, sich dagegen zu wehren. Sie fühlte, wie ihre Glieder sich lösten, dann spülte sie davon, hilflos, widerstandslos, wie ein im Wasser treibendes Schiff aus Papier, das sich langsam auflöst und auseinanderfällt ...

Die Stimme riß sie wieder an die Oberfläche. Als tauche sie wirklich aus dem Wasser empor, fühlte Lotte kalte Feuchtigkeit auf der Stirn. Als sie hinfaßte, merkte sie, daß ihr der Schweiß in Strömen das Gesicht hinunterlief. Vor ihr stand Herbert Busch.

„Kennst du die Frau?" fragte wieder die Stimme aus der Ecke. Die Stimme war kalt, metallisch, sie durchschnitt den Raum wie ein Säbelhieb. Lotte duckte sich unwillkürlich.

„Das ist Lotte Burkhardt", sagte Herbert Busch, „aus der Kontrollabteilung."

„Aha", sagte die Stimme im Hintergrund anscheinend zufrieden. „Na, erzähl mal ein bißchen, Bursche. Was hast du denn mit Lottchen getrieben? – Oder soll ich dir dein Maul auseinanderreißen?" Das Letzte klang drohend.

Jetzt erst wurde Lotte vollkommen wach. Sie starrte Herbert ins Gesicht. Es war schwer, hinter der Maske von stumpfem Gleichmut, die er aufgesetzt hatte, seine wahren Züge zu erkennen. Seine Haut war aschgrau, ebenso sein Haar, der ganze Kopf war gleichsam wie mit Müll überstäubt. Seine Augen waren ausdruckslos ins Leere gerichtet. „Lotte Burkhardt war Vorarbeiterin in ihrer Abteilung", sagte er jetzt monoton, als leiere er etwas unzählige Male Gesagtes noch einmal ab. „Sie mußte mir die fertigen Stücke zur Abzeichnung herüberbringen ..."

„Sie allein – oder auch noch andere?" fragte Scharnke dazwischen.

„Nur Lotte. Sie war ja die Verantwortliche für ihre Abteilung ..."

„Sie stand also als einzige mit dir in Verbindung?"

Herbert zögerte. Vielleicht merkte er erst jetzt, daß er in eine Falle gegangen war. Aber es gab kein Zurück. Noch bevor er sich eine Antwort zurechtlegen konnte, brüllte Scharnke: „Abführen!" Und die zwei Wachmänner, die an der Tür gestanden hatten, sprangen herbei und schleppten ihn hinaus. Scharnke trat dicht vor Lotte hin. „Na siehst du, Puppe. Da haben wir den Beweis. Du hast von dem Kerl die Nachrichten übernommen und hast sie abends gesendet. Du bist die einzige, die dafür in Frage kommt. Oder weißt du es besser?"

Er sah sie fordernd an. Lotte preßte die Nägel in ihre Handflächen und schloß die Augen. Sie war völlig erschöpft. Die ganze Nacht hindurch hatte sie standgehalten. Vorhin hatte ihr Scharnke Herberts Bild hingeschoben, das übliche Photo der Gestapo für ihr „Verbrecheralbum". Herberts klargeschnittenes Gesicht im Profil. Sie hatte es gleichgültig wieder zurückgereicht. Sie hatte auch geschwiegen, als er ihr, eins nach dem anderen, die übrigen zeigte. Bei jedem bekannten Gesicht hatte es ihr im Inneren einen Stich gegeben – den haben sie auch, und den, und den ... Ein einziges Mal hatte sie fast die Fassung verloren – als sie Rudolf erblickte. Aber gleich hatte sie sich wieder in der Gewalt gehabt. Sie hatte weiter geschwiegen, nachdem man ihr später die Wadenschrauben anlegte, als man sie danach zwang, stundenlang reglos auf dem zugigen Flur zu stehen, mit dem Gesicht zur Wand – obgleich sie sich vor Schmerzen kaum noch aufrechthielt. Auch bei dem Kreuzverhör dreier Gestapobeamter hatte sie verbissen geschwiegen. Jetzt hatte man sie mit Scharnke, ihrem „Flieger", wieder allein gelassen. Aber seine besondere Art, sie zu quälen, berührte sie kaum noch. Sie fühlte sich leergebrannt, ausgelaugt wie nach einem großen Brand, der alles, was an Empfindungen in ihr gewesen war und sie mit Leben erfüllt, bis auf den Grund vernichtet hatte. In ihren Augen stand als einziges der feste Entschluß, weiter zu schweigen. Auf keinen Fall der Gestapo auch nur den kleinsten Hinweis zu geben.

Scharnkes Augen verengten sich. Er zog die Lippen nach innen. Als er sie wieder losließ, waren sie weiß, als hätte er alles Blut mit den Zähnen herausgepreßt. Sein Blick war von der kalten Entschlossenheit eines Metzgers, der eben dabei ist, seinem Opfer den entscheidenden Hieb zu versetzen.

„Wir haben übrigens deine Göre eingesperrt", sagte er gleichmütig. In der kurzen Pause, die er einschaltete, um die Wirkung seiner Worte zu registrieren, sah er ihr neugierig ins Gesicht.

Als Junge hatte er einmal eine Katze ersäuft. Immer, wenn sie halb hinüber war, hatte er sie wieder aus der Tonne herausgefischt, hatte sie zu Atem kommen lassen und dann von neuem untergetaucht. Auf diese Weise hatte er zwei Stunden mit ihr zugebracht. An diese Episode mußte er plötzlich denken. Er sah von der Jüdin weg und beguckte sich seine blankpolierten Fingernägel. „Es wäre besser fürs Kind, wenn du dich endlich zum Reden entschließen würdest ..."

Er sah mit Genugtuung, daß Lotte fahl wurde. Die Schatten unter ihren Augen vertieften sich, ihr Kopf sank nach vorn – von einer Minute zur anderen schien sie zu altern. „Wo ist Eva jetzt?" fragte sie nach einer Weile. Auch ihre Stimme klang brüchig, wie von einer alten Frau.

Scharnke antwortete mit robustem Lachen. „Keine Sorge, Puppe – die ist gut aufgehoben. Wir haben bloß dafür gesorgt, daß sie keinen Schaden anrichten kann..."

Er wollte sich noch weiter über das Thema verbreiten, aber in diesem Augenblick wurde er durch Möller gestört, der mit ungewohntem Schwung zur Tür hereinkam, sofort auf Scharnke zuging und ihm etwas zuflüsterte.

Scharnke wurde blaß. Mit einer Kopfbewegung befahl er den beiden Posten, Lotte in den Keller zurückzubringen. Als sie weg war, wandte er sich zu Möller um. „Menschenskind, wie haben Sie denn das fertiggebracht?" fragte er. Seiner Stimme war der Ärger deutlich anzumerken. Möller hatte ihm soeben die Nachricht gebracht, daß das Sendegerät unten bei ihm auf dem Schreibtisch stünde. Täter war die Schwangere aus der Eisbude und ihr Mann, den Möller von der Kaserne weg sofort verhaftet hatte. Natürlich sonnte sich Möller in seinem Triumph.

„Meine Ahnung, meine Ahnung!" sagte er stolz. „Der Bursche kam mir gleich nicht geheuer vor. So einer wird nie im Leben Soldat – das ist und bleibt ein abgefeimter Verbrecher. Für den ist der Galgen noch zu schade."

„Hat er denn gestanden?" fragte der Untersturmführer. Er nährte immer noch eine stille Hoffnung. Aber Möller zerschlug sie ihm. Er schob ihm die Protokolle hin. „Die reinen Engel!" sagte er ironisch, während Scharnke die Aussagen überflog. „Jeder will den anderen entlasten und nimmt die Schuld auf sich. Natürlich gehören beide einen Kopf kürzer gemacht."

Scharnke schwieg. Er zerrte an seiner Krawatte, die ihm plötzlich wie ein Knäuel am Halse saß. Ihm war zumute, als wäre er selbst der Gefangene. Dieser Fall brach ihm das Genick, das wußte er jetzt. Er hatte sich zu stur auf eine einzige Spur konzentriert, hatte noch gestern dem Sturmbannführer gegenüber gewitzelt, daß sich sein „Unbekannter" in „die Unbekannte von der Panke" verwandelt habe, die er ihm allerspätestens morgen zuführen würde. Doch statt dessen würde morgen alles zerplatzen, der ganze Stab würde sich über ihn lustig machen. Das Fatale war, daß die Wahrheit so nahebei gelegen hatte. Die Sarah hatte mit den Steffens konspiriert, hatte ihnen wahrscheinlich das Material für ihre Sendungen aus erster Hand besorgt. Was lag also näher, als diese Steffens aufs Korn zu nehmen ... Aber gerade diesen einfachen Weg hatte er übersehen, hatte sich den Coup von seinem Untergebenen aus der Hand schlagen lassen. Diese Niederlage konnte er nicht verwinden.

Er trat zum Telefon und ließ sich mit dem Keller verbinden. Eigentlich hatte er vorgehabt, die Jüd'sche nachher noch zu zwiebeln, aber jetzt war ihm der Spaß daran gründlich verdorben. Er gab Weisung, die Burkhardt ins Polizeigefängnis zu bringen.

„Zur Entlassung?" fragte der am anderen Ende der Leitung.

„Döskopp!" erwiderte Scharnke mißmutig. „Sie bleibt natürlich zur Verfügung der Dienststelle ..."

Zehn Minuten später wurde Lotte mit noch vier anderen in die „Grüne Minna" verladen. Zwischen je zwei Häftlingen saß ein Posten, das Gewehr zwischen den Knien. Die beiden Männer, die Lotte gegenübersaßen, hatten dick verschwollene Gesichter, als hätten sie eben einen Faustschlag bekommen. Beide hatten den Kopf tief zwischen ihre Schultern gezogen, beide blickten reglos zu Boden. Die Frau auf Lottes Bank hatte sich bei ihrem Eintritt neugierig vorgebeugt, war aber sofort wieder zurückgewichen, weil ihr der Posten einen kräftigen Stoß in die Rippen gab. Jetzt rührte sich keiner mehr. Der vierte, gleichfalls auf der anderen Seite, saß in die Ecke gedrückt und schien zu schlafen. Er war noch ganz jung, ein schmales Gesicht, durchsichtig wie Glas, von dem man alle Gedanken ablesen konnte. Als er nach einer Weile die Augen aufschlug, erschrak Lotte vor dem Haß, der sich darin gesammelt hatte. Er erinnerte an gewaltsam gebändigte Wassermassen, die den Deich, hinter dem sie aufgestaut sind, jeden Augenblick zu durchbrechen drohen.

Draußen ging das Leben weiter wie sonst. Lotte, die dem Ausgang am nächsten sah, erspähte einen Ausschnitt davon durch die schmale Scheibe der Tür. Vor den Lebensmittelläden die üblichen Schlangen. Eine Gruppe BDM-Mädchen mit knallroten Sammelbüchsen. Wie eine Fratze darauf das Hakenkreuz. Kurz vorm Alex gab es eine Stockung, der Wagen blieb stehen. Über den Stadtbahnbogen fuhr in diesem Augenblick donnernd ein Güterzug, beladen mit Panzern, Pak-Geschützen, Kanonen – in Richtung Osten. Aus entgegengesetzter Richtung kam ein Zug mit Verwundeten. Auf dem Bahnsteig Schwestern, die beim Ausladen halfen. Die ersten Soldaten, auf Stümpfen. Ihre Gesichter hoben sich wächsern gegen den fahlen Septemberhimmel ab.

Lotte wandte den Kopf. Auf einmal schien ihr der Unterschied zwischen der Welt da draußen und jener anderen, der sie seit gestern angehörte, gar nicht mehr groß. Auf beiden Seiten wurde gestorben, getötet. Auf ihrer Seite vielleicht ein bißchen systematischer, heimlicher. Drüben regelloser, zufälliger – aber ebenso grausam und keineswegs seltener. Schließlich war es gleichgültig, welcher Methode man unterworfen war. Es lief in beiden Fällen auf dasselbe hinaus ... Der Wagen ruckte wieder an, nahm die letzte Kurve um den Alex – sie waren da. Die Posten rissen die Tür auf und sprangen hinunter.

Lotte kam mit der anderen in die Frauenabteilung. Beim Eintritt in die „Aufnahme" stockte ihr Herzschlag. In dem Raum, der mit noch drei, vier anderen neu Eingelieferten angefüllt war, entdeckte sie, halb hinter der Tür verborgen, Hilde Steffen. Auch Hilde zuckte zusammen, als sie Lotte sah. Sekundenlang trafen sich ihre Blicke, senkten sich ineinander – der von Hilde ruhig wie immer, klar, beherrscht; er strahlte eine Zuversicht aus, die Lotte verwirrte. Jetzt erst bemerkte sie auch die alte Frau Steffen im Hintergrund. Sie wollte versuchen, sich unbemerkt einer von den beiden zu nähern, um einiges über die Verhaftung zu erfahren. Doch in diesem Augenblick griff die Beamtin nach Lottes Karte, las: „Straftat: Landesverrat" und den Vermerk auf der Rückseite „Streng isolieren!", der rot unterstrichen war. Sie sah sich suchend um. Die Wärterin, die Lotte hinausführen sollte, war gerade nicht da. So stand sie selbst auf und brachte Lotte in den Nebenraum. Hier stand in der Mitte ein dichtmaschiges Drahtgestell, der sogenannte „Hundezwinger". Sie schloß die Tür auf und schubste Lotte hinein.

Lotte lehnte den Kopf gegen das kalte Eisengitter. Der Zwinger stülpte sich über sie wie eine Käseglocke, und sie selbst kam sich darunter hilflos wie ein gefangenes Insekt vor. Sie lachte ironisch. Man hatte sie hier eingesperrt wie einen Schwerverbrecher, dreifach gesichert, um jede Flucht zu verhindern. Und doch hatten sie nicht daran gedacht, daß man sich auch noch auf andere Art und Weise davonmachen konnte. Sie fühlte, wie ihr plötzlich am ganzen Körper der Schweiß ausbrach. Ein Gedanke setzte sich hartnäckig in ihr fest. Ihr Leben war verwirkt, das wußte sie. Über die Konsequenzen ihrer Handlungen waren sich alle Mitglieder der Gruppe stets im klaren gewesen. Aber bei Lotte ging es noch um etwas anderes. Ihr Kind wurde ihretwegen verfolgt. Weil man sie, Lotte, zu Geständnissen zwingen wollte, hatte man ihr Kind eingesperrt, mißhandelte es vielleicht sogar. Bei dem Gedanken daran stöhnte sie laut. Sie fing an, in dem Zwinger herumzugehen, immer im Kreise, wie ein gefangenes Tier. Was bedeutete sie Eva noch? fragte sie sich. Bei der Großmutter wurde das Kind gegen sie aufgehetzt. Im KZ oder wo immer man es hingeschleppt hatte, war es neuen schädlichen Einflüssen preisgegeben. Und sie selbst hatte keinerlei Gelegenheit, dem Gift, das sich langsam in der Seele des Kindes ausbreiten mußte, entgegenzuwirken.

Sie blieb wieder stehen, preßte den Kopf so fest ans Gitter, daß sich auf ihrer Stirn das Muster der Kreuze eindrückte. Von nebenan tönten Hildes knappe, klare Antworten herüber. Sie gab ihre Personalien an. Dann die der Schwiegermutter. Dann die ihrer Mutter. Die ganze Familie hatte also daran glauben müssen. Lotte zweifelte nicht daran, daß Hans gleichfalls verhaftet war. Die Steffens waren ein zweiter Grund für ihren Entschluß. Sie wußte zuviel von ihnen. In der Gruppe hatten sie feierlich beschlossen, sich das Leben zu nehmen, wenn die Gefahr bestand, daß einer am anderen zum Verräter wurde. Für Lotte war dieser Zeitpunkt herangekommen. Nach der letzten Nacht wußte sie, daß der Festigkeit ihrer Nerven Grenzen gesetzt waren. Ein zweites Mal würde sie sich einer „Vernehmung" vielleicht nicht mit der gleichen Standhaftigkeit widersetzen können.

Ihre Knie gaben nach, sie mußte sich stützen. Einen Atemzug lang zog sie die Lider weit über die Augen. Sie hatte nicht gewußt, daß ihr der Absprung so schwer fallen würde. Dieser letzte Absprung – zu dem sie fest entschlossen war. Und sie mußte rasch handeln. Der Entschluß zum Selbstmord, der so plötzlich in ihr gereift war, duldete keine Minute Aufschub. Jeden Augenblick konnte sie aus dem Zwinger wieder herausgeholt werden. Dann wurde sie wieder bewacht. Und sie wußte, daß man ihr nachher alle Gegenstände des persönlichen Bedarfs, die die Durchführung eines Selbstmordes vielleicht ermöglichen konnten, abnehmen würde. Noch hatte sie ihren Ledergürtel. Sie nestelte ihn los, versuchte, das eine Ende an der Decke des Drahtgitters festzuknoten.

Plötzlich war es ihr, als ob jemand näher kam. Rasch zog sie den Gürtel wieder herunter und stopfte ihn in ihre Tasche. Die Beamtin erschien mit noch einer Frau. Sie schloß die Eisentür auf, schob die andere hinein, sperrte wieder ab. Das Ganze vollzog sich stumm in Sekunden.

Lotte war allein mit der Fremden. Sie war noch jung; aufgedonnert, eine von der Straße vermutlich. Knallrote Lippen, die Schminke in den Ecken verschmiert, gefärbtes Haar, feuerrote Fingernägel mit schwarzen Rändern. Sie ging sogleich in eine Ecke des Zwingers und kauerte sich auf den Boden. Ihre Augen blickten ausdruckslos vor sich hin.

Lotte sah sich um. Die Beamtin hatte die Tür nach nebenan weit offen gelassen. Jetzt hörte man von drüben jedes Flüstern. Lotte reckte sich, legte den Gürtel behutsam nocheinmal zu einer Schlinge zusammen. Als sie sich umdrehte, begegnete sie dem Blick der Fremden, die ihr neugierig zusah. Lotte kniff die Lippen zusammen. Der Zorn über das Dazwischentreten der anderen übermannte sie plötzlich. Einen Augenblick stand sie unschlüssig, zwischen widersprechenden Gefühlen hin und her gerissen. Dann siegte die Vernunft. Bei nüchterner Überlegung mußte sie sich sagen, daß die Fremde ihren einmal gefaßten Plan nicht zu stören brauchte. Sie mußte nur versuchen, sie auf ihre Seite zu ziehen, und erreichen, daß sie sich ruhig verhielt. Einem plötzlichen Impuls folgend, beugte sie sich zu ihr hinunter, bedeutete ihr durch Gebärden, worum es ging. Die Frau nickte teilnahmslos, nur ihre Augen weiteten sich fast unnatürlich. Dann drehte sie schwerfällig ihren ganzen Körper herum, bis sie mit dem Gesicht zum Fenster saß, und fing an, den abgeblätterten Lack von ihren Fingernägeln herunterzupellen. Eine Beschäftigung, die sie völlig in Anspruch nahm. Lotte arbeitete jetzt eilig, stumm und entschlossen. Sie befestigte den Gürtel an der Decke, zog ein paarmal daran, um seine Haltbarkeit auszuprobieren. Es war in Ordnung. Sie zog die Schuhe aus. Kletterte vorsichtig, jedes Geräusch vermeidend, an dem Gitter hoch, reckte den Hals nach vorn. Ihre Finger, die nach der Schlinge griffen, klebten von Schweiß. Ihr Kopf war leer, ausgepumpt, zu keinem Gedanken fähig. Nichts war darin als eine große Müdigkeit. Diese Müdigkeit begann im Kopf und lief kribbelnd über den ganzen Körper hin, wie kleine flinke Ameisen – Ameisen, die man nicht abschütteln konnte, denn es kamen immer neue Scharen, und zuletzt war man zugedeckt von ihnen wie von einem großen schweren Tuch ...

In diesem Augenblick erklang ein greller Aufschrei. Der Schrei kam nicht von der Fremden, das unterschied Lotte noch – dann fühlte sie sich roh heruntergerissen. Zwei Paar Arme packten sie derb an. Sie sah neben sich das erschrockene Gesicht der Beamtin – „Dieses feige Judengesindel!" – und den brutalen breiten Kopf einer Wärterin. Die Wärterin betastete sie nach eventuellen Verletzungen – ließ erleichtert von ihr ab, als sie sah, daß noch alles heil war. „Dein Glück", zischte sie ihr zu. „Das hätte uns gerade noch gefehlt, deinetwegen Unannehmlichkeiten einzustecken."

Sie stießen Lotte in den Nebenraum, an den Tisch der Beamtin. Als sie über die Schwelle trat, wurde Hilde gerade durch die andere Tür hinausgeführt. Hilde war es also, die geschrien hatte, die die Beamtinnen auf ihr Vorhaben aufmerksam gemacht hatte. Weshalb hatte sie das getan? Wußte Hilde nicht genauso sicher wie sie selbst, daß sie alle das Todesurteil zu gewärtigen hatten? Eine tiefe Niedergeschlagenheit befiel sie plötzlich. Eine trübe Ahnung – als ob sie und Eva einer Zeit neuer Kränkungen und Qualen entgegengingen. Von neuem waren sie der Willkür der Gestapo wehrlos preisgegeben.

Lotte kam in Einzelhaft. Als die Wärterin, die sie in die Zelle geführt hatte, gegangen war, setzte sie sich an den Klapptisch und stützte den Kopf in die Hand. Der Kopf war ihr schwer und drohte immer wieder nach vorn zu fallen. Über ihren Rücken liefen frostige Schauer. Sie hatte sicher Fieber, zu Hause hätte sie sich ins Bett gepackt. Aber hier war es laut Gefängnisordnung streng untersagt, sich tagsüber hinzulegen. So streckte sie nur weit die Beine aus, die wie Klumpen an ihrem Körper hingen – schwere, lehmige Klumpen, die sie kaum von der Stelle bewegen konnte. Unbeweglich saß sie so, bis das Mittagbrot in die Zelle geschoben wurde. Aber sie aß nicht, der Geruch der dünnen Kohlsuppe, in Wasser gekocht, verursachte ihr Übelkeit. Sie kippte den Inhalt in den Kübel und wusch die Blechschüssel aus. Dann hockte sie sich wieder auf ihren Schemel.

Ein Geräusch an der Tür ließ sie zusammenfahren. Die Wärterin, dachte sie dann gleichgültig; sie hatte versprochen, ihr eine Karaffe hereinzustellen. Aber die Zelle blieb verschlossen. Das Geräusch hörte jedoch nicht auf – als ob jemand mit dem Besen über die Füllung fegte.

Lotte stand auf und trat näher heran. Als sie vor der Tür stand, hörte sie von draußen eine zischende Stimme: „Nimm doch ab, du Dussel!" Und ein Streifen Papier schob sich durch den Türspalt herein. Lotte bückte sich und entfaltete das Blatt – es war ein Kassiber von Hilde.

Lotte kannte ihre Schrift: strenge, steile Buchstaben, die halb zur Seite kippten, als ob sie sich aneinander festhalten wollten. Hilde schrieb:

„Sei nicht traurig – aber das, was Du tun wolltest, durfte ich nicht zulassen. Unser Weg ist hart, aber wir müssen ihn zu Ende gehen. Schon um unserer Kinder willen, Marianne – wie ich Dich hier aus Vorsicht nennen werde. Rufe Du mich Gertrud. Wir werden uns nachher durchs Fenster sprechen. Ich liege nicht weit von Dir, nur drei Zellen entfernt. Kopf hoch, Marianne! Deine Gertrud."

Lotte las die Zeilen wieder und wieder, ein wunderbarer Trost ging von ihnen aus. Es war auf einmal, als ob Hilde selber in der Zelle stünde. Lotte sah sie ganz deutlich vor sich: ihre sanften dunklen Augen, das stille Gesicht, das ihr plötzlich das einzig Sichere schien – eine Insel in einem unruhigen Meer, das sie zu verschlingen drohte.

Sie lauschte jetzt ungeduldig auf jedes Geräusch von draußen. Aber es war nichts zu hören als ab und zu der harte Befehl einer Wärterin, das Klirren eines Gefäßes draußen im Gang, das scharfe Klicken, wenn jemand zum Zeichen, daß er ein Anliegen hatte, die Fahne zog. Der Schatten des Fensters, den die Sonne in die Zelle warf, wanderte langsam über die Wand bis zur Tür, glitt die Füllung hinunter und legte sich schräg auf den Boden hin, wie ein müdes Tier, das sich zum Schlafen ausstreckt. Jetzt schien die Zeit stillzustehen. Aus irgendeiner Zelle erklang nach einer Weile Gesang, eine langgezogene wehleidige Melodie, die plötzlich abbrach, wie abgestorben. Das große Haus lag im dumpfen Schweigen. Noch einmal belebte sich der Flur bei der Ausgabe des Abendessens – und fiel dann um so spürbarer in die Stille zurück. Der schwindende Tag zog die Schatten auf. Die Dämmerung senkte sich allmählich herab wie ein langsam fallender Vorhang und hüllte die Zelle in eintöniges Grau. Alles Leben zwischen den Mauern schien erstorben.

Plötzlich entzündete sich der Lärm an allen Enden zugleich. Als hätte man in ein erloschenes Feuer neuen Brennstoff geworfen, und die Flamme züngelte wieder auf – so begann es sich auf einmal in jedem Winkel des toten Hauses zu regen. Auch Lotte sprang auf, zog ihren Schemel ans Fenster und stieg hinauf. Sie sah ein Stück des Himmels, ein einziger Stern leuchtete stark. In regelmäßigem Rhythmus wischte ein Scheinwerfer über den Horizont. Aber das alles nahm sie nur unbewußt wahr; es bildete den Hintergrund für das eigentliche Schauspiel, das sich ihren Ohren bot – und das war ganz neu für sie und nahm sie völlig gefangen. Plötzlich spürte sie, daß sie nicht allein war. Von allen Richtungen her wurden bange Fragen und Klagen in den Hof gesandt, und die Fragen wurden aufgefangen und richtig beantwortet, die Verzagenden wurden aufgerichtet, die Klagenden erhielten den nötigen Zuspruch. Der ganze Bau schmolz zu einer großen Gemeinschaft zusammen. Auf einmal hörte Lotte die Frage, die für sie bestimmt war. „Hallo, Marianne – bist du da?" Hildes Stimme klang ganz nahe, sie sprach halblaut, ruhig und akzentuiert. Lotte antwortete in derselben Weise. Dabei durchpulste sie die Freude über die Verbindung mit Hilde wie ein starker Strom. Jetzt erst fühlte sie sich in die Gemeinschaft mit aufgenommen. Lotte kannte die Kraft, die aus dem Bewußtsein der Zusammengehörigkeit erwächst, von der Gruppe her. Dieselbe Kraft würde sie jetzt aus dem Zusammensein mit Hilde schöpfen. Der Kontakt war geschlossen. Das war, als ob die unbegreifliche Ruhe und Gelassenheit, die Hilde sogar hier, im Gefängnis, ausstrahlte, jetzt auch auf sie überging.

Hilde kam noch einmal auf das Vergangene zurück.

„Es war falsch, Marianne. Durch Flucht gewinnt man nichts. Man läßt meist nur eine heillose Verwirrung zurück."

Lotte spürte es wieder heiß in ihre Kehle steigen. „Sie haben Eva festgesetzt", sagte sie.

„Um so mehr wird sie dich brauchen, wenn sie wieder frei ist. Du mußt versuchen durchzukommen, Marianne. Das wird gar nicht so schwer sein. Schiebe alles auf mich. Vielleicht kommst du mit ein paar Jährchen Zett davon ..."

„Und du?" würgte Lotte hervor.

„Das weißt du ja selbst", sagte Hilde nur. In der Pause, die nach ihren Worten entstand, umschwirrten Lotte die Gesprächsfetzen der anderen. Unwillkürlich hörte sie hin: „Wann ist der Termin,

Doris? Morgen um zehn? Mehr als einen Kopf kann's ja nicht kosten" – "Herta, morgen Vernehmung! Fest bleiben, immer daran denken: die wissen gar nichts." – "Frieda! Habe jetzt die Anklageschrift. Lage nicht ungünstig" – "Hedwig! Staatsanwalt hat heute Todesstrafe beantragt. Für alle fünf. Morgen ist Urteilsverkündung. Denke an uns!" – Lotte hörte nicht länger hin. Zu denken, daß diese Mauern Tag für Tag die gleiche Summe von Leid und Elend in sich bargen, und nur einmal innerhalb von vierundzwanzig Stunden, in der kurzen Spanne zwischen Abendbrot und Verdunklung, wenn die Kontrolle vorübergehend etwas gelockert war, brach es aus ihnen hervor und teilte sich der Umwelt mit: die hundertfachen Ängste und Seufzer der Frauen, die alle oft monatelang, den sicheren Tod vor Augen, um ihr Leben rangen. Lotte lehnte den Kopf an den Fenstersims. Wieder fühlte sie in den Gliedern eine lähmende Müdigkeit, wie vorhin in dem Zwinger, als sie ihrem Ziel schon so nahe gewesen war. Alles, was sie hier würde erdulden müssen, wäre ihr erspart geblieben. Als könnte Hilde ihre Gedanken erraten, sagte sie jetzt:

„Du hast die größeren Chancen, Marianne. Und denke an Eva! Einer von uns muß ihr später erzählen können, wie alles war. Sie werden uns nachher brauchen – die Jungen ..."

„Dein Kind wird dich brauchen, Gertrud."

Auf dem Flur waren Schritte zu hören, das Klappern von Schüsseln. So jäh wie es begonnen hatte, hörte das Rufen auf. In die plötzliche Stille hinein sagte Hilde: „Mein Kind wird mich nicht vermissen – es hat ja den Vater. Er ist frei – Marianne!"

Lotte atmete tief. Jetzt endlich verstand sie Hilde – ihre ruhige, fast heitere Gelassenheit. Hilde nahm ihr Schicksal auf sich, weil sie wußte, daß Hans leben würde. Genauso hatte sie um Evas willen gehen wollen. Aber nein, Hilde hatte recht, es war nicht dasselbe. Hans war ein Mensch, der seinen Weg bereits kannte; er würde ihn auch ohne Hilde weitergehen. Eva war ein Kind. Wenn sie jemals aus der Hölle dieser Zeit herauskommen sollte, würde man sie auf den richtigen Weg erst geleiten müssen.

Lotte kam nicht mehr dazu, eine Antwort zu rufen. Sie sprang hastig vom Schemel herunter, ihre Zelle wurde aufgeschlossen. Die Wärterin schob ihr die Karaffe herein. Als sie gegangen war, flackerte irgendwo in der Nähe Geschimpfe auf, kurz und erbittert – dann wurde es still. Von einer Minute zur anderen sank das Haus wieder in sein dumpfes, unheilvolles Schweigen zurück.

XIII

Das ist die wahre Liebe,
die immer und immer sich gleichbleibt –
wenn man ihr alles gewährt,
wenn man ihr alles versagt.

Es wurde Herbst, kalter, regnerischer November, der die Gefängniszellen auch tagsüber kaum erhellte. Die milden Tage des frühen September, die Lotte noch auf den Feldern bei der Erntearbeit und Hilde in ihrem kleinen Garten erlebt hatten, waren einem ebenso klaren Oktober gewichen, mit ersten Frostnächten und mit einer Sonne, die Tag für Tag aus einem fahlblauen Himmel strahlte und die nur ganz allmählich an Kraft verlor. Mit den langen Novembernächten mehrten sich die Luftangriffe, denen die Häftlinge oben in ihren Zellen, bei verschlossenen Türen, standhalten mußten. Hilde war um diese Zeit schon im Frauengefängnis Barnimstraße. Lottes Hoffnung, mit der Gefährtin während der Dauer ihrer Haft Kontakt halten zu können, hatte sich schon bald nach ihrer Einlieferung als undurchführbar erwiesen. Sie selbst mußte wenige Tage später – mit hohem Fieber, bewußtlos – ins Revier überführt werden; sie hatte Scharlach. An dem Tage, als ihre Krankheit die Krise erreichte, trat der Volksgerichtshof zusammen, um in Sachen Herbert Busch und Genossen zu verhandeln. Die Anklage lautete für alle Beteiligten, worunter auch Lotte fiel, auf Landesverrat und auf Verrat militärischer Geheimnisse. Alle wurden für schuldig befunden und zum Tode verurteilt. Am frühen Morgen des 20. September wurde Herbert zusammen mit Martin, der achtzehnjährigen Salo und vier anderen Arbeitern aus seiner Abteilung in Plötzensee hingerichtet. Lotte war die einzige, an der das Urteil wegen ihrer Krankheit nicht sofort vollstreckt werden konnte. Aber auch nach ihrer Genesung, Mitte Oktober, wurde sie nicht nach Plötzensee übergeführt, sondern nach Moabit, zusammen mit vierundzwanzig anderen Frauen, die gleich ihr zum Tode verurteilt waren. Inzwischen war nämlich von der Regierung eine Verfügung erlassen und bereits in Kraft gesetzt worden, nach der eine bestimmte Anzahl zum Tode Verurteilter, vornehmlich Juden, nicht mehr von der Justiz hingerichtet werden durften, sondern unmittelbar durch die Gestapo selbst. Lotte erlebte es auf diese Weise, daß ihre Leidensgefährtinnen aus der Todeszelle eine nach der anderen zum letzten Gang antreten mußten – sie allein blieb zurück. Nach und nach kam sie dahinter, daß bei einem der letzten Luftangriffe, bei dem auch das Polizeigefängnis einen Treffer abbekommen hatte, ihre Akten verbrannt waren. Seitdem war sie mit einem Schlage von der umhegten Persönlichkeit einer Todeskandidatin zu einem der namenlosen Fälle herabgesunken, für den sich niemand mehr zuständig fühlte. Eines Tages schob man sie in das Judenlager Schulstraße ab, das frühere Jüdische Krankenhaus, wo sie in die Gruppe der „Nichtregistrierten" eingereiht wurde. Von der unmittelbaren Bedrohung ihres Lebens befreit, hätte sie aufatmen können. Aber zwei Dinge ließen sie auch hier nicht zur Ruhe kommen: die Sorge um das ungewisse Schicksal Evas – und dann die Tatsache, daß sie in der Schulstraße unter dem Bewachungspersonal der Gestapo ihren Peiniger, SS-Untersturmführer Scharnke, wiedertraf.

Hilde hatte mit Hilfe des unterirdischen Nachrichtenapparates, der in jedem Gefängnis, gestützt auf einen Teil des Personals, der Kalfaktoren und der auf Außenarbeit tätigen Häftlinge, existiert, von der Hinrichtung Herberts und der anderen Genossen Kenntnis erhalten. Sie wußte auch, daß Lotte nach Moabit übergeführt worden war. Damit hatte sie jede Spur von ihr verloren. Sie versuchte übrigens auch gar nicht, mehr zu erfahren. Es erging ihr seltsam in jener Zeit. Im selben Maße, wie die Tage unaufhaltsam vorwärtsschritten, fühlte sie ihre Fähigkeit, am Schicksal anderer Anteil zu nehmen, langsam schwinden. Sie zog sich mehr und mehr in sich selbst zurück, erfüllt von der einen großen Aufgabe, die ihr noch geblieben war, seit sie wußte, daß Hans ebenfalls im Gefängnis saß: ihr Kind zur Welt zu bringen. In ihrem Bestreben, sich für diese Aufgabe gesund zu erhalten und bei Kräften zu bleiben, wurde sie von einer Seite unterstützt, von der sie es am wenigsten erwartet hätte – nämlich von einer Aushilfsbeamtin. Frau Groß, eine blasse, stille Person, Anfang Dreißig, hatte Hilde bei ihrer Einlieferung aus den Händen des Direktors in Empfang genommen, um sie in ihre Zelle zu schließen. „Das ist eine ganz Gefährliche!" hatte er dabei gesagt und Hilde wie von Ekel gepackt von sich gestoßen. Frau Groß blickte auf die Schwangere – und auf die ‚Visitenkarte' in ihrer Hand mit der Eintragung: „Straftat – Landesverrat". In der ersten Zeit hatte sie Hilde nicht aus den Augen gelassen. Aber sooft sie durch das Guckloch sah, immer saß Hilde ruhig und fleißig über ihre Arbeit gebeugt: Flickwäsche, die sie im Akkord zu bewältigen hatte. Sie gehörte zu den wenigen, die immer das vorgeschriebene Pensum schafften, ja, sie erübrigte sogar noch die Zeit, um vor der Verdunklung einen Brief zu schreiben. Nachts wälzte sie sich nicht wie die meisten Häftlinge auf ihrem Lager herum, sondern sie schlief tief und fest. Ihr Verhalten als Häftling war musterhaft, jedoch rätselhaft für eine Frau in ihrem Zustand, die den sicheren Tod vor Augen hatte, fand Hanna Groß. Oder ahnte sie gar nicht, was ihr bevorstand? Hanna Groß war noch nicht lange genug in ihrem Beruf, um in jedem Häftling nur die Nummer zu sehen, unter der er in den Büchern geführt wurde. Sie sah hinter jedem „Fall" noch den Menschen, und der Mensch Hilde Steffen interessierte sie. Bei der nächsten Gelegenheit, als sie Hilde einen Posten Hemden hereinbrachte, lenkte sie das Gespräch auf ihren Prozeß.

Hilde hatte noch keine Anklageschrift erhalten. Aber das besagte nichts. Sie kannte Fälle, in denen man der Gefangenen erst kurz vor der Verhandlung die Anklageschrift in die Hand gesteckt hatte – und auch ihren Verteidiger hatte sie bei der Gelegenheit zum erstenmal zu Gesicht bekommen. – Sie ließ die Arbeit sinken.

„Ich weiß genau, daß man mich nur so lange am Leben läßt, bis das Kind da ist", sagte sie. „Aber so weit denke ich noch gar nicht. Hauptsache, daß das Kind gesund auf die Welt kommt." Sie nahm die Arbeit wieder auf, nähte ein paar Stiche, sah wieder auf „Glauben Sie, daß man es wirklich herausgeben wird – später ...? Ich möchte, daß es im Grünen aufwächst. Es soll ein fröhlicher Mensch werden ..."

Sie sprach so ruhig von ihrem Tod, als handle es sich darum, eine Reise zu machen und vorher alle Vorbereitungen dafür zu treffen, daß die Zurückbleibenden auch ohne sie ihre Ordnung hatten. Sie bestimmte schon jetzt den Vormund für das Kind: Karl Röttgers, und sie schickte an ihre Schwiegermutter alle Unterlagen aus der Reichsversicherung, auf Grund deren das Kind bis zu seinem achtzehnten Jahr eine Rente beziehen konnte. Denn das war beschlossene Sache zwischen ihr und Hans: das Kind würde bei Frieda Steffen bleiben. Es sollte in dem kleinen Häuschen aufwachsen, in dem sie selbst so glücklich gewesen waren. Hildes einzige Sorge war, daß die Gestapo das Kind nicht herausgeben würde, daß sie es in ein Lager steckte, daß sie – das war der schlimmste Gedanke – das Kind zweier Landesverräter nicht für wert hielt, am Leben zu bleiben. Die Beamtin zerstreute diese Bedenken immer von neuem. Wenn es ihr gelungen war, Hilde davon zu überzeugen, daß ein Säugling im Gefängnis, wie in jedem Lager, nur eine Belastung war, daß man also froh sein würde, ihn loszuwerden – dann war Hilde wieder ruhig, fast heiter. Frau Groß verstand nicht, woher sie die Kraft dazu nahm. Sie selbst wußte, was es heißt, ein Kind zu verlieren. Sie war geschieden, und ihr Mann hatte, als er sie verließ, ihren sechsjährigen Jungen mitgenommen. Das lag jetzt fünf Jahre zurück, aber der Schmerz um den Verlust des Kindes war nicht geringer geworden – obwohl sie den Jungen von Zeit zu Zeit sah und an seiner Entwicklung von ferne teilnehmen konnte. Für Hilde Steffen war die Trennung viel endgültiger, weil es gleichzeitig ihr Abschied vom Leben war.

Einmal sprach sie mit Hilde darüber. Es war nach dem Abendessen, und über den Hof hinweg erklangen auch hier, wie in jedem Gefängnis, die ersten vorsichtigen Rufe von Fenster zu Fenster. Hanna Groß tat, als höre sie sie nicht. Hilde hatte heute früh den Besuch ihrer Schwiegermutter erhalten, die ebenso wie ihre Mutter wieder in Freiheit gesetzt war. Frieda Steffen hatte ihr vor allem von Hans berichtet, den sie in der Prinz-Albrecht-Straße manchmal sehen durfte. Neben den spärlichen Briefen, die Hans und Hilde miteinander wechseln konnten, stellte die Mutter zwischen ihnen die einzige Verbindung dar. Sie selbst hatten sich seit der Verhaftung noch nicht wiedergesehen. Sorgfältig schien jede Begegnung zwischen ihnen bei den Vernehmungen vermieden zu werden.

„Hans hat nur einen Wunsch", erzählte Hilde, „sein Kind zu sehen. Einmal wenigstens will er es in den Armen halten."

„Ist er ebenso gefaßt wie Sie?" fragte die Beamtin.

Hilde nickte. Sie stand neben ihrer Pritsche, den Kopf an die Mauer gelehnt. „Wir wußten immer, worum es ging", sagte sie. Sie sah die andere voll an, ihre Augen standen groß in dem schmalen Gesicht, das schon anfing, die gelbe Gefängnisfarbe anzunehmen. „Ich denke immer, jedem Menschen ist nur ein bestimmtes Maß an Glück zugemessen", fuhr sie fort. „Und wir haben unser Teil gehabt – dadurch, daß wir uns gefunden haben, und durch die gemeinsame politische Arbeit. Sie hat uns mehr verbunden als alles andere."

Hanna Groß schwieg. Es schien ihr plötzlich, als ob Hilde und sie die Rollen getauscht hätten. Nicht sie war der Gefangenen gegenüber die Begünstigte – sondern es war genau umgekehrt, denn Hilde sah auf ein erfülltes Leben zurück. Frau Groß verstand nichts von Politik. Sie war in die Nationalsozialistische Partei eingetreten, weil sie geglaubt hatte, dadurch an der Beseitigung manchen Unrechts mithelfen zu können. Vom Kommunismus wußte sie nicht mehr, als was ihr seit Jahren von der Goebbels-Propaganda eingehämmert worden war. An diesen „Binsenwahrheiten" begann sie jedoch zu zweifeln, seit sie in den Gefängnisdienst eingetreten war. Hier wurden Menschen gefangen gehalten und zum Tode verurteilt, deren Haltung ihr unter allen anderen Häftlingen die größte Hochachtung abrang. Und sie glaubte einfach nicht, daß es eine schlechte Sache war, für die eine Frau wie diese Hilde Steffen ihr Leben hingab.

Hier muß übrigens erwähnt werden, daß Hanna Groß eine Woche, nachdem Hilde nach Plötzensee übergeführt worden war, selbst in ein Konzentrationslager kam. Man warf ihr „Fluchtbegünstigung einer Gefangenen" vor – aber das war nur der Vorwand, der dazu berechtigte, eine humane Gefängnisbeamtin unschädlich zu machen. Frau Groß hatte das Pech gehabt, daß ein zum Tode verurteiltes Geschwisterpaar, das seit Wochen an der Vorbereitung seiner Flucht gearbeitet hatte, gerade unter ihrer Aufsicht die Tat zur Ausführung brachte. Eine der Schwestern wurde wieder gefangen – die andere entkam. Und damit war das Schuldkonto von Hanna Groß bis zum Rand gefüllt. Sie hatte schon einmal die Nerven verloren – als sie eines Nachts bei ihrem halbstündlichen Kontrollgang einen Häftling am Fensterkreuz baumeln sah. Ihr fehle völlig die für diesen Posten notwendige Härte, stand in dem Bericht des Gefängnisdirektors. Sie sei gefühlsduselig und antworte mit Weinkrämpfen, wenn man sie beispielsweise beordere, einen widerspenstigen Häftling in den Bunker zu werfen. Und statt die Gefangenen durch Strenge zu züchtigen, habe man sie im Verdacht, daß sie ihnen ihr Dasein erleichtere. – Frau Groß wurde also nach anderthalbjähriger Dienstzeit ihres Amtes enthoben und zu ihrer eigenen Erziehung in ein Lager gesteckt. Dort hatte sie nicht mehr lange zu leiden. Sie starb drei Wochen nach der Einlieferung in Ravensbrück, wo sie sich infolge schwerer Depressionen die Pulsadern aufschnitt.

Am 19. November brachte Hilde ihren Jungen zur Welt. Sie durchlitt eine schwere, qualvolle Nacht, und ohne Hanna Groß' umsichtigen Beistand wäre sie wahrscheinlich verblutet. Hanna war es, die den Arzt in letzter Minute aus seinem Phlegma riß – sie sorgte auch später dafür, daß Hilde eine hellere Zelle bekam, die groß genug war, um sie und das Kind aufzunehmen.

Sie half Hilde, wo sie nur konnte. Sie beförderte heimlich Hildes Briefe, und als man der Schwangeren die Zusatznahrung versagte, fand Hanna Wege, um sie ihr dennoch zuzustecken.

Der kleine Hans Steffen war jetzt beinahe drei Wochen alt. Hilde saß an seinem „Bett", das sie ihm am Fußende ihrer Pritsche bereitet hatte. Auf den Knien hielt sie die Briefe ihres großen Hans. Sie hatte gerade wieder darin geblättert. Der letzte Brief war vom 2. Dezember – da wußte er schon von der Geburt seines Sohnes. Der ganze Brief war Überschwang, Glück – eine Freude, die sich in Worte nicht bändigen ließ.

„Heute ist in meiner Zelle nur Licht – jedenfalls sehe ich keinen Schatten, denn soviel Glück auf einmal habe ich in den letzten

Monaten nicht erlebt. Da darf ich doch auch einmal fröhlich sein, nicht wahr?" Und weiter unten: „Ich hoffe nur, daß Du in Deinem Kampf, den Jungen recht lange bei Dir zu behalten, Erfolg hast. Das wäre für uns alle das Schönste ..."

Hilde hatte inzwischen schon die Bestätigung erhalten, daß das Kind bei ihr blieb, solange sie es nähren konnte. Jetzt erwartete sie die Antwort der Gestapo auf ihr zweites Gesuch: daß der Vater sein Kind sehen dürfe. Eine Ablehnung war bis heute nicht eingegangen – also konnte sie hoffen. Bei jedem Geräusch von draußen zuckte sie freudig zusammen. Seit Tagen war sie jede Minute darauf gefaßt, daß die Tür aufging und Hans über die Schwelle trat. Er selbst hatte ebenfalls ein Gesuch eingereicht. Seinen einzigen (mit Zagen dachte sie: letzten?) Wunsch würden sie ihm nicht abschlagen können. Das Kind rührte sich. Hilde legte die Bogen beiseite und beugte sich über das kleine atmende Wesen. Es schlief schon wieder, beide Hände zu Fäustchen geballt. Der Mund, der den Atem einholte und wieder ausstieß, stand offen und hatte die Größe eines Pfennigstückes. Das kahle Köpfchen war zart gerötet. Hilde zog ihr blauweiß kariertes Bettzeug näher heran und wickelte es fester um den kleinen Körper. Es war eine Liebkosung; die hundertfach am Tage herbeigeholte Bestätigung, daß das Kind wirklich lebte und in einem Raum mit ihr atmete, daß sie es umhegen konnte – daß ein lang ersehnter Augenblick, ein mit Ungeduld herbeigewünschtes Ereignis endlich Wirklichkeit geworden war. Auch Hans hatte während dieser Zeit seiner Haft mit seinen Gedanken nur in der Zukunft gelebt, in einer Zukunft, die plötzlich zur Gegenwart geworden war, und die die Erfüllung ihres gemeinsamen Lebens brachte: das Kind. In seinen Briefen hatte seine Freude auf das Kind immer neuen Ausdruck gefunden. Hilde griff erneut nach den Blättern. Seine Briefe zu lesen, wieder und wieder, obwohl sie sie längst auswendig wußte, das war, als hielte sie Zwiesprache mit Hans – es war wie die Vorbereitung auf den großen Augenblick, an dem er endlich selbst in ihre Zelle trat ...

„11. September. Erst gestern bin ich ausgezogen, um Schütze Steffen zu werden – es war, als sollte es ein Abschied für immer sein. Und schon heute sind wir uns wieder räumlich so nahe gerückt. Als ich erfuhr, daß Du mein Schicksal teilen wirst, dachte ich mit Schrecken an Deinen Zustand ... Die Zeit, die uns bevorsteht, ist die schlimmste, mein Hildchen, denn sie wird gekennzeichnet sein durch die Ungewißheit, was aus uns wird. Wir können sie am besten überstehen, wenn wir versuchen, unser inneres Gleichgewicht wiederherzustellen – und vielleicht, indem wir glauben, noch eine Aufgabe zu haben. Diese Aufgabe, die Dich sicher ganz in Anspruch nimmt, hast Du ja, nämlich unser Kind. Für uns beide wird jedoch der Brief bald die einzige Möglichkeit der Verständigung sein, und trotzdem wollen wir versuchen, uns so nahe zu bleiben, wie wir es immer waren. Glaubst Du, daß wir es schaffen werden? Ich glaube fest daran. Außerdem bleibt uns ja die Erinnerung an die Jahre, die wir zusammen erleben durften – auch sie wird uns über alles Schwere hinweghelfen ..."

„10. Oktober. – Du hast mir die Rechnung unseres gemeinsamen Lebens aufgestellt, und Du hast recht – wir dürfen uns nichts gegenseitig vorwerfen, und ich bin froh, daß Du das so klar siehst. Dein Gleichgewicht ist die Voraussetzung für meine Ruhe, und ich will mir auch keine Gedanken mehr darum machen, wie alles gekommen wäre, wenn ... Nach Deinem letzten Brief ist alles zwischen uns beiden ganz klar geworden, das ist mir immer wieder der größte Trost in diesen Stunden. Ich frage mich immer wieder: Womit habe ich so viel Liebe und Vertrauen verdient? Am schönsten, mein Hildchen, ist die Beschreibung Deiner Empfindungen, und es erfüllt mich fast mit Neid, wenn ich daran denke, wie wenig Anteil ich an diesem Werden habe. Grüß mir unser Kind! Wenn Du mit ihm Zwiesprache hältst, dann erzählst Du ihm doch auch von mir und davon, daß ich oft an Euch denke? Denn um Euch beide kreisen meine Gedanken – wenn ich auch sonst nichts für Euch tun kann."

„23. bis 25. Oktober. – Ich weiß jetzt auch, weshalb Du Dich vieler Einzelheiten unseres gemeinsamen Lebens besser erinnerst als ich. Du kamst durch mich in eine völlig neue Umgebung. Viele Dinge, die mir selbstverständlich waren, da sie zu meinem Leben gehörten, waren neu für Dich – und Du hattest es oft schwer, wenn Du mit mir Schritt halten wolltest. Aber an dem, was man sich kämpfend erworben hat, hängt man am meisten. Auch Du hast mir soviel Schönes und Neues gegeben, aber das ist nicht an äußere Daten gebunden, es wuchs mehr im Innern. Siehst Du, meine Hilde – vieles erkennt man erst, wenn man Zeit und Ruhe zum Nachdenken hat. Und es ist für mich das Schönste, hier über uns beide zu grübeln. Dann sitzt Du neben mir, mein Bleistift ist mein Mund – und das Papier, auf dem ich meine Gedanken niederlege, ist Dein Ohr. Ihm kann ich aber nicht alles anvertrauen, was ich Dir sagen möchte, meine liebe Frau – Du wirst es aber spüren, zwischen den Zeilen ..."

„30. Oktober. – Mutter brachte mir am Mittwoch drei Stiefmütterchen mit, zwei dunkelrote und ein gelbes. Du hast sie immer so fleißig gegossen ... Ganz große Blüten sind es, und sie duften! Ich habe eine für dich gepreßt, aber sie ist zusammengeschrumpft, die kräftigen Farben sind verblaßt, und riechen tut sie auch nicht mehr. Ich lege sie mit hinein, vielleicht bekommst Du sie. Es ist ein Teil von dem Stückchen Erde, an dem Du so sehr hängst. Der große Apfelbaum an der Kohlengrube hat auch zum erstenmal getragen. Sonst fielen die Äpfel immer ab – diesmal esse ich sie, aber sie schmecken mir gar nicht, weil ich immer daran denken muß, daß

Du keine bekommen darfst, und Du brauchst sie doch viel nötiger als ich. – Was Du in der Barnimstraße erlebst, liebe Frau, ist leider die Norm: der Massenbetrieb, der das Individuum in eine Nummer verwandelt. Und die Frau gewöhnt sich meist noch schwerer an die Drillichuniform als der Mann. Aber ich kann Dich über alle diese Dinge nicht trösten, da ich nicht helfen kann. Ich weiß aber, Du wirst das alles mit Geduld ertragen, das zeigt mir auch wieder Dein Brief. Was mich betrifft, so bin ich ganz ruhig geworden. Ich denke nur noch an Dich und an das kommende Ereignis – das macht mir das Dasein lebenswert, ja mehr, es macht mich zum glücklichen Menschen!"

„8. November. – Ich habe meinen Tisch unter das Fenster gerückt, um Dir diese Zeilen bei Tageslicht zu schreiben. Das ist in dieser Jahreszeit und bei Regenwetter nur über Mittag möglich. Der Tisch unterm Fenster erweckt die Illusion in mir, zu Hause am Schreibtisch zu sitzen und an Dich zu schreiben. Weißt Du noch – damals schriebst Du die längeren Briefe, heute tue ich es. Wir haben uns noch so viel zu sagen, auch wenn wir uns über den weiteren Weg vollkommen einig sind. Ist doch das Bewußtsein unserer Zusammengehörigkeit eine Quelle immer neuer Gedanken. Gedanken, die stets um den anderen kreisen, um das schon Erlebte und das noch zu Erwartende. Ich hätte nie geglaubt, liebe Frau, daß dieses Erwarten auch mich so ganz ausfüllen könnte. Ich habe damals, als wir unser Kind wollten, geglaubt, den Platz, den es in der Gesellschaft einnehmen soll, zu erkennen. Nun wird unser Kind Sinn und Erfüllung sein. Das ist so schön, Hilde, so beruhigend, daß ich die Umstände, unter denen es geboren wird, im Gefängnis, hinter Gittern, als Nebensächlichkeiten empfinde. Wenn wir es nur gesund in den Armen halten, dann soll es uns nicht stören, ob als Geburtsort die Barnimstraße registriert wird, ob es „in Kluft" eingekleidet wird ... Meinetwegen sollen sie Akten anlegen, in denen schon, ehe man weiß, ob es ein Junge oder ein Mädchen wird, Beanstandungen aufnotiert werden ..."

„11. November. – Deine Mutter war hier und hat von Dir erzählt und mir ein Photo mitgebracht: „Hilde Brasch auf der Treptower Spielwiese". Nun habe ich Dich immer vor Augen. Das Bild hängt direkt über meinem Tisch ... Daneben in einer „Wandvase" die beiden letzten Stiefmütterchen aus unserem Garten. Die „Wandvase" besteht aus einem Eisbecher, der Henkel aus einem Stückchen Schnürsenkel. Die Stiefmütterchen stecken in dem Unterteil des Zahnbürstenbehälters. – Leider sieht es so aus, als ob die Wochen hier auch schon gezählt sind und es so gegen Weihnachten eine Station auf unserem Wege weitergeht. Vorher hoffe ich Dich aber bestimmt zu sehen. Herr Möller erzählte heute, daß man Dich schon wieder ausquartieren wollte, da niemand fürs Bezahlen zuständig ist. Man scheint sich aber geeinigt zu haben, ‚aus Nächstenliebe', um Dir nicht das letzte Obdach zu nehmen ... Ja, Hilde, keiner möchte etwas mit uns zu tun haben, und doch läßt man uns nicht los ... Für den Goethe hab' Dank, liebe Frau. Wie sagt er von der Liebe? ‚Wenn man ihr alles versagt – sie bleibt sich immer gleich.' Nein, Hilde, ich glaube, sie wird noch größer durch die Sehnsucht. Meinst Du nicht auch? Es ist nicht leicht, sich darüber klarzuwerden, vielleicht auch nicht nötig, wenn wir nur spüren, daß unsere Gedanken für einander uns stärker machen. Stark und tapfer, liebe Frau, mußt Du in den nächsten Wochen sein, hast du doch eine Aufgabe zu erfüllen: unser Leben weiterzugeben ..."

„15. bis 19. November. – Wieder ist ein Sonntagnachmittag, den ich mir aussuche, um mit Dir zu sprechen, um Dir besonders nahe zu sein. Der Sonntag hat uns ja immer ganz allein gehört, an ihm sammelten wir die Kraft für die nächste Arbeitswoche. Hier spürt man es kaum, daß Sonntag ist. Vorhin war ich wieder eine halbe Stunde im Hof. Es ist doch schon Winter, man friert tüchtig durch, neulich versuchte es sogar zu schneien, es wurde dann aber nur naßkalter Matsch. An solchen Tagen fällt es mir immer schwerer, wieder an einen neuen Frühling zu glauben. Wir müssen es aber, Hilde, denn das Blühen und Wachsen – das ganze Leben – geht weiter, auch wenn wir beide nicht mehr dabei sind ... In unserem Kind wünsche ich mir nichts weiter als Deine Auferstehung. Bleibt es also bei Hilde oder Hans? Lange brauchen wir ja nicht mehr darüber nachzudenken. Wenn die große Stunde da ist, wirst Du sicher fühlen, wie es am besten ist. Gewinnst Du nur den Kampf um das Leben unseres Kindes – ich werde glücklich sein, gleich, welchen Namen Du ihm gibst. – Ich lese gerade „Das war das Ende" von Bruno Brehm, ein Roman über das Jahr 1918. Man fragt sich immer wieder, wie ist es möglich, alles das nach zwanzig Jahren in noch grausigerer Form wieder zu erleben? Damals wie heute ist die Gewalt der Ereignisse so groß, daß sich ihr kein Mensch entziehen kann. Das ist ein Trost für uns, mein Hildchen!"

„25. November. – Nun ist ja wieder ein Abschnitt unseres Weges, der noch vor uns liegt, zu Ende gegangen. Vor einigen Tagen wurde ich vom Staatsanwalt vernommen. Auch Deine Akten lagen auf dem Tisch, doch ging meine Hoffnung, Dich zu sehen, nicht in Erfüllung. Die Sehnsucht wird immer größer, doch dürfen wir uns nicht unterkriegen lassen. Erst am Freitag habe ich wieder gesehen, wieviel Kraft wir noch brauchen, ehe alles überstanden ist. Die einzige Hilfe gegen unnütze Grübeleien bleibt dann immer der Gedanke an Dich – oder das, was ich über Dich erfahre. Deine Mutter brachte mir neulich eine Großaufnahme von Dir. Ich sitze nun oft vor diesem Bild und sehe in Dein sonniges, fröhliches Gesicht und denke mir aus, wo und wann es wohl entstanden sein mag. Sonne, Wind und Unbeschwertheit – das alles erlebten wir kürzlich selbst in glücklichen Stunden. Jede Erinnerung daran erweckt immer ein seltsames Gefühl in mir. Es besteht zu drei Vierteln aus Freude und aus einem Rest Traurigkeit. Freude, daß ich das alles mit Dir erleben durfte, Traurigkeit, daß es nicht ewig so bleiben konnte. Es ist der absurde Wunsch aller Menschen, es möge niemals ein Ende geben. – Da knüpfen die Gedanken wieder an Deine Erklärung von der Ewigkeit: das Weiterleben in unserem Kinde ... Es gibt nichts Schöneres für mich, als an diesen Höhepunkt unseres gemeinsamen Daseins zu denken – und an Dich, meine Hilde, deshalb bin ich Dir auch ganz nahe. Allein sind wir nur, wenn niemand mehr an uns denkt. An Dich aber denken viele – schon um unseres Kindes willen. Und je mehr unser Kind zum Mittelpunkt wird, umso leichter wird es für uns beide, abzutreten ..."

„2. Dezember. – Ich weiß vor Freude nicht, wo ich zuerst beginnen soll, liebe tapfere Frau! Der Sohn ist da! Mutter brachte mir heute die Freudenbotschaft. Ehe Du diese Zeilen erhältst, werde ich Dich sicher gesehen haben und Dir ohne viel Worte erklären, wie glücklich der Vater ist. Ja, meine Hilde, in mir ist alles nur Staunen und Freude. Für Dich ist die Geburt sicher viel mehr und nicht nur reine Freude gewesen. Aber daß die Freude allein auf dieser Welt nicht bestehen kann, hast Du mir ja so schön erklärt. Bei mir in meiner Zelle ist heute nur Licht ..."

Hilde ließ die Blätter sinken. Jedesmal, wenn sie diesen Brief ihres Mannes las, zwang sie ihre Gedanken zurückzugehen – bis zu jenem düsteren Novembermorgen, an dem sie ihren kleinen Sohn zur Welt gebracht hatte. Aber es gelang ihr nicht, mehr als kurze Erinnerungsfetzen in ihr Gedächtnis zurückzuholen: der trübe, schwammige Novemberhimmel, der gerade an diesem Tag ihr Fenster dicht verhängt hatte wie ein graues Tuch; das unflätige Geschimpfe der Lazarettbeamtin, die ihrer Wut über die unvorhergesehene Mehrarbeit auf diese Weise Luft machte; der Arzt, der nicht kommen wollte; die Wehen, die ihren geschwächten Körper scheinbar auseinanderrissen. Aber das alles war, als habe sie es gar nicht selbst erlebt, als habe sie es nur erzählen hören ... Sie erinnerte sich ganz klar nur an eins: an jenen Augenblick, als sie aus der Bewußtlosigkeit, in die sie wohl gesunken war, wieder erwachte – und das kleine neue Lebewesen lag neben ihr. Das Glücksgefühl, das sie damals ergriffen hatte und das ihre Brust zu sprengen drohte, hatte auch Hans erfüllt, als er jetzt die Nachricht erhalten hatte. Wieder waren sie sich in ihren Empfindungen ganz nahe gewesen; keine Gefängnismauer vermochte sie wirklich voneinander zu trennen.

Draußen klapperten Schlüssel. Die Tür ging auf. Auf der Schwelle stand die diensttuende Beamtin. „Nummer zweihundertfünfundfünfzig mit dem Kind fertig machen", sagte sie geschäftsmäßig. „Herunterkommen zum Besuchsempfang."

Eine Sekunde lang stand Hilde erstarrt. Ihre Knie begannen zu zittern, es war, als ob die Kräfte sie verlassen wollten. Dann drehte sie sich langsam zu ihrem Jungen um. An Hanna Groß vorbei, die am Ende des Ganges stand und ihr unmerklich zunickte, schritt sie ruhig neben der Beamtin her – Hans entgegen, der endlich gekommen war ...

XIV

Dietrich Scharnke befand sich an diesem Sonntag ganz allein im Büro, das sich die Gestapo in dem Pförtnerhaus des ehemaligen Jüdischen Krankenhauses eingerichtet hatte. Eigentlich hatte er dienstfrei, wie an jedem Feiertag. Seine drei Kollegen, mit denen er das Häuschen teilte, waren weggegangen. Nur er war zum Bleiben verurteilt. Er war in der vergangenen Nacht aus gewesen und hatte ein wenig über den Durst getrunken. Nicht erheblich – gerade so viel, daß es ausreichte, um ihn die Misere, in die sein Leben zu versickern drohte, vergessen zu machen. Aber seit kurzem konnte er sich solche Exzesse nicht mehr leisten jetzt lag er schon wieder seit fast zwei Stunden auf dem ausgesessenen, verbeulten Diwan und krümmte sich vor Schmerzen, die sich, statt nachzulassen, von Minute zu Minute verschlimmerten. Es war das dritte Mal im Verlauf von wenigen Wochen, daß er solchen Anfall hatte. Der Arzt meinte, es seien die Nieren, und er müßte sich operieren lassen. Aber Scharnke gehörte zu jener Art von Menschen, die alle Ärzte für Wichtigtuer und alle Kranken für Simulanten halten. Krank zu sein war verächtlich – also war er nicht krank. Aber alle seine Anstrengungen, die Schmerzen zu ignorieren, konnten diese nicht hindern, mehr und mehr von ihm Besitz zu ergreifen. Sie zerrten an ihm, ließen nur für Augenblicke von ihm ab – wie um ihm Zeit zu lassen, von neuem Atem zu holen.

In solchen Minuten lag er völlig erschöpft auf dem Rücken, die Arme unter dem Kopf verschränkt, die Stirn voll Schweiß. Wie trostlos war sein Leben geworden! Alle seine hochfliegenden Pläne, die er nach seiner Versetzung in die Prinz-Albrecht-Straße gehegt hatte, waren zu nichts zerflossen – heute saß er hier auf abgeschobenem Posten, Herr über einen Haufen armseliger Juden; ein Amt, das wahrhaftig nicht dazu angetan war, seinen Ehrgeiz nach irgendeiner Richtung hin anzustacheln, es sei denn, die Juden ihre Ohnmacht und ihre Wehrlosigkeit immer wieder von neuem fühlen zu lassen. Aber selbst seine ausgeklügelten Methoden, die Juden durchs Lager zu jagen, langweilten ihn bis zum Überdruß. Er war übersättigt. Wie ein Vielfraß, der seinen Magen mit derber Kost überladen hat, sehnte er sich nach leichteren, delikateren Speisen. Er litt unter seiner Apathie, die ihn nie mehr verließ, und er sehnte sich – ohne jedoch genau zu wissen, wonach. Manchmal träumte er davon, energisch zu sein, geladen mit Aktivität, begeisterungsfähig, und sei es nur die Begeisterung für die Schürze einer Scheuerfrau. Aber in Wirklichkeit wurde er immer lascher und matter. Er fühlte sich mit seinen fünfunddreißig Jahren rapide alt werden, ohne jemals jung gewesen zu sein. Er empfand Ekel und Abscheu vor der ganzen Welt, nicht nur vor Juden und Untermenschen. Und das war eine Tatsache, die ihn tief verwirrte. Wirklich brachte er für den Besuch eines Sturmbannführers, der das Lager recherchierte, nicht größere Teilnahme auf als für die Schreie eines halb zu Tode geprügelten Häftlings. Sein ganzes Weltbild war in Gefahr, in die Brüche zu gehen. Und das war der Zeitpunkt, an dem er vor sich selbst erschrak. Aber er wußte nicht, wie er sich selber entgehen könnte.

Im Augenblick nahmen ihn seine Schmerzen völlig in Anspruch. Er zog die Knie fast bis ans Kinn und drehte sich ächzend auf die Seite. Dabei zog er wütend an der Klingelschnur über seiner Couch, die er mit der ausgestreckten Hand gerade noch erreichen konnte. Vor einer guten halben Stunde hatte er Ruth Ehmsen, das Hausfaktotum, ins Lager geschickt mit dem strikten Auftrag, auf irgendeine Weise einen Arzt herbeizuzitieren. Ruth war als dem einzigen Häftling der Zutritt zum Haus der Gestapo erlaubt. Sie war die jüdische Frau eines Spitzels oder, besser gesagt, eines Mannes, der so lange der Gestapo willfährig gewesen war, wie er geglaubt hatte, dadurch seine Frau vor der Verschleppung schützen zu können. Als man sie ins Lager steckte, wurden auch seine Berichte auffallend seltener und einsilbiger. Immerhin genoß seine Frau einige geringe Vorteile, zum Beispiel den, daß sie nicht direkt im Lager wohnte, sondern im Verwaltungshaus, wo sie allerdings Tag und Nacht den Herren der Gestapo zur Verfügung zu stehen hatte und ständig ihren immer wechselnden Launen ausgesetzt war.

So erschien sie auch jetzt auf Scharnkes Klingeln rasch und lautlos, stand plötzlich vor ihm wie aus dem Boden gewachsen. Aber in ihrer Stimme zitterte Angst. Sie hatte nichts erreicht. Scharnkes Hausarzt – ein SS-Kamerad – war zu einer Übung über Land, und auf einen fremden Arzt zu hoffen, war völlig absurd. In der jungen, von den Nazis herangebildeten Ärztegeneration war die strenge Auffassung von der Berufspflicht – unter allen Umständen zu helfen, wo immer es not tat – sehr im Schwinden begriffen. Jeder drückte sich, wo er konnte. Die Jüdin stellte für sich diese Tatsache fest. Laut aber sagte sie: „Es ist eine geprüfte Schwester im Lager. Wenn Herr Untersturmführer nichts dagegen haben ..."

„Herkommen!" knurrte Scharnke. Er krümmte sich, schlug die Zähne in die angezogenen Knie, um nicht laut zu brüllen. Dann lag er minutenlang starr und steif, immer in derselben Haltung, reglos, wie verkrampft, die Hände so stark geballt, daß die Knöchel spitz und weiß hervorstachen. Als er wieder zu sich kam und den Kopf drehte, stand Lotte Burkhardt vor ihm. Er sah sie hilfeflehend aus seinen farblosen Augen an.

„Spritze", lallte er. „Geben Sie mir eine Spritze, bitte ..." Lotte rührte sich nicht, sah nur unbeweglich auf ihn hinunter. Sie wußte, daß Scharnke nierenkrank war. Schadenfroh hatte man im Lager zur Kenntnis genommen, daß ihn schon mehrmals heftige Koliken heimgesucht hatten. Koliken wie diese – in denen der Mensch, der sie erdulden muß, zu sterben meint. Nie aber hatte Lotte zu hoffen gewagt, daß ihr Scharnke in solchem Zustand in die Hände fiele. Sie stand immer noch reglos. Selbst wenn sie gewollt hätte, würde sie nicht vermocht haben, sich zu rühren. Der große helle Raum, in den sie urplötzlich versetzt worden war, lähmte sie, vom ungewohnten Licht schmerzten die Augen. Seit einigen Wochen hauste sie, auf besondere Anordnung von Scharnke, mit anderen sogenannten „schweren Fällen" im Gefängniskeller, in einem Raum neben der Anatomie, in dem früher die Versuchstiere des Labors untergebracht worden waren. Ihr „Aufenthaltsraum" war eine frühere Ziegenbox, die ihr nicht einmal erlaubte, sich bis zu ihrer vollen Größe aufzurichten. Den ganzen langen Tag kauerte sie in halb sitzender Stellung – liegen war verboten – auf dem Boden. Von jener Hölle in die relativ auffallende Eleganz dieses Büros versetzt, schloß sie wie geblendet die Augen. Dabei war es ihr klar, daß die nächsten Minuten ihre volle Konzentration verlangten, wenn sie die Situation nützen wollte.

Der Kranke angelte nach ihrer Hand. „Helfen Sie mir!" flehte er noch einmal, kaum verständlich. „Helfen Sie mir doch – ich sterbe ..."

Lotte sah ein, daß sie irgend etwas unternehmen mußte, wenn auch nur zum Schein. Sie hatte nicht die Absicht, Scharnke wirklich zu helfen. Dieses eine Mal trat ihr Mitgefühl hinter persönlichen Rachegefühlen zurück. Sie wollte die Macht, die sie durch Zufall heute über ihn hatte, bis zur Neige auskosten. Sie drehte sich lässig zu Ruth Ehmsen um:

„Gibt es hier ein Heizkissen?"

Ruth nickte und trat zum Schrank, um es herauszuholen. Lotte schaltete ein. Die Wärme würde Scharnkes Schmerzen ein wenig lindern – aber sie würden immer noch groß genug sein, um ihn bis aufs Blut zu peinigen. Dieser Zustand dauerte gewöhnlich zwei bis drei Tage – und Scharnke wußte das. Er umklammerte Lottes Hand, als sie ihm das Heizkissen zurechtrücken wollte. Seine Lippen zitterten, seine Augen irrten unruhig über ihr Gesicht.

„Nicht", sagte er bloß und stieß ihre Hand ein wenig zurück. „Ich will Morphium – nicht diesen Humbug. Morphium will ich, verstanden?"

Seine Stimme hatte an Kraft etwas zugenommen, und sofort verfiel er in seinen gewohnten Gestapoton. Lotte überlegte hastig. Kein Arzt würde ihm die Morphiumspritze vorenthalten. Sie konnte seine Schmerzen also längstens bis zu dem Zeitpunkt ausdehnen, an dem es ihm gelang, einen Arzt zu bekommen. Das war spätestens morgen der Fall, wenn der Lagerarzt kam. Es war also ratsam, scheinbar dienstbeflissen auf Scharnkes Wünsche einzugehen und zu versuchen, soviel wie möglich für sich selbst dabei herauszuschlagen. Das Wichtigste war, daß sie die Mitteilung aus ihm herauspreßte, wohin er Eva verschleppt hatte. Sie beugte sich rasch zu ihm hinunter:

„Ich gehe gleich und hole das Morphium. Aber sagen Sie mir doch, wo Eva ist ..."

„Welche Eva?" fragte Scharnke verständnislos.

„Meine Tochter – die kleine Zehnjährige! Sie haben sie doch von ihrer Großmutter weggeholt. Sie haben sie verhaftet. Sie haben mir erzählt, daß Sie sie irgendwohin gebracht haben ..."

Scharnke schüttelte den Kopf: „Ich kenne deine Eva nicht", sagte er. „Ich weiß überhaupt nicht, was du eigentlich willst ..." Er stöhnte, seine Augen traten aus ihren Höhlen. Auf seiner Stirn sammelte sich blanker Schweiß. „Geh, Morphium holen!" befahl er wieder, eigensinnig wie ein Kind vor dem Einschlafen.

Lotte fiel plötzlich neben ihm auf die Knie. „Darf ich mein Kind einmal sehen, Herr Untersturmführer? Bitte, nur ein einziges Mal! Darf es mich besuchen?"

„Meinetwegen!" sagte Scharnke gleichgültig. Er war tatsächlich zu allem bereit. Er versprach sogar, das Kind durch die Polizei holen zu lassen, weil Lotte befürchtete, daß die alte Frau Burkhardt es sonst nicht weglassen würde.

Er versprach alles – aber er jammerte unentwegt nach der Morphiumspritze.

Noch einmal wurde Lotte in Versuchung geführt, als sie wenige Minuten später vor dem wohlgefüllten Medikamentenschrank stand. Sauber sortiert stand hier alles vor ihr: von der harmlosen Tablette bis zum rasch wirkenden Gift. Sie brauchte bloß die Hand auszustrecken – und sie war ihren Peiniger für immer los. Aber sie war klug genug, um das Törichte einer solchen Handlungsweise einzusehen. Scharnke zu vernichten, würde ihr vielleicht gelingen. Aber der Geist der Zerstörung, der in ihm war, lebte in Hunderten anderer Scharnkes fort, die niemals aufhörten, unschuldige Menschen zu quälen. Und am Ende machte sie sich mit einer solchen Tat nur selber unglücklich.

Scharnke hielt übrigens Wort, was Eva betraf. An einem Mittwoch schickte er den Wachtmeister weg, sie zu holen. An diesem Mittwoch war er wieder allein im Büro, seine Mitarbeiter waren auswärts beschäftigt. Um die Stunde, als das Kind zu ihm kommen sollte, stand er am Fenster und blickte über den öden Lagerhof hinweg auf das Eingangstor. Es wurde schon dämmrig, obwohl es noch früh am Nachmittag war. Die spärlichen Bäume auf dem Hof standen schon entlaubt. Die Pflastersteine glänzten im Regen. Es regnete nicht stark – es war nur ein feiner, dünner Nieselregen, den man nicht sah, den man aber überall, selbst hier im Zimmer, zu spüren meinte. Er durchdrang die Haut und machte frösteln. Grau in Grau hing der Himmel dicht über den Dächern.

Scharnke, der in seinen Stimmungen sonst wie ein altes Weib vom Wetter abhing, fühlte heute trotz des unfreundlichen, naßkalten Novembertages keinen Mißmut in sich aufkommen. Im Gegenteil war er von einer fast heiteren Erwartung erfüllt, über deren Ursprung er sich keine Rechenschaft ablegte. Er freute sich, daß er allein im Büro war, und seltsamerweise fühlte er ein angenehmes Prickeln bei dem Gedanken daran, daß das Kind der Jüdin jeden Augenblick bei ihm eintreten würde.

Wirklich erschien Eva Burkhardt auf die Minute pünktlich am Tor. Scharnke sah sie auf sich zukommen: ein lang aufgeschossenes, schmalgliedriges Kind mit hohen, schlaksigen Beinen. Das rötlichschwarze Haar hing ihr in Locken über beide Schultern herab und umrahmte das blasse Gesicht, aus dem zwei große, altkluge Augen blickten. Über der geraden Nase stand wie ein Strich eine steile Falte.

Scharnke gab dem Polizisten, der das Kind hereingeführt hatte, einen Wink, und der entfernte sich nach einem strammen „Heil Hitler!" Eva blieb unschlüssig an der Tür zurück. Scharnke saß am Schreibtisch, scheinbar in seine Papiere vertieft. In Wirklichkeit waren alle seine Sinne gespannt auf das Kind gerichtet. Von Zeit zu Zeit sah er es verstohlen von der Seite an. Eva hatte den Kopf wie aus Langeweile gegen den Pfosten gelehnt und stand abwartend da, keine Spur von Angst in der Haltung. Die Furchtlosigkeit, die sie zur Schau trug, frappierte ihn, obwohl er fest davon überzeugt war, daß sie nur Theater spielte.

Bisher hatte noch jeder vor ihm Angst gehabt; vor seiner Uniform, vor seinem Dienstgrad, allein vor dem Gebäude, in dem er amtierte. Sicher zitterte auch diese Kleine vor Angst; sie war nur geschickt genug, es zu verbergen. Um so mehr reizte es ihn, ihre wahren Gefühle kennenzulernen. Er drehte sich plötzlich auf seinem Stuhl herum.

„Weißt du eigentlich, weshalb du hier bist?" fragte er. Das Kind schüttelte stumm den Kopf

„Na, du mußt dir doch irgend etwas dabei gedacht haben. Das hier ist ein KZ, wie du siehst. Mit Stacheldraht und vielen Posten davor. Wenn ich Lust habe, sage ich ein einziges Wort, und du kommst nie mehr hier heraus. Na?" Er stand auf und trat auf sie zu, sah auf sie hinunter mit dem angespannten Blick eines Chirurgen, der sein Opfer unter dem Messer hat und der noch darüber nachdenkt, auf welche Weise er den Schnitt am besten ansetzt.

Eva schüttelte den Kopf „Sie werden mich nicht einsperren", sagte sie sehr bestimmt. „Dies hier ist ein Judenlager. Und ich bin keine Jüdin."

„Sieh mal einer an!" höhnte Scharnke. „Aber du hast doch eine jüdische Mutter, nicht wahr? Sie ist hier – ein niederträchtiges, drekkiges Frauenzimmer. Sie will dich sehen. Na, was sagst du dazu? Willst du immer noch behaupten, daß du keine Jüd'sche bist?"

Er registrierte mit Befriedigung, daß das Kind zu zittern anfing. Eva preßte die Lippen hart aufeinander, als fürchtete sie, ein unbedachtes Wort auszusprechen. Sie war sehr blaß. Die Falte über ihrer Nase vertiefte sich und gab ihrem Gesicht etwas Mürrisches, Abweisendes, Verschlossenes. Aber wieder hatte Scharnke den Eindruck, daß das Kind, so klein es war, eine Maske aufsetzte. Das wahre Gesicht lag darunter noch für ihn verborgen.

„Du gehst doch gern zu deiner Mutter?" forschte er, in dem Bestreben, tiefer in ihre Gedankenwelt einzudringen. Eva zuckte die Achseln. „Wenn ich soll ...", sagte sie unbestimmt.

„Vom Sollen ist keine Rede, mein Kind", erwiderte Scharnke ungewöhnlich geduldig. „Es kommt darauf an, wohin du gehörst.

Willst du zu deiner Mutter – gut, ich will dich nicht hindern. Dann kannst du gleich für immer hierbleiben. Etwas anderes ist es ..."
Eva unterbrach ihn. „Ich gehe nicht zu ihr!" rief sie heftig. „Großmutter hat es mir sowieso verboten. Ich habe nichts mit ihr zu schaffen. Ich hasse die Juden!"

Scharnke nickte bloß, er hätte in diesem Augenblick nicht sprechen können. Eine seltsame Spannung erfüllte ihn und drückte ihm die Kehle zu. Er war in fiebriger Erwartung wie im Theater, in der letzten aufregenden Minute vor Beginn der Vorstellung, ehe der Vorhang hochgeht. Als er endlich sprach, klang seine Stimme brüchig und heiser, so wenig hatte er sie in der Gewalt „Dein Vater ist Nichtjude?"

Eva nickte.

Scharnke drehte sich auf dem Absatz um, ging ein paarmal auf und ab, blieb plötzlich wieder vor Eva stehen. „Wann ist der Führer geboren?" fragte er jäh.

Das Kind sah ihn hilflos an, ohne zu antworten. Scharnkes Augen flammten: „Wo wohnt der Führer – weißt du wenigstens das?"

„In der Reichskanzlei", sagte Eva rasch. Sie sah zu Scharnke auf, froh und erleichtert, weil sie hatte antworten können – eine Ohrfeige klatschte ihr gleich darauf mitten ins Gesicht

„Falsch!" sagte Scharnke. „Der Führer wohnt im Herzen seiner Arbeiter! Das solltest du eigentlich wissen, Judenbalg!". Er ging ins Nebenzimmer, kam mit einer dünnen Gerte zurück, die er spielerisch zwischen beiden Händen bog. Er ließ sich aufs Sofa fallen. „Komm mal her!" befahl er. Er wartete, bis Eva zögernd, am ganzen Leibe zitternd, näher kam. Als sie dicht vor ihm stand, versetzte er ihr mit der Gerte einen kräftigen Hieb.

„Bist du ein dreckiger Judenbastard?" Er sah sie lauernd an.

Eva fing an zu weinen, lautlos, ohne sich zu regen. Die Tränen tropften über ihr starres Gesicht, in dem sich kein Muskel regte.

Erst bei dem zweiten Hieb schrie sie auf, Scharnke schlug immer weiter. Er war wieder aufgestanden und stand groß vor dem Kind, drohend, furchtgebietend. „Bist du ein Judenbalg?" wiederholte er. „Gibst du endlich zu, daß du ein Judenschwein bist?"

„Ja", sagte das Kind und sank in die Knie.

Scharnke hielt aufatmend inne. Seine Züge erschlafften, er sah plötzlich alt und verwüstet aus. Er riß Eva vom Boden hoch und zog sie dicht zu sich heran, zwang sie, zu ihm aufzusehen. „Du kommst jetzt zweimal die Woche her", bestimmte er, „und ich unterrichte dich in nationalsozialistischer Weltanschauung. Ich nehme mir vor, einen anständigen Menschen aus dir zu machen – verstanden? Wir können gleich anfangen. Sprich nach: Die Juden sind unser Unglück!"

„Die Juden sind unser Unglück", sagte Eva gehorsam.

„Lauter! Ich will was hören. Meine Mutter ist eine dreckige Jüdin."

„Meine Mutter – –" Sie stockte. Doch angesichts der drohend geschwungenen Gerte setzte sie rasch hinzu: „ ... ist eine dreckige Jüdin."

„Man soll sie aufhängen."

„Man soll sie aufhängen."

„Meine Liebe gehört dem Führer."

„Meine Liebe gehört ..."

So ging es über eine Stunde lang: Satz für Satz, Wort für Wort, die Scharnke mit einer Genauigkeit aneinanderreihte, als handle es sich um mathematische Formeln. Bei jeder Stockung im Nachsprechen sauste der Stock auf Evas Rücken hinunter, und die Sätze folgten einander so rasch, daß sich das Kind nicht mehr unter dem zu erduldenden Schlag, sondern schon aus Angst vor dem folgenden duckte. Endlich ließ Scharnke die Gerte sinken. Er fiel aufs Sofa und lehnte sich ins Polster zurück, Arme und Beine weit von sich streckend. „Auf Sonntag denn", sagte er erschöpft. „Dann wiederholen wir das heute Gelernte."

Vollkommen glücklich blieb er sitzen, als Eva an ihm vorbei zum Ausgang schlich. Fast sah es aus, als sei sie schon sein Geschöpf: scheu, gehorsam, untertänig. Aber da war noch ihr Gesicht, das ihn tief erregte. Dieses Gesicht war die Jüdin Lotte, und es war zu einem Teil Eva Burkhardt selbst. Aber es sollte eines Tages etwas ganz anderes sein. Zug um Zug sollte es seinem eigenen gleichen. Es dahin zu bringen, war seine Aufgabe. Eine nicht alltägliche Aufgabe, ihm angemessen. Er würde das kleine Kindergesicht kneten und formen, um es mehr und mehr dem seinen ähnlich zu machen. Vielleicht würde er es sogar zertreten müssen ...

XV

Ein fallendes Blatt, leis vom Wind getragen, zeigt uns
nur an, daß die Stunde geschlagen,
wo das Erfüllte sanft von uns scheidet.
Das Unerfüllte bleibt noch – und leidet.

Hans lehnte an der Wand, neben dem einzigen Besucherstuhl. Zu seiner Linken war die Tür, durch die er hereingekommen war; sie wurde außen von zwei Posten bewacht. Vor der zweiten Tür am anderen Ende des Raumes stand die Gefängnisbeamtin. Das Zimmer wurde von einem Tisch, der sich von einer Wand bis zur anderen zog, in zwei Hälften geteilt. Jede Hälfte war von einem großen Fenster erhellt, das außen vergittert war. Vor dem Gitter hingen aus Kästen die Überreste einstiger Blumen herab. Die dürren Stengel trugen weiße Tupfer, die vom ersten Schnee noch hängengeblieben waren. Schnee nistete auch noch in den Ecken der Fenster. Der Raum war ungeheizt. Hans fror, aber er wußte nicht, ob es wirklich vor Kälte war. Dieses Gefühl des Frierens kannte er schon aus seiner Kinderzeit, wenn er zu Weihnachten ungeduldig auf das Zeichen zur Bescherung gewartet hatte. Später spürte er es wieder, als er sich zum erstenmal mit Hilde traf. Auch, als er ihre Antwort auf seinen „Heiratsantrag" erwartete, für die sie sich zwei Tage Bedenkzeit erbeten hatte. Sie hatte sich so schwer entschließen können zu diesem Ja für ihre gemeinsame Zukunft. Aber dann war sie doch gekommen ...

Plötzlich sieht er sie wieder vor sich, wie sie an jenem Tag gekommen ist. Es ist ein Sonntag im Mai, und er steht am Fenster. Er hat seiner Mutter, die hinter ihm in der Küche hantiert, die Gießkanne aus der Hand genommen und begießt die Blumen. Aber das Wasser rinnt aufs Fensterbrett, und er bemerkt es gar nicht. Er hat soeben Hilde entdeckt. Gerade ist sie von der Straße durch die Pforte gekommen und betritt das Gelände der Kolonie. Er erkennt sie schon von weitem: an ihrem hellblauen Kleid, das er so sehr an ihr liebt, an ihrem Gang, an der Art, wie sie den Kopf in den Nakken legt. Er verfolgt sie mit seinem Blick von Garten zu Garten – manchmal verliert er sie, wenn ein blühender Baum sie verdeckt, aber sie taucht wieder auf, Meter um Meter kommt sie näher, und sie kommt zu ihm ... In diesem Augenblick weiß er plötzlich, daß das alles der Anfang ist, und dies alles gehört dazu: der zarte Frühlingshimmel mit den leicht vor dem Wind segelnden Wolken, das helle Grün ringsum, der Flieder – und Hilde, die vor der Pforte steht. Die darauf wartet, daß er ihr öffnet, und daß er mit ihr ins Haus zurückgeht. Es ist der Anfang von seinem Leben und von ihrem Leben, das spürt er in diesem Augenblick – und von jetzt an wird alles, was geschieht, immer für beide gemeinsam sein ...

Hans schüttelte die Erinnerung ab. Gleich den meisten Gefangenen, die in Einzelhaft saßen, hatte er sich angewöhnt, mit seinen Gedanken in der Vergangenheit unterzutauchen. Ihn aber verlangte jetzt die Gegenwart. Er sah, daß drüben die Tür aufging. Hilde kam herein, ein Bündel im Arm. Hans konnte gerade noch sehen, wie sie mit ihrem raschen, leichten Schritt an den Tisch herantrat, dann verschwamm ihre Gestalt. Er schloß die Augen und stemmte sich fest gegen die Mauer. Die Erschütterung des Wiedersehens war zu groß für ihn. Es war ein Bestandteil der niederträchtigen Gestapomethode, den Häftlingen jede Vorfreude zu nehmen und sie unvorbereitet den heftigsten Gemütsbewegungen auszusetzen. Noch gestern hatte Hans nicht gewußt, ob er wirklich seinen Sohn würde sehen dürfen. Heute hatten sie ihn ganz überraschend in die

„Grüne Minna", gesteckt. Aber er wußte noch immer nicht, wohin es ging. Erst beim Aussteigen hatte er angesichts einiger weiblicher Häftlinge, die auf dem Hof arbeiteten, die Wahrheit erraten. Er war in der Barnimstraße, bei Frau und Kind. Bei Frau und Kind, wiederholte er für sich, als er zwischen den Posten die Stufen hinabstieg. Frau und Kind – das war, als spränge man zu Hause die Treppen hinauf, das klang nach Gemütlichkeit und nach froher Erwartung und vor allem nach Sich-niemals-mehr-trennen-Müssen. Als er in den Besuchsraum getreten war, hatte ihn sekundenlang, so wie jetzt, Schwindel erfaßt. Sein Leben, das er an jenem frühlingshaften Sonntagmorgen begonnen hatte, näherte sich mit atemberaubender Eile seinem Höhepunkt – und jetzt, da es darauf ankam, diesen Höhepunkt mit allen Sinnen auszukosten, fühlte er seine Kräfte schwinden.

Hildes Stimme riß ihn ins Bewußtsein zurück Sie sagte etwas – aber er konnte sie nicht verstehen, weil es immer noch in seinen Ohren rauschte. Doch der vertraute Klang ihrer Stimme, den er so lange hatte entbehren müssen, kräftigte ihn wie Medizin. Als träte er vom Meer mit seiner donnernden Brandung zurück in einen schützenden Wald, so wurde es auf einmal ganz still um ihn. Sein Kopf war wieder klar, der Atem ging leicht, ruhig und gleichmäßig schlug sein Herz.

„Ich glaube, du willst ihn gar nicht sehen", scherzte Hilde.

Hans trat endlich näher. Hilde hatte das Bündel behutsam auf den Tisch gelegt und die Decke, die sie um das Kind gewickelt hatte, ein wenig gelockert. Hans beugte sich zu ihm hinunter und starrte es an. Aber es war eigentlich nicht sein Sohn, den er vor sich sah, sondern ein Teil von Hilde, der ihm ganz nahe war. Fast schien es ihm jetzt belanglos, daß Hilde in Wirklichkeit so fern von ihm stand – unerreichbar weit jenseits des Tisches, der sich wie eine trennende Schranke zwischen sie schob. Das Kind bildete eine lebendige Brücke von ihm zu ihr, es war ein Gefäß, das sie beide in sich vereinte. Ein Gefühl fast heiteren Glücks durchrieselte ihn. Von jetzt an gehörten sie noch enger zusammen, keine Macht von außen konnte sie jemals auseinanderreißen. Der Keim, den sie beide in ihr Kind gesenkt hatten, würde wachsen und sich entwickeln, eines Tages würde er deutlich ihre Züge tragen. Hans beugte sich noch tiefer hinunter und hauchte einen Kuß auf die kleine geballte Hand.

„Du darfst ihn ruhig anfassen", sagte Hilde.

Hans hob impulsiv beide Arme, ließ sie jedoch sofort wieder sinken. Er versuchte, sie unter seinen Mantel zu stecken. Aber Hilde hatte bereits gesehen, was er verbergen wollte. Sie stützte ihre Hände schwer auf den Tisch, die Schatten um ihre Augen schienen tiefer zu werden. „Sie haben dich gefesselt?" fragte sie tonlos. Hans lächelte ihr beruhigend zu. „Hat nichts zu bedeuten", sagte er scheinbar sorglos. „Sie machen es mit jedem so, der das Haus verläßt." Er mied ihren Blick. In Wirklichkeit trug er die Fesseln, weil er seit gestern zum Tode verurteilt war. Er hatte Termin gehabt. Nach nur halbstündiger Verhandlung hatten sie das Urteil gesprochen – ein Urteil, wie er es nicht anders erwartet hatte. Auch Hilde war sich über ihr Schicksal immer klar gewesen. Trotzdem hatte er sich vorgenommen, ihr nichts zu sagen. Das Schwere erfuhr sie noch früh genug – aber diese kurzen Minuten sollte kein Schatten trüben. Hilde schien übrigens arglos. Nach dem ersten Erschrecken gewann sie rasch ihre frühere Ruhe zurück. Sie beugte sich über das Kind, wickelte die Decke fester um die kleine Gestalt. „Er nimmt schon zu", berichtete sie stolz. „Genau nach Vorschrift. Und er ist so artig ..."

Hans sah sie immer nur an. Er hatte gefürchtet, Hilde blaß und elend zu sehen, mitgenommen von der schweren Zeit, die hinter ihr lag. Statt dessen erschien sie ihm jünger als je, schlank und frisch und mädchenhaft und von einer ganz neuen Würde, die er noch nicht an ihr kannte. In diesem Augenblick wünschte er nichts so sehnlich, als sie in seine Arme zu schließen. Das Verlangen wuchs, je länger er sie ansah. Endlich wandte er den Blick von ihr ab.

„Ich danke dir für alles, Hilde", murmelte er.

Sie schwieg einen Augenblick. Dann sagte sie: „Ich bin genauso glücklich wie jede andere Mutter, Hans." Sprach sie wirklich die Wahrheit? Er hob überrascht den Kopf, sah sie wieder an. Seine Augen forschten in ihrem Gesicht, gruben wie zwei sanfte, behutsame Hände Linie für Linie nach – als könnten sie auf diese Weise Spuren entdecken, die Leid und Trauer in ihren Zügen hinterlassen hatten. Aber Hildes Gesicht strahlte nur Freude aus. Die Freude leuchtete aus ihrem Innern wie ein starkes Licht, das seinen Schimmer durch die Fenster eines Hauses wirft und alles ringsum erhellt. Und Hans war es, als ginge er Schritt für Schritt auf diesen Lichtkreis zu. Alles Schwere und Beklemmende fiel von ihm ab. Jetzt war er nur noch mit Erwartung gefüllt – als käme Hilde ein zweites Mal auf ihn zu, und von ihrem Ja oder Nein hinge es ab, wie sich sein Schicksal gestalten würde. Und wie um ihr ihre Entscheidung noch schwerer zu machen, sagte er jetzt: „Das Schwerste liegt noch vor uns, Hilde."

„Ich weiß", sagte sie einfach. „Aber alles war richtig so, was wir getan haben. Weil es notwendig war."

Die Beamtin, die an der Tür gestanden hatte, drehte sich um. „Noch fünf Minuten", sagte sie grämlich. „Und politische Gespräche sind nicht erlaubt." Hilde holte tief Atem. Sie fing an, plötzlich hastig und überstürzt von dem Kind zu erzählen, lauter kleine Einzelheiten, die sie sich in der Einsamkeit ihrer Zelle für ihn aufnotiert hatte. Es war, als fürchte sie sich davor, daß eine Pause entstehen könnte. Aber Hans spürte hinter ihren Worten noch etwas anderes: den Wunsch, ihn mit solchen Erzählungen noch enger an sich zu ketten, ihm und sich selbst zu beweisen, daß sein Schicksal unlösbar mit dem ihren verbunden war. Es kam ihm so vor, als wüßte sie bereits, daß sie sich heute und in diesem Augenblick zum letztenmal sahen, als kämpfe sie aber noch mit aller Kraft gegen diese Tatsache an.

Sie verstummte erst, als die Beamtin von neuem neben sie trat: „Die Sprechzeit ist um. Ich muß Sie wieder hinaufführen."

Hans beugte sich ein letztes Mal über sein Kind. Als er sich wieder aufrichtete, wurde er sich schmerzlich bewußt, daß seine Hände gefesselt waren. Jetzt hätte er seinen Jungen aufheben und ihn Hilde behutsam in die Arme legen können. Eine unvergeßliche Sekunde lang hätten sich ihre Hände berühren dürfen. Statt dessen sah er nur, wie sich ihre Hände bewegten: sie strichen die Decke glatt, sie umschlossen das Bündel, sie bewegten sich langsam von ihm fort ... Alles, was er ihr hatte sagen wollen, drängte sich in dieser Sekunde in ihm zusammen. Ihm war, als hätten sie noch kein Wort miteinander gewechselt. Doch die Beamtin drängte. Hilde stand da, ihren Sohn im Arm. Sie nickte ihm zu – wie am Fenster eines Zuges stand sie da, der sie jede Sekunde in die Ferne entführen konnte. Und er blieb zurück ... In diesem Augenblick sagte Hilde, und es war wie ein letztes Wort vor dem Abfahrtsignal: „Ich wünsche mir nur eins, Hans: daß wir auch den letzten Teil des Weges zusammen gehen."

Er nickte ihr zu – und nun fährt sie ab. Ihm ist es, als liefe er noch ein Stückchen neben ihr her, und er sieht ihr Gesicht, ihr liebes, stilles, wie verklärtes Gesicht – und dann läßt er sie los.

Ihr Blick, scheint es ihm, ist schon ganz auf die Zukunft gerichtet, und so soll es sein, das hat er gewollt. Er weiß, für Hilde läuft ein Gnadengesuch, sie soll am Leben bleiben, bei ihrem Kind. Für ihn aber fährt ein Zug in anderer Richtung ...

Ruhig und gestärkt kehrte er in seine Zelle zurück. Am nächsten Tag schrieb er an seine Mutter:

„9. Dezember. Nun habe ich gestern unseren Jungen gesehen und angestaunt. Es war gut, daß ich ihn geküßt habe und daß mein Mund ihn berührt hat – sonst glaubte ich heute, es war nur ein schöner Traum. Ganz bin ich noch gar nicht wieder hier, in meiner Zelle, und vieles, was ich gestern sah, kommt mir erst jetzt wieder zum Bewußtsein. Denn ich habe nicht nur das neue kleine Menschlein gesehen, sondern auch seine Mutter. Ja, Mama – Hilde von einer ganz neuen Seite. Ein Teil von all dem Glück, der Liebe und der Sorge um unseren Sohn, die ich bei ihr wahrnahm, habe ich nun mitgenommen – genug, um mich für lange Zeit froh zu machen. Es gibt wohl nichts, Mutter, was Hilde und mich noch enger miteinander verbinden könnte als dieses neue Leben. Haben wir da nicht allen Grund, das Glück, das uns die Gegenwart beschert, auszukosten ...?"

Frieda Steffen erhielt diesen Brief zwei Wochen später in der Prinz-Albrecht-Straße ausgehändigt. Es war ein Tag vor Heiligabend; sie war hergekommen, um Hans zum Fest ein paar gute Dinge zu bringen. Entgegen der sonstigen Gepflogenheit fertigte Möller sie diesmal selber ab. Er war in bester Laune und schien gewillt, den Koffer in Bausch und Bogen passieren zu lassen. Erst Frieda Steffens erstaunter Blick bewog ihn dazu, sich die Lebensmittel einzeln zur Kontrolle vorführen zu lassen. In seinen Sessel zurückgelehnt, in der Linken eine erbeutete Havanna, bezeichnete er mit der Rechten alle Leckerbissen, die er Frieda gestattete, wieder in den Koffer zurückzupacken. Es war fast alles. Nur etwas trockenen Pfefferkuchen und ein Stück Kriegsseife wies er zurück, gerade das Minderwertigste. Erstaunt über seine ungewohnte Großmut, beschloß Frieda, noch einen Schritt weiter zu gehen.

„Darf ich ihm nicht die Geschenke selber bringen, Herr Kommissar?"
Möller stierte einen Augenblick verdutzt, lachte dann breit. „Ausgeschlossen, liebe Frau – ganz ausgeschlossen!"

„Aber wo doch Weihnachten is', Herr Kommissar – und ich habe ihn so lange nicht gesehen. Und wer weiß ..." Sie schluckte. Wer weiß, wie lange sie ihn überhaupt noch sehen konnte, hatte sie gedacht. Aber jetzt würgte es ihr wieder die Kehle zu. Sie straffte sich, nur denen kein Schauspiel geben. Was Hans' Schicksal betraf, tappte sie leider völlig im Ungewissen. In den spärlichen Briefen, die Hans an sie schreiben durfte, ging er nie auf dieses Thema ein, immer trug er heiteren Optimismus zur Schau, den sie ihm natürlich nicht glaubte. Und auch dieser Möller verriet ihr nichts. Sie konnte nicht einmal erfahren, ob der Termin nahe bevorstand.

„Warten Sie es doch ab!" sagte er schließlich ungehalten, als sie immer weiter mit Fragen in ihn drang. „Vorläufig ist er gut aufgehoben, das kann Ihnen doch genügen ..." Sie stand endlich auf, aber sie zögerte noch. Es kostete sie jedesmal Überwindung, mit diesem kaltschnäuzigen Kommissar überhaupt zu verhandeln. Aber es mußte sein, er war die einzige Verbindung zu Hans. Und vielleicht gab es in diesem Möller doch noch eine versteckte menschliche Seite, die sie anrühren konnte.

„Grüßen Sie meinen Jungen", sagte sie einfach. „Er soll es sich gut schmecken lassen. Ich habe mir alles vom Munde abgespart."

„Hätten Sie's man selber gefressen", sagte Möller brüsk und drehte ihr seinen breiten Rücken zu. „Der verdient das gar nicht ..."

Als Frieda ging, patrouillierte auf dem breiten Flur SS auf und ab. Im Fünfmeterabstand voneinander standen Männer und Frauen, das Gesicht zur Wand – Häftlinge, die zur Vernehmung vorgeführt wurden. Friedas Blick glitt die Reihe entlang, nein, ihre Kinder waren nicht darunter. Die breite teppichbelegte Treppe. Auf jeder Stufe verharrte sie, als ob sie ihren Aufenthalt in diesem

Hause noch hinauszögern wollte. Irgendwo da unten war ihr Junge. Sie fühlte sich ihm so nahe, solange sie unter einem Dach mit ihm war. Woran er wohl in diesem Augenblick denken mochte? An seine Frau? An sein Kind? Sie mußte lächeln, denn sie malte sich aus, daß er gerade in dieser Minute an ihre berühmten Pfannkuchen dachte, die sie ihm jedes Jahr zu Weihnachten gebacken hatte. Nun würde er auch morgen welche bekommen, als Gruß von ihr ... Ein klein wenig getröstet stieg sie die Treppe hinab. Essen hielt nun einmal, wie man zu sagen pflegt, Leib und Seele zusammen, und besonders Hans war für einen guten Bissen empfänglich. Der half ihm vielleicht über dieses schwere Weihnachten hinweg. Nur schade, daß sie Hilde nichts schicken konnte. Aber die Gefängnisverwaltung Barnimstraße wies jede Extrazuwendung strikt zurück.

Sie beeilte sich, nach Hause zu kommen, in einer halben Stunde mußte sie die Nachrichten abhören. Nach und nach hatte sie diesen Teil von Hildes Arbeit, die Benachrichtigung der Angehörigen von Gefangenen, stillschweigend fortgeführt. Sie war nicht zur Passivität geschaffen – noch wagte sie es aber nicht, die Verbindung mit den Genossen wiederaufzunehmen. Dies war indes eine Tätigkeit, die sie auch isoliert von den anderen ausüben konnte. Und ohne es sich einzugestehen, hoffte sie, daß das Schicksal auch mit ihr gnädig verfahren werde, wenn sie anderen Müttern zu ihrem Glück verhalf

Es waren noch zehn Minuten bis zum Beginn der Sendung. Frieda setzte sich neben das Radio in die Ofenecke. Vor ihr standen auf dem kleinen Tisch die Bilder von Hilde und Hans. Hilde im Sommerkleid, mit gelöstem Haar, das im Winde flatterte, die Sonne malte Licht und Schatten auf ihr Gesicht – und Hans in Knickerbockern, im Pullover mit dem hochgeschlagenen Rollkragen, das Gesicht unter dem hellen Haarschopf tief gebräunt ... Unzählige Male sind sie so zusammen auf Fahrt gegangen, auf ihre gefährlichen Fahrten im Boot, neben sich den Koffer mit dem Sendegerät ...

Frieda Steffen strich sich über die Stirn, als könnte sie so die Gedanken verscheuchen. Sie will nicht grübeln. Sie greift nach ihrer Handtasche und nestelt die Briefe hervor, die letzten Briefe ihrer Kinder, die sie immer bei sich trägt. Sie legt die Briefe vor sich hin auf den Tisch, glättet sorgfältig die zerknitterten Bogen und beginnt zu lesen – obwohl sie jedes Wort auswendig weiß. Eben auf der Fahrt hierher hat sie sich die Zeilen von Hans fest eingeprägt – und da er glücklich scheint, ist sie es auch; da er trübe Gedanken nicht aufkommen läßt, zwingt sie sich, es ihm gleichzutun. Und wirklich gelingt es ihr. Diese kurze Zeit zwischen Abendbrot und den Auslandsnachrichten ist ihre Feierstunde, in der sie mit ihren Kindern spricht; es ist beinahe, als seien ihre Kinder bei ihr zu Besuch. Sie greift noch einmal nach dem Brief von Hilde, den sie vor zwei Tagen erhalten hat. Hilde schrieb:

„... Von Hans kann ich Dir leider gar nichts mitteilen. Seit er hier war und unseren Sohn gesehen hat, habe ich überhaupt nichts von ihm gehört. Du wirst Dir denken können, daß ich keine schönen Tage hinter mir habe. Ein Glück, daß mein kleines Hänschen noch bei mir ist – solange ich ihn nähren kann, behalte ich ihn. In seinem Interesse muß ich mich sehr zusammennehmen. Aber wie lange wird es dauern, dann habe ich ihn auch nicht mehr ... Aber zunächst freuen wir uns mal alle sehr über unseren Sohn, nicht wahr, Mama? Und ich glaube, so wie er mir über schwere Stunden hinweghilft, wird er auch Dir und meiner Mutter den Gedanken an die Zukunft erleichtern. Und darum sollt Ihr auch froh sein – und wenn Ihr Weihnachten feiert, so feiert für den Kleinen mit, macht Euch gute Feiertage. Das Leben gehört Euch draußen, und ich bitte Euch, macht es Euch nicht schwer in Gedanken an uns. – Wir müssen mit unserem Los fertig werden, so oder so. Unser Trost ist dabei unser kleiner Hans – ich weiß, daß mein großer Hans genauso denkt ..."

Frieda ließ den Brief sinken. Aus dem Radio klang das wohlbekannte Pausenzeichen. Gleich darauf ertönte die Stimme des Ansagers. Frieda Steffen zückte ihren Bleistift, alles in ihr war gespannte Aufmerksamkeit. Der Vortragende sprach vom Frieden auf Erden, vom Weihnachtsfest, das wieder einmal gekommen war. Aber statt Frieden zu halten, zerfleischten sich die Menschen in tödlichem Haß. „In Hitlerdeutschland", fuhr er fort, „hat Freister seinem obersten Herrn ein paar blutige Köpfe auf den Gabentisch gelegt. Wieder wurden in den Morgenstunden des heutigen Tages mehrere mutige Männer, unerschrockene Kämpfer für Frieden und Freiheit, in Plötzensee hingerichtet. Ihre Namen sind ..." Frieda rückte noch näher an den Apparat heran. „... Kurt Schäfer, Hans-Joachim Dittwald, Hans Steffen ..."

Die alte Frau sitzt da, schreckerstarrt, bleich bis in die Lippen, wie vom Schlag getroffen. Eine Weile trifft noch die gedämpfte Stimme des Sprechers ihr Ohr, ohne daß es ihr gelingt, einen Sinn zu erfassen – dann wird die Stimme leiser und leiser ... Sie hat gerade noch die Kraft, den Arm auszustrecken, gewohnheitsmäßig den Schaltknopf herumzudrehen – dann sinkt ihr Kopf zur Seite, ihre Lider schließen sich. Eine gütige Ohnmacht hält ihre Sinne umfangen, zieht für Minuten einen Schleier vor die Wirklichkeit ...

XVI

„31. Januar. Meine liebe Mama! Auf Deinen letzten Brief wollte ich Dir schon längst antworten, aber es fiel und fällt mir auch heute noch sehr schwer – brachte er mir doch nun auch von Dir die Gewißheit, die ich ahnte, die ich ahnen mußte, da ich ja seit dem 9. Dezember kein Lebenszeichen mehr von Hans erhalten habe. Inzwischen hat man mir die schlimme Nachricht auch auf andere Weise beigebracht: Bei der Verhandlung gegen mich rief man mich als „Witwe Steffen" auf – das ist ihre Art der Benachrichtigung. Mama, daß wir Euch diesen Kummer nicht ersparen konnten! Wenn wir uns auch beide, Hans und ich, völlig klar über unser Schicksal waren, so ist doch die vollendete Tatsache hart, härter für Euch noch als für mich. Wer es überleben muß, leidet am meisten. Was Hans für mich war, das weiß ich nur ganz allein. Wir hatten uns sehr, sehr lieb, auch das kannst Du mal später unserem Jungen sagen. Unser ganzes Sinnen und Denken in den letzten Monaten kreiste nur um ihn, er wurde uns nicht nur Hoffnung für die Zukunft, sondern der Sinn und Höhepunkt unseres Daseins, und dies ist das Wunderbare: Nicht nur für mich allein, wie es natürlich ist, sondern in ganz besonderem Maße auch für Hans. Ihr werdet viel in dem kleinen vom großen Hans finden, auch einiges von mir. Wenn Ihr ihn bei Euch habt, ist immer ein Teil von uns beiden bei Euch und dann noch ein Drittes, ein Neues, das kleine Hänschen, an das Ihr alle Eure Liebe verschwenden könnt, das Ihr aber nicht verwöhnen sollt. Glaube mir, Mama, ich bin ganz gefaßt. Ich freue mich sogar, freue mich über jeden Tag, den ich noch mit meinem Kind zusammen verbringen darf. Und es freut sich so gern und lacht soviel – warum sollte ich da wohl weinen? Erhaltet ihm sein Lachen, es wäre schön, wenn es ein fröhlicher Mensch würde, ich wünsche es mir ... Und noch eins, Mama, laßt Hänschen was Ordentliches lernen. Am liebsten wäre mir ein zünftiges Handwerk. Ihr werdet ja sehen, wozu er Neigung hat. – Nun nehmt Euer Herz ganz fest in beide Hände – Hänschen macht Euch, wenn er erst bei Euch ist, vieles leichter – und laß Dich viele, viele Male herzlich umarmen von Deiner Hilde."

„16. März ... daß Ihr mich nun nicht mehr besuchen könnt. Ich soll mit niemandem mehr von der Außenwelt in Berührung kommen. So will ich Euch wenigstens beschreiben, wie Hänschen jetzt aussieht. Er hat den Langschädel von Hans, seine blauen Augen, seinen Mund, auch die lange Oberlippe zur Nase und sein Kinn, anscheinend auch seine Gestalt mit den ungewöhnlich langen Armen und Beinen. Hände und Füße, ebenso die Form der Nägel, sind auch von ihm. Von mir hat er die Schläfenpartie und den Schnitt der Augen. Ja, und was sonst noch verborgen in ihm ruht – Ihr müßt es entdecken, Mama, Du und Mutter. Wie glücklich bin ich, daß Ihr Euch versteht, und daß Mutter zu Dir ziehen wird. Verlaß sie niemals, denn sie ist schwach. Du bist die Stärkere – wenn sie bei Dir ist, kann ich ganz ruhig sein ..."

„12. April. Hans fängt jetzt schon an zu erzählen. Ich verstehe mich jedenfalls ausgezeichnet mit ihm. ‚Ei – hei – au – a – a – a' ist deutlich zu verstehen. Für die Schuhchen vielen Dank, die wird er ja lange tragen können, auch die Jäckchen habe ich ihm angezogen, aus den ersten ist er schon herausgewachsen. Neue brauchst Du aber nicht mehr zu schicken. Ich weiß nicht, wie lange ich Hänschen hier noch behalten kann, wahrscheinlich nur noch kurze Zeit. Dann, Mama, ja dann ... Der Gedanke an die Trennung von dem Kind will mich fast verzweifeln lassen. Ich glaube, für eine Mutter kann es keine größere Strafe geben, als sie von ihrem

Kind zu trennen. Und wie wollte ich es hegen und pflegen – das alles muß ich nun Euch überlassen. Ihr müßt mir, solange es geht, ausführlich über sein Gedeihen berichten, wenn die Zeit dazu da ist. Du hast ja viel zu tun im Laden, mit Garten und Hausarbeit, Mutter hat auch ihre Beschäftigung, und wenn Hänschen da ist, erst recht. Hier im Hof blüht alles so schön, ich bin dann immer in Gedanken in unserem Garten; überhaupt ist diese Zeit jetzt reich an Erinnerungen für mich. So lebe ich von der Vergangenheit, die Gegenwart ist mein kleines Hänschen, durch das ich sehr, sehr glücklich bin, und für die Zukunft wünsche ich mir, daß es Euch wieder froh werden läßt. – Diesen Spruch fand ich in einem alten Kalender hier in der Bibliothek:

Kämpf für das, was wert und Wehr,
Stirb, wenn es das Sterben gilt;
Dann fällt das Leben nicht mehr schwer,
Und der Tod ist mild."

„5. August. Meine liebe Mutter, liebe Mama! Ich gehe jetzt den Weg, den ich mir wünschte, mit meinem großen Hans zusammen gehen zu können. Aber ich hatte ja erst eine Aufgabe zu erfüllen, unser aller Gemeinsames, unseren kleinen Hans in die ersten Lebensmonate zu geleiten. Vielleicht bleibt von dem Stolz und der Freude, mit der ich es tat, und die er mit der Muttermilch zu sich nahm, etwas in ihm haften und all unser Hoffen und Wünschen für ihn. Ihr werdet ihm Begleiter sein für den Anfang seines Lebens; später auch Karl R. Daß Ihr alle Eure Liebe über ihn ausstreuen werdet, weiß ich; ebenso, daß Ihr versuchen werdet, ihm nach Möglichkeit Vater und Mutter zu ersetzen. – Eben erhalte ich noch Eure Briefe. Wie freue ich mich, daß Ihr jetzt schon soviel Freude an unserem kleinen Sohn habt. Nun nehme ich Euch beide an die

Hand, wenn ich die letzten Schritte tue, dann wird es mir leichter. Für alle Eure Liebe und Sorge um uns danken wir Euch. Wieviel schöner wäre es gewesen, wenn wir Euch den Kummer hätten ersparen können. Aber es sollte nicht sein.

An alle, alle Freunde herzliche Grüße! Seid tapfer, haltet den Kopf hoch und werdet, soweit es angeht, glücklich mit unserem Kind, das einer großen Liebe entsprossen ist. Diese große Liebe, die uns vereint hat, geben wir jetzt weiter an Euch, Eure Hilde."

Frieda Steffen ließ die Blätter sinken. Es wurde ganz still. Jeder der drei Menschen, die hier zusammengekommen waren – vierzig Kilometer von Berlin, an einer abgelegenen Waldschneise –, hing seinen eigenen Gedanken nach. Die alte Frau hatte die Lider weit über die Augen gezogen; es sah aus, als schlafe sie. Karl Röttgers lag bäuchlings im Gras, das Kinn in die Hände gestützt. Die junge Studentin stand als einzige aufrecht da, den Kopf rückwärts gegen einen Stamm gelehnt. Ihre Augen spähten aufmerksam in die Runde, aber niemand zeigte sich weit und breit. Es war gut, daß sie sich hier getroffen hatten, dachte sie. Der nächste Flecken lag dreiviertel Stunden entfernt und dieser wieder weit ab von der Bahnstation. Der unberührte Waldboden zeugte davon, daß sich kaum jemals ein Mensch hierher verirrte. Und das war gut. Sie würden noch viel zu besprechen haben.

Als Frieda die Lider wieder hob, sah sie die Augen des jungen Mädchens ernst und teilnahmsvoll auf sich gerichtet. Sekundenlang blickten sie einander an. Frieda sah Maria heute zum erstenmal, aber sie erschien ihr bereits so vertraut, als ob sie sich seit Jahren kannten. In ihren Augen schimmerte derselbe ruhige Glanz, der auch in Karls Augen stand, brannte dasselbe Feuer, von dem auch die Augen ihres Jungen verzehrt worden waren. – Frieda war Karl dankbar, daß er die Studentin mitgebracht hatte. Sie war jung, und junge Menschen vom Schlage Marias waren selten geworden. Ihrem schmalen Mund sah man es an, daß er auch schweigen konnte.

Frieda selbst war alt geworden in letzter Zeit. Gleichmütig, geduldig, in ihr Schicksal ergeben, hatte sie Schlag auf Schlag von den Nazis entgegengenommen, Schläge von der Wucht jenes ersten, der sie für lange Zeit aufs Krankenbett warf: die Nachricht von dem Tod ihres Jungen. Kaum erholt, folgte im Frühsommer die Beschlagnahme ihres Eigentums. Mit zusammengebissenen Zähnen sah sie mit an, wie ein ausgebombter Parteigenosse mit seiner Familie lärmend in die beiden Häuschen einzog, wie er die Eisdiele in einen Braunen Laden verwandelte und wie er von allem, was ihr teuer war, Besitz ergriff, auch von dem persönlichen Eigentum ihrer Kinder, das sie bisher wie ein Heiligtum gehütet hatte. Sie zog in eine Kammer zu Nachbarsleuten; Hilde schrieb sie nichts von alledem. Sie verschwieg ihr sogar, daß ihre Mutter tot war. Die unglückliche Frau war täglich zur Barnimstraße gelaufen in der aussichtslosen Hoffnung, Hilde noch einmal zu sehen. Eines Tages war sie auf dem Rückweg in einem fremden Luftschutzkeller, in den sie geraten war, von einer Bombe getötet worden. Aber was nützte es Hilde, dies noch zu wissen? Wenn Frieda an Hilde schrieb, berichtete sie nur von erfreulichen Dingen: daß der Rosenstrauch, den Hilde gepflanzt hatte, schon blühte; daß Kürbis und Gurken gut angesetzt hatten. Frieda ging Abend für Abend an ihrem Garten vorbei und überzeugte sich von dem Fortschreiten des Wachstums. Sie sah aber auch, wie der Garten unter dem neuen Besitzer Stück für Stück verlotterte. Die schnurgeraden Beete, die sie selbst noch im Frühjahr angelegt hatte, waren von Unkraut überwuchert, die Mohrrüben standen viel zu dicht, der Kohl war verdorrt und von Raupen zerfressen. Frieda strich um ihren früheren Garten herum wie ein vertriebener Hund, der immer wieder zu seiner alten Hütte zurückkehrt. In diesem Garten hatte sie vor dreißig Jahren ihre Hochzeit gefeiert. In dem Häuschen war Hans geboren, und hier hatte auch Hans wieder seine junge Frau heimgeführt. Im Geiste sah sie unter dem großen Apfelbaum im Kinderwagen ihr Enkelkind liegen; nackend, strampelnd ließ es sich von der Sonne bescheinen, und nicht weit davon, am Fenster, erschienen die Köpfe von Hilde und Hans, die glücklich ihr Kind betrachteten ... Frieda mußte sich jedesmal zwingen, wieder in die grausame Gegenwart emporzutauchen. Sie war sonst keine Träumerin. Seit das Kind bei ihr war, hatte sie auch wieder einen festumrissenen Aufgabenkreis. Aber noch konnte sie diesen neuen Pflichten keine Freude abgewinnen oder auch nur Trost darin finden. Der Junge – das war die Verkörperung alles dessen, was nur noch schmerzliche Erinnerung war. Wenn Frieda ihn ansah, dann brachen alle Wunden erneut in ihr auf, und sie war manchmal außerstande, die geringste Handreichung für ihn zu tun.

Ja, sie ist alt, dachte auch Karl im stillen. In seiner Erinnerung lebte Frieda Steffen immer noch als die aktive, lebhafte kleine Person, als eine Mutter, um die er Hans stets beneidet hatte. Jetzt saß sie schlaff und müde vor ihm, in sich zusammengesunken, als habe das Leid, das an ihr zehrte, alle Kraft aus ihren Gliedern gesogen.
– Keiner sprach. Die Hitze lastete unerträglich. Starr und leblos standen die Kiefern, ihre Kronen schnitten dunkle Kreise in den blaßblauen Sommerhimmel. Die Gräser dorrten. Wie eine schwere Hand drückte die Luft, die noch erfüllt war von Hildes Abschiedsgruß.

Karl raffte sich als erster auf. Als könnte er den Bann, der über ihm lag, auf diese Weise von sich abschütteln, sprang er hoch und ging langsam hin und her. Er setzte ein paarmal zum Sprechen an, aber es gelang ihm nicht, den richtigen Anfang zu finden. Er vermied es auch, der alten Frau in die Augen zu sehen. Sie hatte ihre beiden liebsten Menschen verloren, und er stand hier vor ihr, unversehrt und gesund; als einziger der Widerstandsgruppe war er völlig unbehelligt geblieben. Und das war nicht einmal alles. Von morgen an würde er dazu verurteilt sein, an Hitlers Krieg aktiv teilzunehmen. Alle Wehrunwürdigens hatten kürzlich den kategorischen Stellungsbefehl bekommen. Man sprach davon, sie würden in einem besonderen Bataillon zusammengefaßt. Sicher war es kein Zuckerlecken, was ihn draußen erwartete – aber es bedrückte ihn, daß er nicht das Schicksal seiner Kameraden hatte teilen dürfen. Sterben müssen für eine gute Sache, die man mit reinem Herzen vertrat, das schien nicht schwer zu sein; er hatte es viele Male in letzter Zeit bestätigt gesehen. Und das wollte er auch Frieda Steffen sagen. Deshalb war er hergekommen. Deshalb hatte er eingewilligt, sich mit ihr zu treffen, trotz der Gefahr, die für alle damit verbunden war. Denn Frieda stand noch immer unter Beobachtung.

Er blieb endlich stehen, dicht neben Maria. Sie suchte seine Hand und drückte sie fest. Auf einmal fühlte er seine Ruhe und Sicherheit wiederkehren.

„Ich habe mit Pfarrer Koch gesprochen", sagte er. Frieda sah auf. Ihr Blick war jetzt manchmal wie der einer Blinden, leer und abwesend, als sei sie mit ihren Gedanken weit weg. Aber jetzt schien sie langsam näherzukommen, ihre Augen hefteten sich voll auf Karl, ihr Mund öffnete sich vor erregter Spannung.

„Du weißt, wer Koch ist", fuhr Karl Röttgers fort. „Der Gefängnisgeistliche in Plötzensee. Er hat Hilde gesehen – bis zuletzt. Er wollte die ganze Nacht bei ihr bleiben; sie lehnte ab. Sie wollte allein sein. Spätabends bat sie noch um ein Buch. Man brachte ihr ‚Soll und Haben'. Sie las die ganze Nacht darin. Am nächsten Morgen war sie sehr blaß – aber still und gefaßt. Sie lächelte, als sie neben dem Pfarrer herging. ‚Hans wartet auf mich', sagte sie. Und etwas später: ‚Erklären Sie später mal meinem Jungen, weshalb ich ihn allein ließ ...' Sie war ganz ruhig. Eine seltene Kraft ging selbst noch in diesem Augenblick von ihr aus, als sie sich zum Sterben anschickte. Stark und ungebeugt ging sie die letzten Schritte allein ..."

Karl schwieg. In der plötzlichen Stille hörte man das Stöhnen der alten Frau. Ihr Blick war wieder von Karl abgeglitten. Jetzt saß sie da, den Kopf tief über die angezogenen Knie gebeugt, die sie mit beiden Armen umfangen hielt. Sie weinte. Keiner der beiden jungen Menschen versuchte sie zu trösten – es gab keinen Trost. Aber Frieda empfand es dankbar, daß man sie ungestört weinen ließ. Die Tränen spülten alle Bitternis fort, die sich in ihr gespeichert hatte. Wie gekräftigt hob sie endlich den Kopf, trocknete langsam ihr Gesicht.

Maria ging auf sie zu, hockte sich an ihrer Seite nieder. „Ich möchte dich um etwas bitten", sagte sie. „Gib mir Hildes Abschiedsbrief. Ich werde ihn vervielfältigen und an die Frauen schikken. Alle Frauen sollen ihn lesen – nicht nur du und ich..."

Frieda sah auf, wieder tauchten die Augen der beiden Frauen stumm ineinander. Der alten Frau erschien es wie ein unfaßbares Wunder: Hilde war tot – aber hier vor ihr hing ein Augenpaar, das genau dieselbe feste Entschlossenheit spiegelte, dieselbe Wärme, dieselbe töchterliche Zärtlichkeit, wie bei Hilde, die für immer gegangen war... Wortlos griff sie in ihre Tasche, holte den Brief hervor. Doch jetzt trat Karl dazwischen. Er faßte Marias Schulter, drehte sie halb zu sich herum. „Das wird nicht gehen, Maria", sagte er eindringlich. „Du hast keinerlei Hilfe. Lotte zählt nicht – sie muß jetzt nach ihrer Flucht ganz im Hintergrund bleiben. Und ich bin ab morgen Soldat. Es wird zu schwierig sein für dich allein."

Er wollte den Brief wieder zurückgeben, aber Maria hielt ihn fest. Sie kniff ihn sorgfältig zu einem ganz kleinen Viereck und

steckte ihn ein. „Ich werde es schon schaffen", sagte sie dabei. „In nächster Zeit wird jeder von uns auf sich gestellt sein. Sollen wir deshalb aufhören zu arbeiten?"

Sie sah ruhig von einem zum anderen. Karl antwortete nicht. Er schlug die Augen nieder, denn plötzlich war es ihm klar geworden, daß er zum erstenmal seit der Illegalität einen persönlichen Wunsch über die Sache stellte. Er hatte Angst um Maria. Frieda Steffen, die seine Gedanken zu erraten schien, legte ihm ihre Hand auf den Arm: „Maria hat recht", sagte sie. Und leise fügte sie hinzu: „Hilde hätte genauso gehandelt."

Bald darauf trennten sie sich. Zur Vorsicht schlug jeder eine andere Richtung ein. Frieda Steffen blieb vor der Kreuzung stehen und blickte noch einmal zurück. Ja, da gingen sie beide, zwei auseinanderstrebende Striche am Horizont – die einzigen Menschen, denen sie sich jetzt noch verbunden fühlte. Seltsam getröstet ging sie weiter. Plötzlich war es ihr, als ob sie nicht mehr allein ging, neben ihr schritten Karl und Maria, und sie alle drei – ein kleiner, zurückgebliebener Haufen – hatten dasselbe Ziel: sich über Wasser zu halten, bis die Sintflut, die sie jeden Augenblick zu verschlingen drohte, eines Tages vorüber war.

XVII

Die Sintflut war vorüber ...

Es war im Herbst 1945, als Lotte Burkhardt durch das Portal des Städtischen Krankenhauses Moabit wieder auf die Straße trat. Draußen blieb sie einen Augenblick stehen und wischte sich mit einer raschen Bewegung das Haar aus der Stirn. Schon wieder Schweiß. Die geringste Anstrengung – und wenn es nur der kurze Weg von der Poliklinik bis hierher zum Ausgang war – trieb ihr den Schweiß in die Poren. „Schwäche" – meinte der Arzt, und er sagte ihr damit nichts Neues. Er bestätigte nur, was sie im Grunde längst gefühlt, aber immer wieder wie etwas Lästiges von sich geschoben hatte: daß sie am Ende ihrer Kräfte war. Es ging Lotte wie diesen Arbeitsmenschen, die zeit ihres Lebens, solange sie es schaffen, gesund sind, die aber in dem Augenblick, in dem sie sich zur Ruhe setzen, zu kränkeln anfangen und sich nicht wieder erholen können. Auch Lotte hatte alle Gemütsbewegungen und körperlichen Strapazen der letzten Jahre scheinbar spielend überwunden. In Wirklichkeit aber hatte jede ausgestandene Angst, jede obdachlos verbrachte Nacht ihre Spuren hinterlassen; und in dem Augenblick, als mit dem Zusammenbruch des Dritten Reiches die Gefahr gebannt schien, war auch Lottes Widerstandskraft aufgebraucht. Seit Monaten fühlte sie sich matt und elend; sie war immer müde und litt unter ständigen Herzbeschwerden. Heute hatte sie endlich den Arzt konsultiert. Sie kannte nun den lateinischen Namen ihrer Krankheit, und als Schwester wußte sie, daß sie diese nicht leichtnehmen durfte. Sie hatte daher eingewilligt, morgen zur Operation zu erscheinen.

steckte ihn ein. „Ich werde es schon schaffen", sagte sie dabei. „In nächster Zeit wird jeder von uns auf sich gestellt sein. Sollen wir deshalb aufhören zu arbeiten?"

Sie sah ruhig von einem zum anderen. Karl antwortete nicht. Er schlug die Augen nieder, denn plötzlich war es ihm klar geworden, daß er zum erstenmal seit der Illegalität einen persönlichen Wunsch über die Sache stellte. Er hatte Angst um Maria. Frieda Steffen, die seine Gedanken zu erraten schien, legte ihm ihre Hand auf den Arm: „Maria hat recht", sagte sie. Und leise fügte sie hinzu: „Hilde hätte genauso gehandelt."

Bald darauf trennten sie sich. Zur Vorsicht schlug jeder eine andere Richtung ein. Frieda Steffen blieb vor der Kreuzung stehen und blickte noch einmal zurück. Ja, da gingen sie beide, zwei auseinanderstrebende Striche am Horizont – die einzigen Menschen, denen sie sich jetzt noch verbunden fühlte. Seltsam getröstet ging sie weiter. Plötzlich war es ihr, als ob sie nicht mehr allein ging, neben ihr schritten Karl und Maria, und sie alle drei – ein kleiner, zurückgebliebener Haufen – hatten dasselbe Ziel: sich über Wasser zu halten, bis die Sintflut, die sie jeden Augenblick zu verschlingen drohte, eines Tages vorüber war.

XVII

Die Sintflut war vorüber ...

Es war im Herbst 1945, als Lotte Burkhardt durch das Portal des Städtischen Krankenhauses Moabit wieder auf die Straße trat. Draußen blieb sie einen Augenblick stehen und wischte sich mit einer raschen Bewegung das Haar aus der Stirn. Schon wieder Schweiß. Die geringste Anstrengung – und wenn es nur der kurze Weg von der Poliklinik bis hierher zum Ausgang war – trieb ihr den Schweiß in die Poren. „Schwäche" – meinte der Arzt, und er sagte ihr damit nichts Neues. Er bestätigte nur, was sie im Grunde längst gefühlt, aber immer wieder wie etwas Lästiges von sich geschoben hatte: daß sie am Ende ihrer Kräfte war. Es ging Lotte wie diesen Arbeitsmenschen, die zeit ihres Lebens, solange sie es schaffen, gesund sind, die aber in dem Augenblick, in dem sie sich zur Ruhe setzen, zu kränkeln anfangen und sich nicht wieder erholen können. Auch Lotte hatte alle Gemütsbewegungen und körperlichen Strapazen der letzten Jahre scheinbar spielend überwunden. In Wirklichkeit aber hatte jede ausgestandene Angst, jede obdachlos verbrachte Nacht ihre Spuren hinterlassen; und in dem Augenblick, als mit dem Zusammenbruch des Dritten Reiches die Gefahr gebannt schien, war auch Lottes Widerstandskraft aufgebraucht. Seit Monaten fühlte sie sich matt und elend; sie war immer müde und litt unter ständigen Herzbeschwerden. Heute hatte sie endlich den Arzt konsultiert. Sie kannte nun den lateinischen Namen ihrer Krankheit, und als Schwester wußte sie, daß sie diese nicht leichtnehmen durfte. Sie hatte daher eingewilligt, morgen zur Operation zu erscheinen.

steckte ihn ein. „Ich werde es schon schaffen", sagte sie dabei. „In nächster Zeit wird jeder von uns auf sich gestellt sein. Sollen wir deshalb aufhören zu arbeiten?"

Sie sah ruhig von einem zum anderen. Karl antwortete nicht. Er schlug die Augen nieder, denn plötzlich war es ihm klar geworden, daß er zum erstenmal seit der Illegalität einen persönlichen Wunsch über die Sache stellte. Er hatte Angst um Maria. Frieda Steffen, die seine Gedanken zu erraten schien, legte ihm ihre Hand auf den Arm: „Maria hat recht", sagte sie. Und leise fügte sie hinzu: „Hilde hätte genauso gehandelt."

Bald darauf trennten sie sich. Zur Vorsicht schlug jeder eine andere Richtung ein. Frieda Steffen blieb vor der Kreuzung stehen und blickte noch einmal zurück. Ja, da gingen sie beide, zwei auseinanderstrebende Striche am Horizont – die einzigen Menschen, denen sie sich jetzt noch verbunden fühlte. Seltsam getröstet ging sie weiter. Plötzlich war es ihr, als ob sie nicht mehr allein ging, neben ihr schritten Karl und Maria, und sie alle drei – ein kleiner, zurückgebliebener Haufen – hatten dasselbe Ziel: sich über Wasser zu halten, bis die Sintflut, die sie jeden Augenblick zu verschlingen drohte, eines Tages vorüber war.

XVII

Die Sintflut war vorüber ...

Es war im Herbst 1945, als Lotte Burkhardt durch das Portal des Städtischen Krankenhauses Moabit wieder auf die Straße trat. Draußen blieb sie einen Augenblick stehen und wischte sich mit einer raschen Bewegung das Haar aus der Stirn. Schon wieder Schweiß. Die geringste Anstrengung – und wenn es nur der kurze Weg von der Poliklinik bis hierher zum Ausgang war – trieb ihr den Schweiß in die Poren. „Schwäche" – meinte der Arzt, und er sagte ihr damit nichts Neues. Er bestätigte nur, was sie im Grunde längst gefühlt, aber immer wieder wie etwas Lästiges von sich geschoben hatte: daß sie am Ende ihrer Kräfte war. Es ging Lotte wie diesen Arbeitsmenschen, die zeit ihres Lebens, solange sie es schaffen, gesund sind, die aber in dem Augenblick, in dem sie sich zur Ruhe setzen, zu kränkeln anfangen und sich nicht wieder erholen können. Auch Lotte hatte alle Gemütsbewegungen und körperlichen Strapazen der letzten Jahre scheinbar spielend überwunden. In Wirklichkeit aber hatte jede ausgestandene Angst, jede obdachlos verbrachte Nacht ihre Spuren hinterlassen; und in dem Augenblick, als mit dem Zusammenbruch des Dritten Reiches die Gefahr gebannt schien, war auch Lottes Widerstandskraft aufgebraucht. Seit Monaten fühlte sie sich matt und elend; sie war immer müde und litt unter ständigen Herzbeschwerden. Heute hatte sie endlich den Arzt konsultiert. Sie kannte nun den lateinischen Namen ihrer Krankheit, und als Schwester wußte sie, daß sie diese nicht leichtnehmen durfte. Sie hatte daher eingewilligt, morgen zur Operation zu erscheinen.

Langsam ging sie weiter, in Richtung Norden. Es war noch früh, ein blanker, blauer Oktobertag. Der plötzlich einmal aufwallende scharfe Wind trieb den Trümmerstaub vor sich her. Der Staub biß in die Augen und setzte sich in jeder Falte des Gesichts fest. Lotte hatte nach wenigen Schritten das Gefühl, kohlschwarz auszusehen – wie etwa in jenen schrecklichen Bombennächten, wenn sie, von doppelter Angst getrieben – Angst vor Bomben und Angst vor Entdeckung ihrer illegalen Existenz –, durch die brennende Stadt gelaufen war. Lotte hatte diese Bombennächte unzählige Male erlebt. Zuerst in Berlin, wo sie sich nach ihrer abenteuerlichen Flucht aus dem Judenlager bis Anfang 1944 verborgen hielt. Zu dieser Flucht hatte sie sich ganz plötzlich entschließen müssen, nachdem ihr Scharnke eines Tages zynisch mitgeteilt hatte, daß ihre Akten wieder aufgetaucht seien und beim Volksgericht lägen. Zwei Tage später saß sie bei einer alten Pianistin, deren Adresse sie einem Lagerinsassen verdankte, in dem stockfinsteren Hinterstübchen, dessen Tür stets verschlossen blieb und dessen Fenster niemals geöffnet wurden, wie lebendig begraben. Der Schalter war plombiert, die Birne zur Vorsicht herausgeschraubt. „Es ist besser so", sagte die alte Frau. Und: „Lange kann es ja nun nicht mehr dauern. Der Krieg ist bald aus."

Aber der Krieg in Berlin fing erst richtig an. Als die Pianistin schließlich vor den Bomben floh, mußte sich Lotte wieder eine andere Unterkunft suchen. Erst jetzt erinnerte sie sich an die Adresse in Anklam, die ihr Hilde Steffen einmal gegeben hatte. Sie fuhr hin, eine junge Arbeiterfrau mit zwei Kindern nahm sie freundlich auf. Zwei Stunden später konnte Lotte ihre Habseligkeiten mit knapper Not wieder ins Freie retten, ein Phosphorkanister hatte das Haus an allen Ecken in Brand gesetzt. Lotte war zum zweitenmal obdachlos. Diesmal hatte sie keine neue Adresse. Ohne Verbindungen, ohne Papiere stand sie da, ganz auf sich gestellt, in einer fremden, feindlichen Stadt. Eine Woche lang lebte sie wie ein Landstreicher: tagsüber bettelnd auf der Straße, nachts in überfüllten Wartesälen, dabei immer auf dem Sprung vor der Polizei, ständig in Angst, selbst im Schlaf in gespannter Erwartung des endgültig über sie hereinbrechenden Verhängnisses. Bis eines Tages ihre Nerven versagten. Sie vertraute sich einem französischen Fremdarbeiter an; vorbehaltlos erzählte sie ihm ihr Schicksal, damit alles auf eine Karte setzend: er konnte sie an den erstbesten Polizisten ausliefern. Er tat es nicht. Er schmuggelte sie statt dessen als Arbeiterin in seine Kolonne. Hier lebte sie, unter lauter Ausländern, bis zum Zusammenbruch, und niemand fragte nach ihr. Sie galt als Französin. Aber ihr Französisch war mangelhaft, und sie wagte die ganze Zeit nicht, den Mund aufzutun. Sie hatte nicht nur die Entdeckung durch die Deutschen zu fürchten, sondern auch durch die Franzosen selbst, die in jedem, der deutsch sprach, den Faschisten sahen. Der Kolonnenführer war als einziger eingeweiht.

Wenn sich Lotte diese Monate ins Gedächtnis zurückrief, erschien es ihr heute beinahe unfaßbar, daß sie das alles überstanden hatte. Später der Rückwanderertreck nach Berlin, vorbei an Dutzenden ausgestorbener Dörfer, in denen nur der Tanzsaal mit aneinandergekauerten, verängstigten Flüchtlingen angefüllt war. In einem dieser Säle, inmitten einer Gruppe von Männern, die alle noch die weißblaue Häftlingskluft trugen, hatte sie Rudolf wiedergetroffen. Er hatte sich vom Konzentrationslager aus bis in dieses Dorf geschleppt und war hier liegengeblieben. Reglos, mit unruhig flackerndem Blick, mit hohlen Wangen, auf denen das Fieber brannte, sah er Lotte entgegen; sie war sich nicht sicher, ob er sie erkannte. Sie blieb bei ihm bis zu seinem letzten Atemzug. Sie drückte ihm die Augen zu, aber sie nahm sich nicht mehr die Zeit, bis zu seinem Begräbnis zu warten. Weiter! Weiter! Damals spürte sie zum erstenmal, daß auch ihre Kräfte nachließen. Ihr Herz schlug unregelmäßig, und sie verfiel grundlos in tiefe Melancholie, die mit Perioden heftiger Erregbarkeit abwechselten. Mangelhaftes Funktionieren der Drüsen, stellte sie sachlich fest. Aber damals ließ sie den Gedanken an Krankheit gar nicht erst aufkommen, unterdrückte gewaltsam jedes Schwächegefühl. Eine einzige Vorstellung beherrschte sie, peitschte sie unaufhaltsam vorwärts, zurück nach Berlin, zurück zu Eva – endlich wieder mit ihrem Kind vereint sein!

Lotte blieb stehen. Sie war langsam die Perleberger Straße heraufgekommen, plötzlich stockte vor ihr der Verkehr. Die Fennbrücke war zerstört, ein Fährboot brachte die Fußgänger auf die andere Seite des Nordhafens hinüber. Lotte wartete geduldig, bis sie an der Reihe war. Erst beim fünften Schub stieg sie mit ein. Sie hatte gar keine Eile. Zwar wollte sie heute gleichfalls zu Eva – aber welch ein Unterschied in den Gefühlen, die sie heute bewegten, zu der stürmischen Ungeduld in ihrem Herzen, die sie damals vorwärts getrieben hatte. Ein knappes halbes Jahr war seitdem vergangen, aber in der Zwischenzeit hatte sie viele bittere Erfahrungen einstecken müssen. Sie hatte Eva erst wiedergesehen, als sie der alten Frau Burkhardt die Nachricht von Rudolfs Tod überbrachte. Versteint blickte die Alte sie an. Versteint und unbeteiligt starrte auch Eva; sie war nicht einmal dazu zu bewegen, ihrer Mutter die Hand zu geben. Lotte ging schließlich wieder, verlegen und schuldbewußt und mit dem peinlichen Bewußtsein, lästig gefallen zu sein. Von einem Augenblick zum anderen war ihr Leben sinnlos geworden. Ihr zähes Bemühen der vergangenen Jahre, stärker zu sein als die Gestapo, war gescheitert. Die Gestapo hatte ihr zwar nicht ans Leben können, hatte ihr aber alles genommen, was ihr Leben ausfüllen sollte. Die drei Jahre gewaltsamer Trennung hatten sie für immer von Eva geschieden. Die Mauer von Kälte und Fremdheit, die sich zwischen ihnen erhob, schien unüberwindlich, und Lotte fühlte sich nicht mehr stark genug, sie durch immer gleichbleibende Geduld schließlich doch zu durchbrechen.

Um so überraschter war sie, als Eva eines Tages aus freiem Entschluß zu ihr kam. Sie war heimlich gekommen, und nach einer knappen Stunde ging sie wieder fort. Lotte war ihrem Herzen in der kurzen Zeit nicht nähergekommen. Aber die ganze Zeit über ließ sie keinen Blick von Eva, die stumm, mit gesenkten Kopf am Küchentisch ihr gegenübersaß. Eva war kein Kind mehr mit ihren dreizehn Jahren. Diese Erkenntnis, die plötzlich in Lotte aufschoß, erschreckte sie mehr als der Panzer von Eis, den Eva um sich errichtet hatte. Das Eis konnte sie schmelzen, mit Liebe und Geduld – doch dem verzerrten Spiegelbild einer Erwachsenenwelt, das sich dem Kindergemüt eingeprägt hatte – ein Bild, das Eva zu abrupten Aussprüchen wie „alle Menschen sind schlecht" oder „alle Menschen lügen" veranlaßte –, stand sie hilflos gegenüber. Hier mit behutsamer Hand einzugreifen und verbogene Vorstellungen geradezubiegen, dazu bedurfte es einer tieferen Kenntnis der kindlichen Seele, als sie Lotte besaß. Dazu brauchte sie vor allem Evas Vertrauen, und gerade das besaß sie nicht.

Dennoch siedelte Eva bald danach ganz zu ihr über. Sie stellte einen Pappkarton mit ihren Kleidern bei Lotte ab und erklärte mit abgewandtem Gesicht, sie wolle jetzt immer bei ihr bleiben. Lottes Herz klopfte stärker vor freudigem Schreck. Aber die Freude war verfrüht, wie sich bald zeigte. Nach wenigen Wochen gestand sich Lotte ein, daß sie zu schwach war, um ihr Kind zu erziehen. Eva weigerte sich, zur Schule zu gehen. Sie wollte nicht mit denselben Kindern auf der Schulbank sitzen, die sie, das Judenkind, noch vor kurzem angespuckt hätten, erklärte sie. Lotte fand kein Wort der Erwiderung. Mit Vernunftgründen, das spürte sie, konnte sie Eva nicht beikommen. Wie aber sollte sie den Weg zu Evas Innerem finden? Das Kind verschloß sich vor ihr genauso wie vor jedem anderen Erwachsenen. Es log – aber mit welchem Recht konnte Lotte das Kind bestrafen? In der Illegalität hatte sie Eva unzählige Male zum Lügen veranlassen müssen. Und wenn Lotte daran dachte, was Eva vielleicht in der Schulstraße erlebt hatte – ein Komplex, über den sie noch nie miteinander gesprochen hatten –, erstarrte ihr das Blut in den Adern. Die Schuld der Erwachsenen stieg riesengroß vor ihr auf. Die Schuld der Umwelt gegenüber Eva, die Schuld gegenüber allen Kindern, deren Schicksal es in den vergangenen Jahren gewesen war, Kinder von Verfolgten zu sein.

In dieser Zeit, als Lotte nicht mehr ein noch aus wußte, erinnerte sie sich an Karl Röttgers. Karl saß mit einigen fünfzig Schülern in einem Vorort Berlins und bemühte sich, die dortige Schule nach dem Muster der früheren Freien Schulgemeinde wieder aufzubauen. Das war eine Aufgabe ganz nach seinem Geschmack, und Lotte, die sich seine Arbeit ansah, bewunderte den Elan, mit dem er alle Schwierigkeiten, die sich vor ihm auftürmten, zuletzt überwand. Sie sprachen lange und gründlich miteinander, und die Folge ihres Gespräches war, daß Lotte ihr Kind gleich bei ihm ließ. Das war jetzt fast drei Monate her. In der Zwischenzeit hatte Eva nur selten geschrieben – kurze, inhaltslose Briefe, die gar nichts besagten; und auch Karls Berichte an Lotte klangen alles andere als hoffnungsvoll. In ihrem letzten Brief hatte Eva vermerkt, flüchtig und gleichsam am Rande, daß sie in ein anderes Haus übergesiedelt sei, denn die Baracke, in der sie solange gewohnt habe, sei abgebrannt ... Lotte wurde ein unheimliches Gefühl nicht los. Sie kam innerlich nicht zur Ruhe, ehe sie nicht wußte, was hier geschehen war. Und obgleich Karl sie gebeten hatte, sich fernzuhalten, damit das Kind sich ganz ungestört entfalten konnte, befand sie sich heute auf dem Weg zu Eva. Die Zeit drängte. Schließlich ging sie morgen ins Krankenhaus. Und Lotte zweifelte daran, ob sie das Krankenhaus jemals wieder verlassen würde. Sie wußte nicht einmal sicher, ob sie es wirklich wünschte.

Sie erreichte den Vorort noch vor Mittag. Das weite Gelände mit seinen zwischen Kiefern verstreuten Gebäuden lag scheinbar ausgestorben. Karl saß in seinem Arbeitszimmer, buchstäblich hinter Büchern vergraben. Als Lotte eintrat, sah er auf – mit einem verlorenen Blick, dem man es anmerkte, daß er ihn von weit her in die Gegenwart zwingen mußte. Dann aber sprang er auf, lief mit ausgebreiteten Armen auf Lotte zu und schüttelte ihr beide Hände.

Jetzt erst fiel ihm auf, wie ernst sie aussah. Das Gesicht, von vielen sorgenvollen Falten durchzogen, ließ sie älter erscheinen, als sie in Wirklichkeit war. Sie ist doch noch lange nicht vierzig, dachte er. Lottes Stimme klang nicht ganz fest, als sie nun sofort auf ihr Thema zuging:

„Was ist los bei euch, Karl – sag mir die Wahrheit!" Er tat, als merke er ihre Erregung gar nicht. „Gar nichts ist los, Lotte", sagte er heiter. „Das heißt, wir fangen langsam an, eine richtige Schule zu werden. Ich habe endlich einen jungen Physiker für die Oberklassen. Das ist wirklich das Hauptproblem für uns: Lehrkräfte! Wer vergräbt sich schon hier in der Einsamkeit? Und Maria kann schließlich nicht alles machen ..."

Er stockte. Lotte machte eine ungeduldige Handbewegung. „Ich muß wissen, was Eva angestellt hat, Karl. Ich mache mir Sorgen ... Wie war das mit dem Brand?"

Sie setzte sich nun doch, lehnte sich im Stuhl zurück wie jemand, der die Absicht hat, auf jeden Fall zu seinem Ziel zu gelangen.

Karl setzte sich ihr gegenüber. Er beugte sich vor, faltete die Hände zwischen den gespreizten Knien und schwieg eine Weile, wie in Gedanken. Als er wieder aufsah, war sein Lächeln verschwunden.

„Müssen wir wirklich darüber reden – Lotte? Du hast ganz recht. Eva und ich hatten Schwierigkeiten. Aber ich habe ihr zugesichert, daß ich mit niemandem darüber spreche. Nicht einmal mit dir ..."

Lotte strich eine Haarsträhne, die ihr immer wieder ins Gesicht fiel, mit einer heftigen Bewegung hinters Ohr zurück. „Ich lasse mich morgen operieren", sagte sie. „Schilddrüse – du weißt, was das heißt. Vorher möchte ich alles in Ordnung bringen."

Karl mußte unwillkürlich wieder lächeln. „Das klingt ja, als ob du dich für immer davonmachen willst. So schlimm wird es doch wohl nicht werden, Lotte ..."

Sie hob zur Antwort nur stumm die Schultern. Karl sah sie an, mit einem langen, prüfenden Blick. Dann griff er impulsiv nach ihrer Hand: „Ich glaube, wir stecken dich erst mal ins Sanatorium, Lotte. Du bist völlig am Ende – kein Wunder nach allem, was du durchgemacht hast. Du brauchst Ruhe, viel frische Luft, gute Ernährung – dann wirst du auch wieder neuen Lebensmut schöpfen ..." Er sah sie immer noch sorgenvoll an. Lotte schüttelte den Kopf.

„Lebensmut?" wiederholte sie. „Wozu denn ..."

Karl ließ ihre Hand ebenso heftig los, wie er sie vorher ergriffen hatte. Er stand auf.

„Wozu?" fragte er, während er mit langen Schritten auf und ab ging. „Beispielsweise dafür, Lotte, daß du mithilfst, hier ein wenig Ordnung zu schaffen." Er wischte mit einer Handbewegung über die Schreibtischfläche, auf der sich die Bücher zu Bergen häuften. „Aber es gibt auch woanders genug zu tun, in den Straßen beim Aufräumen, in Schulen, in Kliniken, in den Fürsorgeämtern ... Überall fehlt es an unseren Leuten ... Mein Gott, das weißt du doch alles selbst", unterbrach er sich. „Du weißt, daß wir viel zu wenige sind. Jetzt fehlen uns Menschen wie Herbert Busch, wie Hilde und Hans – unsere Besten, die sie umgebracht haben."

Er blieb vor Lotte stehen, blickte auf ihren glatten Scheitel hinunter, in dessen Schwarz sich schon graue Fäden mischten. Ruhiger, eindringlich fuhr er fort: „Um so größer ist unsere Verpflichtung, Lotte. Es ist kein Zufall, daß wir übriggeblieben sind." Er löste langsam den Blick von ihr und nahm seinen Gang durch den Raum wieder auf „Wir haben doch diese Zeit herbeigewünscht", sagte er leiser, als spräche er nur noch zu sich selbst. „Nur so haben wir alles heil überstanden. Wir haben uns danach gesehnt, endlich einmal richtig arbeiten zu können. Endlich einmal klar zu beweisen, daß wir fähig sind, eine neue Ordnung aufzurichten. Du hast doch auch davon geträumt, Lotte. Jetzt ist es soweit. Jetzt darfst du dir nicht selber untreu werden."

Er blieb wieder vor ihr stehen und sah sie an – und Lotte blickte in seine Augen, die hell und stark wie zwei Feuer brannten. Dieses Feuer, mußte sie denken, war niemals in Karls Augen erloschen. Immer, all die aussichtslosen Jahre hindurch, hatte man sich daran erwärmen können. War sie selbst jemals entmutigt gewesen – Karl hatte sie wieder aufgerichtet. Wenn ihre Widerstandskraft erlahmte – Karl hatte sie von neuem gestärkt. Aber heute wartete sie vergeblich darauf, daß ein Funke von ihm auf sie übersprang, daß sie sich an seinem Feuer entzündete. Ihr Herz war nicht nur krank, es war auch träge geworden.

„Was sind Ideen, Karl!" sagte sie endlich, „auf die praktische Arbeit kommt es an. Aber wer soll sie leisten? Wir ‚Übriggebliebenen'? Wir sind müde, abgekämpft, vor der Zeit verbraucht. – Und die Jugend ist verdorben." „Das glaube ich nicht", widersprach er heftig. „Allein hier in meiner Schule sind fünfzig junge Menschen, die mit anpacken wollen."

„Außer Eva – ", sagte sie bitter.

„Nein, mit Eva", entgegnete Karl und lächelte plötzlich. „Ich glaube, Lotte, du bist ungerecht. Du verlangst, Eva soll unbeschwert und ausgeglichen sein wie ihre glücklicheren Altersgefährten. Aber sieh dich doch selber an. Auch du bist krank, mutlos, entkräftet – ein Ergebnis der Erlebnisse, die hinter dir liegen. Aber an dem Kind soll alles spurlos abgleiten? Auch Eva hat mit eigenen Augen angesehen, wie man unschuldige Menschen zu Tode gequält hat. Sie hat am eigenen Leibe gespürt, was es heißt ‚ausgestoßen' zu sein. Gerade neulich hatte ich mit ihr eine Unterhaltung darüber. Eva trägt viel schwerer an ihren Erlebnissen als wir – weil sie noch in der Entwicklung ist. Sie hat ja noch kein Weltbild, das ihr über alle Schwierigkeiten hinweghelfen könnte. Sie ist ganz auf unsere Hilfe angewiesen. Vor allem auf deine, Lotte!"

„Ich habe alles versucht, Karl. Eva braucht mich nicht. Sie lebt in ihrer eigenen Welt."

„Und wer sagt dir, daß sie sich darin glücklich fühlt? Vielleicht wartet sie nur darauf, daß wir sie zu uns herüberholen?"

Er trat an den Schreibtisch und griff wahllos ein Buch aus dem Stapel, in dem er zerstreut zu blättern anfing. Aber man sah ihm an, daß seine Gedanken ganz woanders waren. „Du sprachst vorhin von dem Brand", sagte er und legte das Buch wieder sorgfältig an seinen Platz zurück. „Nun – dein Gefühl hat dich richtig geleitet. Eva hat durch Unachtsamkeit das Feuer verursacht. Sie war an der Reihe, den Ofen zu säubern. In ihrer Trägheit hat sie die heiße Asche gleich aus dem Fenster vors Haus geschüttet. Fünf Minuten später stand die ganze Baracke in Flammen – den Schaden für die Schule in heutiger Zeit, wo wir überhaupt nicht daran denken können, das Haus neu aufzubauen, kannst du dir an den Fingern ausrechnen. Aber was weiter? Ein Grund für mich, Eva hinauszuwerfen, sie zu verstoßen, sie ‚abzuschreiben'? Überflüssig – inzwischen geschah nämlich etwas ganz anderes. Eva erhielt die empfindlichste Strafe von den Mitschülern selbst. Sie wurde von allen geschnitten, keiner sprach mit ihr, keiner wollte sie, die ja nun obdachlos geworden war, in seine Stube aufnehmen. Du kannst mir glauben, Lotte, das war eine harte Lehre für Eva. Bisher hatte sie nur erlebt, daß sie ohne eigene Schuld aus der Gemeinschaft ausgestoßen worden war. Diesmal hatte sie sich alles selbst zuzuschreiben. Und sie verstand, daß jeder sein Teil dazu beitragen muß, wenn wir in Frieden miteinander auskommen wollen."

Lotte sah ihn an, immer noch Zweifel im Blick. „Und du glaubst, daß sie die Konsequenzen aus dieser Erkenntnis zieht – und sich wirklich ändert?"

Karl kam vom Schreibtisch aus auf sie zu und faßte sie um die Schultern. „Komm, sieh sie dir an, sie ist auf dem Feld. Es ist sowieso Mittagszeit."

Draußen empfing sie die klare Oktobersonne. Eine wunderbar staubfreie Luft, die erquickend um Stirn und Augen strich. Lotte legte den Kopf weit in den Nacken. Hier muß man ja gesunden, dachte sie und bemühte sich, kräftiger auszuschreiten. Der Weg führte zuerst an den Häusern vorbei, dann entlang dem Nutzgarten, der sich bis zu den Wiesen hinzog. Am Waldrand standen die Buchen mit tiefroten Blättern, die wie große reife Äpfel in den Zweigen hingen. Rechts und links vom Weg schimmerte die blaue Fläche des Sees.

Plötzlich entdeckte Lotte weit hinten, auf der Spitze der Insel, ein scheinbar regellos durcheinanderwimmelndes Menschenknäuel. Sie sah Karl fragend an. Er nickte ihr zu.

„Sie sind beim Kartoffelbuddeln – den ganzen Tag. Maria bringt ihnen sogar die Suppe aufs Feld hinaus."

Doch im Näherkommen sahen sie, daß die Gruppe gerade eine Pause machte. Alle standen im Kreis um Maria herum, die etwas zu verlesen schien. Als sie Karl und Lotte erblickte, steckte sie den Zettel fast verlegen in ihre Tasche zurück. Karl bahnte sich zwischen den Jungen und Mädchen hindurch einen Weg zu Maria.

„Was treibt ihr denn?" fragte er. „Ich denke, ihr grabt fleißig Kartoffeln, und du hältst hier Kolleg? Worum geht es denn? Wie heißt euer Thema?"

Maria ging auf seinen scherzhaften Ton nicht ein. Aufrecht und ruhig, die Hände auf dem Rücken verschränkt, stand sie ihrem Mann gegenüber. „Frieda Steffen war bei mir", berichtete sie. „Nächste Woche bringt sie uns den kleinen Hans."

„Und du willst ihn wirklich behalten? Er ist doch noch so klein ..."

Maria lachte. „In die Schule kannst du ihn allerdings noch nicht stecken. Er wird ja erst drei nächsten Monat. Aber seine Großmutter will ihn offenbar unbedingt los sein ..." Sie wurde wieder ernst. „Frieda ist der Ansicht, ein Kind muß unter jungen Menschen aufwachsen. Großmütter sind zum Verwöhnen da, meint sie, aber nicht zum Erziehen. Und Hans soll so wenig wie möglich spüren, daß er keine Eltern mehr hat."

Eine Minute lang schwiegen alle. Dann fragte Lotte: „Ist sie noch sehr niedergedrückt?"

Maria lächelte. „Frieda Steffen ist nicht der Mensch, der lange in seinen Kummer versunken bleibt. Sie vergräbt sich in Arbeit. ‚Was hilft es denn?' hat sie uns eben erklärt. ‚Wenn sie uns die Jungen genommen haben, müssen wir Alten herhalten. Heute wird jede Kraft gebraucht.' – Sie arbeitet, glaube ich, im Sozialausschuß. Nach dem Zusammenbruch hat man ihr den Eisladen zurückgeben wollen. Aber sie hat abgelehnt. Schlechtes Eis aus Aroma und Süßstoff sollen andere herstellen, sagt sie. Sie hilft lieber mit, eine schönere Welt aufzubauen. Und das tut sie wirklich. Das warnende Schicksal ihrer Kinder vor Augen, setzt sie sich mit ganzer Kraft dafür ein, ein Unglück, wie wir es gerade hinter uns haben, ein zweites Mal zu verhindern."

Maria hatte das letzte mehr zu den Jungen und Mädchen gesprochen, die sich immer noch dicht um sie scharten und mit andächtigen Mienen zugehört hatten. Jetzt wandte sich Maria wieder an Lotte und Karl: „Ich habe ihnen eben Hildes Abschiedsbrief vorgelesen", sagte sie. „Ich hielt das für wichtig. Sie sollen wissen, mit welchen Gefühlen sich die Mutter von ihrem kleinen Jungen getrennt hat – den sie jetzt in ihre Mitte aufnehmen sollen ..."

Karl drückte dankbar ihre Hand. Wie immer, hatte sie auch diesmal das Rechte getroffen. Er sah sich nach Lotte um – sie stand mit Eva etwas abseits. Eva war sofort, als sie ihre Mutter gesehen hatte, von ihren Gefährten weg zu ihr hingelaufen, und jetzt stand sie vor ihr: in ihrem schmutzigen Arbeitszeug, die Hände schwarz von Erde und selbst das Gesicht – das schmale, magere Nachkriegsgesicht – mit Spuren von Erde beschmiert. Aber die Wangen waren von der Luft gerötet, und ihre Augen warfen klar und ungetrübt alles zurück, was jetzt ihre Welt geworden war: das weite, fruchtbare Feld, die Jungen und Mädchen im Umkreis und dort im Hintergrund Maria und Karl. Und plötzlich erblickte Lotte sich selbst, denn Eva sah voll zu ihr auf.

„Hast du das alles auch erlebt, Mutter?" fragte sie beinahe ehrfürchtig.

Lotte lächelte beruhigend in die Augen des Kindes zurück. „Das Letzte ist mir erspart geblieben."

„Aber du hast Hans und Hilde Steffen gekannt?"

Lotte nickte. In diesem Augenblick zogen noch einmal alle Stationen des Weges, den sie gemeinsam mit den Gefährten zurückgelegt hatte, an ihr vorüber: der verzweifelte Kampf in der Illegalität, die Zeit der Verhaftungen und später die gemeinsame Gefängnishaft. Der Tag ihrer Einlieferung ins Polizeigefängnis fiel ihr ein, als sie im Begriff gewesen war, sich das Leben zu nehmen – aber Hilde hatte sie daran gehindert. Hilde hatte ihr damals schon den Weg gezeigt, den sie gehen mußte: den Weg zurück ins Leben, mit ihrem Kind – mit allen heranwachsenden jungen Menschen, die sie kraft ihrer Erfahrungen und Erlebnisse leiten mußte. Und plötzlich erschien es ihr nicht mehr völlig sinnlos, daß Hans und Hilde gestorben waren. Erst die Geschichte ihres Sterbens rundete das Bild ihres Lebens ab, das allen, die nach ihnen kamen, zum Vorbild wurde.

Sie spürte, daß Eva sich enger an sie schmiegte. Als habe das Kind ihre Gedanken erraten, sagte es leise:

„Ich möchte mehr von ihnen wissen ..."

Lotte beugte sich hinunter und küßte sie. „Eines Tages werde ich dir alles von ihnen erzählen", versprach sie. „Wenn ich aus dem Krankenhaus wiederkomme ..."

Sie richtete sich langsam wieder auf. und während sie Karls Blick, den sie forschend auf sich fühlte, ruhig und zuversichtlich zurückgab, fügte sie hinzu: „Sie waren wirklich Helden – aber sie wußten es nicht."

Epilog

Als ich 1946 – vor fast vierzig Jahren – zum ersten Mal in das kleine Haus in Berlin-Borsigwalde zu Frau Frieda Coppi fuhr, lag es keineswegs in meiner Absicht, Stoff für ein Buch zu sammeln. Ich war damals als Redakteurin tätig. Die Zeitung, für die ich arbeitete, bereitete für den 12. September eine Ausgabe vor, in der aller derer gedacht werden sollte, die ihren Kampf gegen das Hitlerregime mit dem Leben bezahlt hatten. Vom damaligen Hauptausschuß OdF waren mir in diesem Zusammenhang Hans und Hilde Coppi genannt worden, Mitglieder der Widerstandsgruppe Schulze-Boysen, die auf ihrem Segelboot einen Geheimsender betrieben hatten. Hilde war hochschwanger, als sie verhaftet wurde, und brachte im Gefängnis ihr Kind zur Welt. Die Mutterschaft hatte sie vor der Todesstrafe nicht bewahren können. Die einzige „Gnade", die ihr die nationalsozialistischen Henker gewährten, bestand in einem Aufschub der Urteilsvollstreckung bis zu jenem Tage, an dem die Nahrung der jungen Mutter für ihr Kind versiegt sein würde. Hilde Coppi hat ihr Kind acht Monate lang nähren können. Am 5. August 1943 ging auch sie den Weg zum Schafott, den ihr Mann im Dezember 1942 vor ihr hatte antreten müssen.

Frieda Coppi wohnte 1946 noch in ihrer Laube; in derselben Laube, die die Nazis beschlagnahmt hatten und in die sie nach dem Zusammenbruch des Dritten Reiches vorübergehend wieder hatte einziehen können – bevor der kalte Krieg ihr den Verbleib in dem zum Westsektor gehörenden Stadtteil unmöglich machte und sie im demokratischen Teil Berlins Zuflucht suchte und bis zu ihrem Tode auch fand. In Borsigwalde hatten ihre Kinder während ihrer kurzen Ehe gelebt; dort waren sie an jenem unheilvollen Septembertag des Jahres 1942 verhaftet worden. Jetzt wohnte nur noch der Enkelsohn bei der alten Frau, der kleine Hans, der im Frauengefängnis in der Barnimstraße geboren war. Der Vierjährige wußte bereits, daß er keine Eltern mehr hatte; die Blumen, die er auf seinem kleinen Beet im Garten begoß, hatte er im Andenken an seinen toten Vater und an seine tote Mutter gepflanzt. Doch seinen kindlichen Frohsinn hatte dieses Wissen noch nicht trüben können. Unbefangen, unbeschwert tummelte er im Garten umher.

Es war schwer, an diesem ersten Tag unseres Zusammenseins an Dinge zu rühren, die alles Schmerzliche in der alten Frau wieder aufwühlen mußten. Zu sehr drückte noch die Last der Erinnerung. Schließlich ging sie zum Schreibtisch und holte einen Pakken Briefe hervor: Briefe ihres Sohnes Hans an seine Frau im Gefängnis, Briefe von Hilde an ihre Angehörigen. Hildes Abschiedsbrief, der nach ihrem Tode in Hunderten von Exemplaren illegal vertrieben worden war. Diese Briefe bewahrte Frieda Coppi wie ein Heiligtum auf. Eines Tages, so sagte sie, sollten sie in den Besitz ihres Enkelsohnes übergehen als das einzige, was ihm von seinen Eltern geblieben war.

Ich las die Briefe zu Hause. Der Eindruck, den sie mir vermittelten, war so stark, daß ich beinahe zwangsläufig daranging, mich mit dem Schicksal ihrer Verfasser näher bekannt zu machen. Was mich am stärksten bewegte, war das Geschick der unglücklichen, tapferen Hilde Coppi, die an einer Stelle ihrer Briefe – übrigens das einzige Mal, an dem sie einer trüben Stimmung Ausdruck verleiht – verzweifelt bekennt: „Ach, Mama, ich glaube, für eine Mutter kann es nichts Schlimmeres geben, als sie von ihrem Kind zu trennen ..."

Ich habe diesen Brief – und auch andere – mit Genehmigung von Frau Frieda Coppi wörtlich, mit nur geringen Kürzungen, hier übernommen. Der Leser mag so die Kraft, die von ihnen ausgeht, und die menschliche Größe, die aus ihnen spricht, auf sich wirken lassen. Mag er auch aus ihnen ersehen, daß die vorbildlichen, in ihrer politischen Haltung unbeugsamen und mutigen Widerstandskämpfer eines in ihrem Leben nicht vergessen haben: einfache Menschen zu sein, die einander liebhatten.

Meine Zusammenkünfte mit Frieda Coppi wiederholten sich. Man konnte sich in ihrer „guten Stube" bei der damals noch so seltenen Tasse Kaffee, die sie gastfreundlich bereithielt, rasch wie zu Hause fühlen. Im Laufe unserer Gespräche reifte in mir der Entschluß, über Hans und Hilde zu schreiben. Ich lernte Freunde der Coppis kennen, Zugehörige der gleichen Widerstandsgruppe, die wie durch Wunder dem Tode entronnen waren. Frau Professor Elfriede Paul, die in denselben Prozeß verwickelt war, deren Todesurteil jedoch in letzter Stunde in lang währende Haft gemildert worden war, erzählte mir wesentliche Einzelheiten. Sie hatte mit Hilde im selben Gefängnis gesessen, das auch ich als politischer Häftling von innen kannte. Weitere eigene Erlebnisse aus der Zeit des „tausendjährigen Reiches", die ich in Deutschland verbracht hatte, fügten sich bei. Allmählich setzte sich aus dem Mosaik der Schilderungen und persönlichen Erfahrungen das fertige Bild zusammen ...

Das Buch, das auf diese Weise entstand, ist kein Dokumentarbericht. Aber ist es ein Roman – nur im Kopf der Verfasserin entstanden? In einem unterscheidet es sich wesentlich von anderen dieses Genres: alle Gestalten, die in dem Buch vorkommen, haben wirklich gelebt. Nicht nur Hans und Hilde und die energische Frieda Coppi sind dem Leben entnommen, sondern auch die Figur der Lotte Burkhardt mit ihrer Tochter Eva. Lotte, die der jüdischen Widerstandsgruppe Herbert Baum angehörte, wurde durch einen Luftangriff aus der Todeszelle errettet. Sie hat mir später ihr Leben und die abenteuerliche Geschichte ihrer Flucht erzählt: Auch in ihrem Falle war es der verzweifelte Kampf, den eine Mutter um ihr Kind führte, der mich am tiefsten bewegte. In meinem Buch habe ich die beiden Widerstandsgruppen – die von Herbert Baum und die Schulze-Boysen-Harnack-Organisation – handlungsmäßig, wie es die Romankonzeption erheischte, miteinander verknüpft. In der Realität konnten Verbindungen zwischen den beiden Gruppen unter den verschärften Bedingungen der Illegalität und der doppelten Verfolgungen, denen die jüdischen Widerstandskämpfer ausgesetzt waren, naturgemäß nur locker sein. Eins aber hatten beide Gruppen gemeinsam: sie vereinigten in ihren Reihen junge, begeisterungsfähige Patrioten, die ihren Kampf gegen den Hitlerfaschismus mit ihrem Leben bezahlten. Heute liest man die Liste der Toten aus beiden Widerstandsgruppen nicht ohne tiefe Erschütterung: waren es doch die besten Deutschen, die in der Blüte ihrer Jahre dahingerafft wurden. „Keines der Opfer aus der Gruppe Baum erreichte das dreißigste Lebensjahr. Die Jüngsten waren noch nicht achtzehn Jahre alt", heißt es in einem authentischen Bericht von früheren Mitgliedern dieser Widerstandsgruppe. In der Schulze-Boysen-Harnack-Gruppe sah es nicht anders aus.

Die Gestapo hat der Schulze-Boysen-Harnack-Organisation, in der nahezu alle Schichten der Bevölkerung vertreten waren, den Namen „Rote Kapelle" gegeben. Nachdem die Mitglieder dieser Organisation in den ersten Jahren des Hitlerfaschismus alles daransetzten, um den faschistischen Imperialismus zu stürzen und den drohenden Weltkrieg zu verhindern, bemühten sie sich nach seiner Entfesselung, so schnell wie möglich sein Ende herbeizuführen. Dabei arbeiteten sie auch mit ausländischen Antifaschisten zusammen. Hans Coppi, der innerhalb der Organisation die verantwortungsvolle und gefährliche Arbeit des Funkers übernommen hatte, fühlte sich mit den Kommunisten aller Länder eng verbunden, während die deutschen Faschisten, die das Volk ins Verderben führten, seine Todfeinde waren.

Heute fragt man sich, wie es möglich war, daß die Widerstandskämpfer trotz des mächtigen Polizei- und Spitzelapparates, über den die Nazis verfügten, jahrelang, noch dazu in Kriegszeiten, so erfolgreich operieren konnten. Die Gestapo fahndete vierzehn Monate lang nach den Urhebern der geheimen Funksprüche, die durch den Äther gingen. Endlich fiel ihr durch Zufall der Code-Schlüssel in die Hand. Damit zog über der gesamten Widerstandsgruppe eine tödliche Gefahr herauf: die Gestapo wußte jetzt, daß „Coro", der Absender der Funksprüche, mit Harro Schulze-Boysen, Offizier im faschistischen Luftfahrt-Ministerium, identisch war. Sie zapfte sein Telefon an und ließ jeden seiner Schritte überwachen. Ab Ende August 1942 bis zum Beginn des Jahres 1943 konnten die Sicherheitsbeamten so zahllose Antifaschisten verhaften. Diese wurden grausam gefoltert. Man zerbrach ihnen die Finger mit Zangen und trieb ihnen Nadeln unter die Nägel. Einige der Häftlinge begingen Selbstmord, da sie fürchteten, unter den Folterungen schwach zu werden und auszusagen.

Die Untersuchung wurde von dem Chef der Abteilung IV A im Reichssicherheits-Hauptamt, Obersturmbannführer der SS Panzinger und von dem „Spezialisten" im Kampf gegen den Kommunismus, Gestapomann Kopkow, geleitet. Himmler wurde über den Gang der Untersuchungen ständig auf dem laufenden gehalten. Auch Hitler ließ sich die Materialien vorlegen, die dreißig dicke Bände umfaßten. „Der Führer war durch den Bericht dermaßen niedergeschlagen", heißt es in einem Bericht von Walter Schellenberg, „daß er an diesem Tag mit niemandem sprechen wollte und Canaris ..." (Chef der faschistischen Abwehr) „... und mich fortschickte, ohne sich unseren Bericht auch nur anzuhören." Hans Coppi gehörte zur ersten Gruppe der Angeklagten, die aus dreizehn Personen bestand. Über elf von ihnen wurde die Todesstrafe verhängt, während zwei Frauen „nur" zu einer Zuchthausstrafe verurteilt wurden. Doch Hitler forderte nachträglich die Todesstrafe auch für die beiden Frauen. – Das Urteil wurde sofort vollstreckt. Schon vor Beginn des Prozesses waren in Plötzensee umfangreiche Vorbereitungen getroffen worden. Die Hinrichtung sollte nicht durch die Guillotine erfolgen, sondern die Widerstandskämpfer sollten einen schmerzhaften und entehrenden Tod am Galgen erleiden. Man ließ an der Decke des Raumes einen Eisenträger mit Haken befestigen. Am 22. Dezember 1942 fanden die aktivsten und mutigsten Mitglieder der Schulze-Boysen-Harnack-Organisation, unter ihnen Hans Coppi, auf diese Weise den Tod. Harros letzte Worte waren: „Ich sterbe als ein überzeugter Kommunist." Einige Monate später wurden die übrigen Mitglieder der Organisation hingerichtet, insgesamt einundachtzig Personen. Hilde Coppi ging allein den schweren Weg zum Schafott, den gemeinsam mit ihrem Hans zu gehen sie sich so sehnlichst gewünscht hatte.

Bleibt mir noch nachzutragen, was aus Hans Coppi, dem Sohn, geworden ist. Hans, Jahrgang 1942, gehört einer Generation an, die heute entscheidend die Geschicke unseres Staates mitbestimmt Er ist kein Handwerker geworden. Hilde, die in einem ihrer Briefe aus dem Gefängnis ihre Angehörigen bat: „Laßt Hans was Ordentliches lernen; am liebsten wäre mir ein zünftiges Handwerk", konnte damals noch nicht wissen, daß ihrem Sohn alle Bildungsstätten weit geöffnet sein würden. Frieda Coppi, die den Enkel großzog, hat die Möglichkeiten, die unser Arbeiter-und-Bauern-Staat der Jugend bietet, klug erkannt und darauf hingewirkt, daß Hans die Chancen auch nutzte. Er hat Außenhandel studiert. Seine Mutter würde heute stolz auf ihn sein. Und Eva Burkhardt, das Kind der Jüdin, das durch einen verbrecherischen Rassenwahn in seiner harmonischen Entwicklung gestört und an den Rand der Verwahrlosung getrieben wurde? Eva fand zu ihrer Mutter zurück. Lotte Burkhardt lebt nicht mehr. Auch Frieda Coppi ist vor einigen Jahren gestorben. Also ist alles schon Vergangenheit – bewältigte Vergangenheit?

In der DDR hat das vorliegende Buch 16 Nachauflagen erlebt, weil wir der Meinung waren, daß alle die neu heranwachsenden Jungen Leute erfahren sollten, daß es auch im Faschismus Menschen gab, die mutigen Widerstand leisteten, den sie mit ihrem Leben bezahlten. In den alten Bundesländern wußte man bisher wenig über die Mitglieder der Roten Kapelle. Umso mehr freue ich mich über die neuerliche Auflage meines Buches, das nun hoffentlich in ganz Deutschland seine Leser findet. Denn wenn wir verhindern wollen, daß Ähnliches, was Eva und ihre Mutter erdulden mußten, je wieder geschieht, muß man die Erinnerung an alle die Antifaschisten, die wie Hans und Hilde Coppi gegen das Unrecht kämpften, stets lebendig haltern.

Bleibt mir noch nachzutragen, was aus Hans Coppi, dem Sohn, nach dem Ende der DDR, geworden ist. Sein Posten im Außenhandel wurde abgewickelt. Er arbeitet ehrenamtlich als Vorsitzender eines Antifa-Komitees. Außerdem forscht er weiter dem Leben - und dem Tode - seiner Eltern nach, imdem er in Moskau in den inzwischen geöffneten Archiven nach Unterlagen sucht, die ihm Aufklärung auf manche noch offene Fragen zu geben vermögen. Eine ABM-Stelle in der Gedenkstätte Sachsenhausen wurde ihm kürzlich in Aussicht gestellt.

Berlin, Herbst 1996, Elfriede Brüning

„Über diese Frau wird nicht geforscht. Sie führte ein unmoralisches Leben."

Ihre Fotos kennen viele. Kaum einer weiß, daß sie zu den teuersten der Welt gehören. Und wer war Tina Modotti?

Zum 100. Geburtstag Tina Modottis erscheint unser Katalog. Er enthält über 60 zum Teil ganzseitige, Fotos. Ergänzt wird er durch Schriften und andere bislang unveröffentlichte Dokumente der Revolutionärin und Photographin, die eine der faszinierendsten Persönlichkeiten unseres Jahrhunderts war. Ihr Geburtstag ist auch weltweit der Anlaß für Ausstellungen u.a. in Wien, Amsterdam, Paris, München, Frankfurt Stuttgart und San Francisco.

Tina Modotti -
Leben • Werk • Schriften
Hrsg. Christiane Barckhausen

Broschur, 21 x 28 cm, 112 S.
DM 30,-; öSch 219,-; sFr 27.50
ISBN 3-931903-02-8

Von Pablo Neruda verehrt, von Edward Weston geliebt, von Anna Seghers geschätzt, von Diego Rivera gemalt.

Tina Modotti wurde in Udine/Italien in armen Verhältnissen geboren, folgte ihrem Vater in die USA und lernte dort Edward Weston kennen. Lange Zeit lebte sie in Mexiko. Dort entstanden viele ihrer weltbekannten bahnbrechenden Photographien. In den dreißiger Jahren hielt sie sich auch längere Zeit in Berlin und Moskau auf. Pablo Neruda berichtet: „Eines Tages warf sie ihre Kamera in die Moskwa: Das Leben als Künstlerin und als Revolutionärin schien ihr unvereinbar." Sie engagierte sich in der Internationalen Roten Hilfe u.a. im spanischen Bürgerkrieg, bevor sie nach Mexiko zurückkehrte. Im Alter von 45 Jahren erlag sie einem Herzanfall.

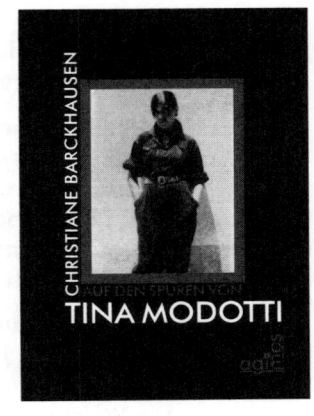

Christiane Barckhausen
Auf den Spuren von
Tina Modotti

Broschur, 14 x 20 cm, 448 S.
DM 38; öSch 277,40; sFr 35.-
ISBN 3-931903-01-X

Ehrenburgs Hund
Ehrenburg habe ich ja im MALIK Verlag verlegt. Aber ich war auch privat sehr mit ihm befreundet. Wir verständigten uns auf französisch, was ich damals sehr gut sprach. Als ich ihn einmal in Paris besuchte und an seiner Wohnungstür klingelte, erscholl ein wütendes Bellen. Darauf hörte ich Ehrenburgs Stimme: „Malik, kusch!" - Er hatte seinen Hund nach meinem Verlag benannt!

**Wieland Herzfelde -
Zum Klagen hatt' ich nie Talent**
Hrsg. Elisabeth Trepte

Broschur, 13 x 21 cm, 160 Seiten
20 Abbildungen u.a. von Grosz, Arno Mohr, Lasker-Schüler, Meidner, Kola, Kretzschmer, Dolbin
DM 44,-; öSch 321,20; sFr 41.-
ISBN 3-931903-00-1

**„Natürlich habe ich mich geirrt im Leben,
aber nie en gros, immer en Detail"**

Wieland Herzfelde in einem ungewöhnlichen Buch zu seinem 100. Geburtstag. Kurze, präzise und längere Notizen wechseln mit Aphorismen und Erinnerungen. Ob Brecht, Grosz oder Heartfield, Gorki, Piscator, Heinrich Mann oder Käthe Kollwitz: Was Rang und Namen hat im Spektrum fortschrittlicher Kulturlandschaft der Moderne, kommt vor in diesem sehr persönlichen Buch.

Zusammengestellt hat dieses bibliophil ausgestattete Buch Elisabeth Trepte, Herzfeldes langjährige Vertraute und engste Mitarbeiterin. Elisabeth Trepte schrieb schon in den 70er Jahren - und zunächst ohne Wissen Wieland Herzfeldes - Dinge auf, die nur ihr aus seinen Erzählungen bekannt waren.

Das Buch ist ein Muß für jeden Kenner des legendären MALIK-Verlegers. Alle kulturgeschichtlich interessierten Menschen finden wertvolle Informationen.

Man kann nicht eine halbe Jüdin sein
Vera Friedländer

Broschur,
14,5 x 20 cm,
272 Seiten
DM 25,90; öSch 189,-; sFr 24.-
ISBN 3-931903-07-9

„Ich will notieren, was ich weiß, von einer Familie berichten, die mich mit ihrem Schutz umgab. Es war eine große Familie. Es gibt sie nicht mehr."

Die dies schreibt, heißt Vera Friedländer, Jahrgang 1928, aufgewachsen in Berlin. Ihr Vater war Deutscher, Katholik, ihre Mutter Jüdin. Aufgrund dieser Herkunft stempelten sie die Nürnberger Gesetze der Nazis zur Halbjüdin ab, und das heißt: zu einer minderwertigen Art Mensch.

In ihrem autobiographischen Roman werden die letzten Jahre der NS- Herrschaft erschütternd lebendig. Die Familie bricht auseinander. Viele werden deportiert, überleben nicht. Der Vater wird vor die Entscheidung gestellt: Scheidung oder Zwangsarbeit. Er hält zur Familie. Unterdessen fallen Bomben auf Berlin. Quälend langsam rückt die Rote Armee, rückt die ersehnte Befreiung näher.

Doch bei aller Trauer und Tragik vermittelt Vera Friedländer in ihrem Buch auch innere Kraft und Zuversicht, die sich auf die Leserin und den Leser überträgt. Denn sie erzählt auch davon, daß Mitmenschlichkeit, Zusammenhalt und menschliche Würde unverlierbar sind.

Sie tut dies in einer schlichten, dabei ungeheuer präzisen Sprache. Ihre Erlebnisse haben kein falsches Pathos, keine poetische Überhöhung, keine Sentimentalität nötig. Sie sprechen für sich. Und zum Leser - mit der Eindringlichkeit einer persönlichen Anrede. Ergreifender als Vera Friedländer kann man nicht sagen:

Die Geschichte muß lebendig bleiben.
Sie geht uns alle an - wir müssen aus ihr lernen.

Zeitzeugen werden seltener.
Zeitzeugen, die helfen, ein Stück Geschichte lebendig zu machen, es vor dem Vergessen zu bewahren.

Zeitzeugen, die berichten können wie sich ein Deutschland in ein anderes verwandelt: die Weimarer Republik, das 3. Reich, DDR und BRD in ein Deutschland nach der Vereinigung.

Elfriede Brüning, eine in der DDR sehr bekannte und vielgelesene Autorin (Gesamtauflage ihrer Bücher ca. eine Million!), ist eine solche Zeitzeugin und ihre Lebensgeschichte, **Und außerdem war es mein Leben** gleichsam ein Stück Zeitgeschichte.

1910 als Tochter kleiner Leute geboren, verfolgt Elfriede Brüning schon früh ihr größtes Ziel: Schreiben. Sie wird Mitglied der KPD und tritt dem "Bund proletarisch-revolutionärer Schriftsteller" bei, dem so namhafte Autoren wie Johannes R. Becher, Anna Seghers, Bertolt Brecht und Oskar Maria Graf angehörten.

Sie berichtet von ihrem Widerstand gegen die Nazis, von illegalen Kurierfahrten nach Prag und von ihrer Inhaftierung im Frauengefängnis Barnimstraße.

Die Kriegsjahre verbringt sie zeitweise auf dem Gut ihrer Schwiegereltern, das ihr wie eine fremde, 'heile' Welt erscheint, in der sie ihre politischen Ideale und Aktivitäten nur schwer verwirklichen kann. Nach dem Krieg trennt sie sich von ihrem Mann, wird alleinerziehende Mutter und bleibt weiterhin engagierte Schriftstellerin und Kommunistin. Im Mittelpunkt ihrer Bücher stehen immer wieder Frauenschicksale berufstätiger Mütter oder Studentinnen in der DDR.

Elfriede Brüning läßt uns Anteil nehmen an ihrem bewegten Leben, dessen Motto immer Kampf, nie Resignation war.

Die Zeitzeugen werden seltener.
Wir sollten denen, die es noch gibt, zuhören.

Elfriede Brüning
Und außerdem war es mein Leben
Bekenntnisse einer Zeitzeugin

Broschur,
12,8 x 19,6 cm,
435 Seiten
DM 25,90; öSch 189,-; sFr 24.-
ISBN 3-931903-06-0